ちくま文庫

新しい天体

開高健

筑摩書房

目次

本作品は一九七四年に潮出版社より単行本として、一九七六年に新潮文庫、二〇〇六年に光文社文庫として刊行されました。ちくま文庫版作品本文の底本には『開高健全集　第6巻』（一九九二年、新潮社）を使用し、適宜ルビを追加しています。

本文中には今日の人権意識に照らし合わせて不適切な表現・語句等がありますが、時代的背景及び作品の文学的価値を鑑み、また著者が故人であることからおおむねそのままとしました。

新しい天体

新しい御馳走の発見は人類の幸福にとって天体の発見以上のものである

B・サヴァラン『美味礼讃』

巨大な都市の巨大なビルの廊下を歩いていてときどき感ずることであるが、どこかに誰もいないのに使われている部屋があるのではないかという気のすることがある。ひとことでいうと怪談ばなしに登場する〝あかずの間〟、ああいう〝あかずの部屋〟がどこかにあるのではないかという気がするのである。何十、何百とハチの巣のようにコンクリート箱が並んでいるところを歩いていると、これだけ部屋があるのだ、どこかに一つそういう部屋があってもいいはずだと思えてくる。そのまま歩きつづけていくうちに、予感が確信に変わり、あってもいいはずだと思ったのが、あるはずだ、なければならぬ、きっとどこかにあるのだと思えてくる。誰もいないのにタイプライターの音や咳の気配が洩れてくる部屋。あるいは、何人もの人が出入りするところはよく見かけるし、ドアをあけると何人もの人がいるのは見えるが、その人たちは朝やってきて夕方帰り、一日何もしないでいるらしいが、それでいて誰かに給料をもらい、十年、二十年とそれを繰りかえしているというような部屋。そういうめだたない怪異の部屋がどのビルにもきっと一つはあるような気がする。

誰しもそう思うらしい。

某夜、筆者が小松左京と食事をしていてその話をすると、彼は待っていたように何度もはげしく頭をふり、巨体の巨顔に似つかわしくない小さな眼をパチパチさせた。彼は博識恐るべき人物で、連想飛躍がめまぐるしいまでに豊饒、かつとめどない能弁家であるが、昂《たか》ぶってくると小さな眼をパチパチさせるのであった。

早口に彼は、

「そうや、そうや、そうやねン」

といった。

「星新一とこないだもその話をしたんや。あんたもそう思うか。やっぱりナ。おれもそない思うねン。星新一もそうやというねン。それでナ、二人で噺《はなし》を一つ作ったんやけどな、どんなもんやろ。ここに一人の男がいて、ある日大きなビルに入ったんや、すると用を足したくなったんでトイレに入ったら、それがいまいうあかずのトイレでな。なんであかずのトイレかということはわからないけれど、とにかくそういうことになってる。あかずのトイレやねン。男はそれを知ったうえでためしにトントンとたたいてみたら、ドアはしまったままで、なかから女の声で、〝どうぞ〟という声がしたというねン。どや、この噺」

筆者がしばらく返事をしないで肉を切るのにふけっていると彼は眼をパチパチさせ、

念を入れるように、

「女の声でやで」

といった。

「女の声で〝どうぞ〟というたんや」

「………」

「トイレでやで」

「………」

「トイレで女が〝どうぞ〟というんやで」

「………」

「何のこっちゃろね、これは」

「………」

はかばかしい返事がないので彼は冷めたいまなざしになり、何度か念をおしたり、乗らせようとしたあと、いらいらと不満そうな顔になって、肉と、ぶどう酒と、パンにもどっていった。

けれど、しばらくすると、ふたたび眼をいきいきとさせて、近年極地の氷がどんどん溶けるいっぽうで地球のあちらこちらで水位があがっているからやがて洪水期となるにちがいないがあんたは覚悟ができているのかという話をはじめた。それがすむと、つぎは、現在ヨーロッパの〝手のつけようのない〟金持の道楽として人気があるのは切手や、コインや、中世絵画の蒐集ではなくてエジプトのミイラの髪についているノミのミイラを集めることだそうだがそういうことをあんたは知っているのか、という話であった。

氷やノミより筆者は〝あかずのトイレ〟の話に刺激されて、肉を切るのとおなじ熱心さで大蔵省に勤めている友人のことを考えるのにふけっていた。トイレや、氷や、ノミの話にはかばかしく反応できなかったのはそのせいである。その友人の勤めている部屋へいってドアをトントンとたたいたら内部から〝どうぞ〟という声がかかる。それが女の声ではなく、トイレでもないという点がいま聞かされたのとはちがう点である。けれど、エレベーターに乗らないでそのビルの階段を一段ずつ右に曲がったり左に曲がったりしてのぼっていって、いくつもいくつも、おなじような人声や、おなじような電子計算機の唸《うな》りの洩れてくるドアを通過していくうちに、やがて〝あかずの部屋〟がどこかにあるのではないかという感覚が芽生えてくる頃、ちょうどその頃、その部屋にたどりつくのである。その部屋が長い、蒼白い、ほの暗い廊下のつきあたりにあり、裏階段のドアと、掃除道具を入れる小部屋のすぐとなり、いわば廊下の吹きだまりにあたるようなところにあるので、ドアをたたくまえに、ふと、これは誰もいないのに使われている部屋ではあるまいか、という感覚が鼻さきあたりをかすめていくのである。

ドアをたたくと、

「どうぞ」

という声がする。

ここは大蔵省の、ある局の、ある部の、その分室であるらしいのだが、その〝局〟や〝部〟の名を何度聞いていても私は忘れてしまう。近頃私はド忘れがひどいのである。地名、人名、本の表題などをかたっぱしから私は忘れてしまい、人と話をしていて、いつも、あのォ、そのォ、そら、何とかいった、あいつの、あの作品の……というようなことばかりつぶやいている。ベルグソンという哲学者にいわせると生命力の減退は記憶力の減退からはじまり、それは固有名詞を忘れることからはじまるそうである。固有名詞を忘れるということは地名であれ、人名であれ、自身の外なる世界との最小単位の関係について無関心になっていくことだから、つまりそれが生命力の減退なのですと、昔、NHKか、『主婦の友』かで聞かされるか、読むかしたようなおぼえがある。

四十歳になった私などというものを十八歳の私はおよそ想像したこともなかったので、覚悟も用意もなくてその後ずるずるモタモタとあがきつつ暮らしてきたのだが、この頃、ニタニタとあぶらぎった四十男になって、あのォ、そのォと口ごもっていると、呪わしいとか、悲しいとかよりさきに、だまってしまいたくなる。忘れなければ生きていけないことがたくさんあるのだから、忘れたなら忘れたなりでおおらかにやっていけばいいのに、それを〝生命力の減退〟などという言葉にひっかけて感じてしまうものだからつらくなる。

「どうぞ」

声につられて部屋に入る。

〝分室〟が〝分局〟であっても私には差のわかりようがないけれど、どんな名をつけられてもべつにどうッてことがなさそうである。官庁の一室といわれてもいいし、民間会社の総務課あたりの一室といわれてもうなずけるような気がする。壁ぎわに古ぼけた書類戸棚があり、部屋のまんなかにはテーブルがある。そのテーブルはスチール・デスクなのだけれど、よく見ればそうとわかるのであって、ただぼんやりと見ただけでは書類戸棚とおなじくらい老齢の、ただの木の机だとしか見えない。本立てや、帳簿や、年表などがどの机にもうんと積んであってとなりにすわった人の顔が見えないようになっている。

私の友人は浸透してきた私を見て、伝票とグラフ用紙から顔をあげ、うむ、とうなずくような癖のそぶりをしてみせてから、ガタのきかかった椅子を一つ、すすめてくれる。そうしておいて、向かいのテーブルにすわって伝票とグラフ用紙に顔を伏せている少女に粗茶を持ってくるようにとたのむ。そのあと、体のどこからか、タバコとライターをとりだす。タバコは『朝日』で、ライターはダンヒルである。ダンヒルはどこでも金さえ払えば手に入るし、誰でも持っている。よく気をつけていたらタクシーで拾うこともできる。けれど『朝日』には苦心がいる。これを入手するのは容易じゃない。どんなタバコ屋も専売局にたのむのを忘れてしまうから、よくよくコネをつくってたのんでおかなければならない。こないだ鹿児島へいってライターの油をくれといったらどこの田舎者だろうという眼つきをしてガスしかありませんといわれたが、ライターの油がそれくらい手に入れるのがむつかしいように『朝日』も入手がむつかしい。

そんなことをいいつつ『朝日』を一本ぬきだすと、友人はその長い吸い口を、まず指で縦におし、ついで横におし、してから、ダンヒルをパチッと鳴らして火をゆっくりと吸いつける。いがらっぽいような、遠い記憶をたどると乾いた馬糞をあぶるといいたくなるような匂いが流れる。それを深ぶかと吸って、友人は、煙を鼻の孔や口からもくもくゆっくりと吐きだし、眼を細くして煙の行方を眺めやるのである。

「…………………」

「…………………」

ヘヴィ・スモーカーの一人として筆者のかねがね感ずるところでは、タバコの吸いかたというものはむつかしいものである。ほんとに煙が好きでしかたがないという気持を一本のタバコのつまみかたや、マッチの火の吸いよせかたや、ライターの扱いかたなどのすみずみにまでしみわたらせて見せてくれる人はなかなかいないものである。たまたまそのうまい例を見ると、吸っているタバコが、『朝日』であろうと『バルカン・ソブラニィ』であろうと、どうでもよくなってくる。こちらまで吸いたくなってきてつい手がポケットに走ってライターなりタバコなりをまさぐりたくなるような吸いかたを見せてくれる人には、じつになかなか出会えないものである。だから、一本の『朝日』をそのようにしみじみと吸っている友人を見ると、何ということもなく気持ちが落ち着いてくるのである。これは才能でできるものではなく、また、習練したからといってできるものでもない。

部屋のなかには友人のほかに少女の事務員が一人と初老の事務員が二人いるのだが、誰のテーブルにも、いつ見ても書類かグラフ用紙がひろげてある。しかし友人をもふくめて四人の人間はテーブルに向かってすわってはいるものの、仕事をしているようには見えない。書類を読んだり、めくったりはしていると見えるが、仕事をしているという気配ではないのである。部屋には陽が射しているが、どことなく、水族館の忘れられた水槽のようなところがある。私が入ってきて、それを迎えて友人がタバコをとりだしたり、ライターを鳴らしたりしなかったら、この部屋には何の音も動きもないのである。友人も一日じゅうだまったきりで、ぼんやりとテーブルに向かってすわり、夕方になったら何となくたちあがって部屋をでていくのではあるまいかと思う。

「いつもおなじ茶で……」

のろのろと友人がつぶやく。少女の事務員がやってきて熱くもなく冷めたくもないお茶をだまっておいていく。

「なんぞ面白い話は……」

彼はものうげに『朝日』を眺めて、

「ないかいなァ」

つぶやく。

べつに面白い話を聞きたがっているのではない。ただ何となくそういってみたまでなのである。たいくつにやりきれなくなってそういうのではなく、週刊誌を読みあいたからそういうのでもない。とくにこれといった表情が顔に見えない。久しぶりで中学時代の友人の私がたずねてきたからといってなつかしそうにしているわけでもない。昨日別れて今日会ったというようなまなざしである。

昔から彼はそうなのである。めだたないのである。中学生のときもめだたない子だったし、いまもめだたない四十男である。どこの官庁でだされるお茶もおなじ味、おなじ色、めだつことがないが、彼はそのお茶とおなじくらいめだたない。お茶を飲みすぎてめだたなくなったのではなく――いささかその気配は濃いが――もともとめだたないように生まれついたのである。

ためしに私は話してみる。

「……大きなビルに入ると、どこかに〝あかずの部屋〟があるのではないかという気持ちになることがあるけどね。最近、友達からこんな話を聞いた。その男の創作だがね。あるビルへ一人の男が入っていったら、そこに〝あかずのトイレ〟というのがあってネ、ためしにドアをノックしてみたら、〝あかず〟のはずなのに、なかから女の声がして、〝どうぞ〟っていったというんだ」

彼はだまって聞いている。『朝日』からゆらゆらと煙がたつのを眺めてぼんやりとしている。クスリともしない。考えるのでもなく、ふきだすのでもない。薄らなのである。朦朧《もうろう》としているのである。

「〝あかずのトイレ〟だというんだよ」

「………」

「だのに女の声がして」

「………」

「女がトイレで〝どうぞ〟というんだよ」

「………」

「何のことかね、これは」

「………」

クスリとさせようとして口調をいろいろ変えて誘いこもうとするのだが、彼はいっこうにゆらめかず、ぼんやりとした眼つきで『朝日』のいがらっぽい行方を眺めている。

ここには心を奪われるような肉も、ぶどう酒も、パンもないが、それなのにこうだとすると、この男はもう一人べつの官庁に勤めている友人のことを考えているのだろうか？……

しばらくして彼は顔をあげると、

「けったいな話やね、それは」

といった。

「しかし、いま考えてみたんやが、もっとけったいな話があるねン。これは怪談やない。ほんまの話や。どちらがけったいやろうかといま考えてみたんやが、やっぱりこっちのほうがけったいやね。そう結論するわ。けったいな話や。現実やからな。けったいやねン」

「何がけったいなのかね？」

「もとからさきまでけったいや」

「聞こうじゃないか」

「そう勢いこまれても困るねんけどね。おれがこれからさき毎日、御馳走を、命令で食べなければならない。毎日毎日、毎週毎週、御馳走を食べる。それが仕事になった。官費で、御馳走を食べるんや。それだけが仕事になったんや。そういう話やねんけどね。けったいやと思えへんか？」

「どこもけったいなことない。あたりまえの話じゃないか。官費で御馳走を食べるのは君だけじゃない。官庁も会社もそうじゃないか。銀座、赤坂、築地を見ればいい。個人で身銭を切って食ってる奴なんて、あのあたりに何人いるかね。毎日だと君はいうけれど、あのあたりも毎日だよ」

「そうやないねン。おれの仕事やねン。仕事で、毎日、官費で、食べるねン。食べろといわれたんや。これは命令やねン。宴会やないのや」

「宴会も仕事のうちだよ。いや、宴会が仕事だ。または、だね。宴会こそ仕事だよ。いまの日本はそうじゃないかね」

「おれのはそうやないねン。ちょっと違《ちや》うねン。けったいな話なんや。話をよう聞いてエな」

「聞いてるつもりだけどね」

「二、三日前のこっちゃ」

彼は消えかかった『朝日』に火をつけると一息深く吸いこみ、ゆっくりと、細ぼそと煙を吐きにかかった。そうやってゆっくり吐きだしながら口をすぼめ、軽く指さきで頰をポンポンとたたくと、小さな煙の輪がいくつもとびだしてきた。さきにとびだした輪がふくれて、ぼやけて、大きくなると、そのなかへあとからとびだした小さな輪がクルクル回転しながらとびこんでいき、くぐりぬけていった。プロの曲芸師のようにあざやかで正確で手慣れた技であった。私はちょっと眼を瞠《みは》った。よほどの時間をかけて習得したにちがいない技である。この部屋はよほどひまですることがないにちがいない。彼は頰をかるくたたいてつぎからつぎへと煙の輪を送り出し、その行方を注意深く眼で追いつつ、

「二、三日前のこっちゃ……」

と話をはじめた。

*

その日、彼は会議があるから至急本庁へ出頭するようにという電話をうけた。本庁から彼の部屋へ電話がかかることはあまりないし、しかも会議に呼びだされるというようなことはいよいよないことなので、彼はいぶかりながら飲みかけの粗茶をおいてたちあがり、いくらか緊張して、でかけた。本庁はガラスと鋼鉄と白色セメントで輝く高層建築物で、どの部屋も大きくて広く、冬でも巨大な窓から陽が川のように光りつつ流れこんでいる。たくさんの人がいて、たくさんの声がする。水族館の死んだ水槽のような、あかずの部屋に棲みなれた眼で見ると、水たまりの魚がふいに海へでたようである。しかし、どの部屋にも死んだ水槽に似たところがある。どれほど大きくて広くて明るくて

鋭い設計の部屋も、人びとは机を並べるとなると、それが木製であろうとスチールであろうと、ごちゃごちゃとくっつけあわずにはいられないのである。そして机上には本立てをおくか、本立てがなければ書類を山にして積むかする。そうやって自分のまわりに障害物を作って他人の視線をさえぎらないことには、壁の穴のネズミがゴミのなかに首をつっこむようにして机に向かわないことには、どうしても落ち着いた気分になれないらしいのである。これは死んだ水槽のような彼の部屋でもまったくおなじことである。そのため、丹下健三氏がいくら才腕をふるって設計しても、シャープなのは外観だけで、内部はたちまちネズミの巣と化してしまうのである。これはどうやら日本人の特性であるらしい。外国へいってレストランに入っても日本人はきっと壁ぎわの席をとり、肩をぴったり壁にくっつけるようにしてすわり、日本人同士かたまって食事をしている。そして誰かがたつと、それまで仲よく談笑していたのが、たちまちその人の悪口をいいはじめるのが癖である。

彼は局長のところへいって粗茶をだされた。粗茶はおなじ品質のものであるらしかったが、局長の茶碗はどこかの記念品にもらったものではなくて、わざわざ買ってくるか、自宅から持ってくるかしたもので、ちゃんと蓋がつき、茶托にのってでてきた。その蓋つきの茶碗は何とか焼と名のついていそうな品であった。茶托も漆塗りとまではいかないにしても少なくとも木製であった。こういう人物になると印鑑も象牙か水晶で、革張りの印鑑入れにいれるようになる。平《ひら》の課員たちは茶托もなく蓋もついていない、たいていどこかの記念品の字のついた茶碗で茶を飲み、印鑑は木か水牛かであり、古い朱肉がこびりついたままのを使っている。彼らが蓋つきの茶碗を茶托にのせて使ったり、革張りの印鑑入れに入った象牙製の印鑑を使ったりしてはいけないということはどこにも書いてないし、誰も口にだしていわないのだが、誰ひとりとしてこの習慣を乱そうとしたり、異端を実行したりするものはない。もっとも痛切な真実はいかなる時代にもけっしてあらわに語られることがないという不幸な鉄則がある。それから推すと、みんながみんな蓋つきの茶碗を茶托にのせてお茶を飲むようになると、何しろお茶はおなじ粗茶であるから、大臣も、局長も、部長も、平課員もまったくけじめがつかなくなる。彼らを一見して区別するのは茶碗に蓋がついているかいないかだけなのである。そしてそのことを平課員はよくよく知りぬいているから、いまから自分が蓋つきの茶碗を使ったら部長になったときにどうしていいか困るだろう。だから何としてでも粗碗でいまは満足しておかなければならないのである。そう思っているのではあるまいかと、推察される。

局長は彼に蓋つきでない茶碗でお茶を飲ませたあと、会議室へいくまえに説明を聞かせてくれた。それが〝説明〟ではなくて決定であることが彼にはすぐわかった。いつもそうなので、安心できた。会議はいつもそうなのである。みんなが集まってああだ、こうだと意見をだしあってその沸騰《ふっとう》のなかから一滴の澄んだ液がしぼりだされてくるというようなことはめったに起こらない。一年に一度も起こらないし、十年に一度も起こることがあるまいと思われる。たいていの会議は事前に結論がでているし、作られているものである。出席者はみんなそれを知ったうえで席につく。結論がすでにでていて、しかもみんなそれを知っているのなら、わざわざ会議をひらくことはあるまいと思われるが、それでもひっきりなしにひらかれるところを見ると、これは情報伝達というよりはむしろ一種の儀式と考えたほうがいいのではあるまいか。バーのママさんなる女——あるいは女性——からツケを早く払うようにという催促の電話がかかってきたり、自宅から妻なる女——あるいは女性——から何であれわずらわしくて陳腐でねちっこい電話がかかってきた場合に、静かで低くて重い声で、

「……会議中ですが」

とつぶやけば、少なくともいっときは逃げることができる。どんなにわずらわしくて陳腐でねちっこい女の女性の浸透力も、会議は、ほんの気休めにすぎないとしても、ちょっと切断してくれる力を持っている。儀式はあくまでも儀式なのだからそう考えるしかないが、しいて実効を求めるとなれば、それくらいであろうか。

局長は彼に二つのことをいった。一つは彼に景気調査官になってくれということ。一つはそれが余った予算を発展的・前進的に消化するためのものであるということであった。目下わが国はたいへんな不景気だといわれている。しかし、史上空前とか、昔なら

戦争になるところだなどといわれていながら、景気がわるくて中小企業経営者のなかには自殺までするものがあるのに、いっぽうの景気のいい企業では四十カ月分のボーナスをだしたところもある。景気のいい、わるいを何によって判断したらいいのか、わかるようでいてわからない。経済学者にいろいろとたずねてみたが、十人が十種類の意見を答え、まったくマチマチで、べつにどうッてことはない、そんなことを気に病むのがかえって不景気を作る原因になるという人やら、明日にでも暴力革命が起こりそうなことをうれしそうな顔で答える人やら、さっぱり見当のつけようがない。しかし、こういうことはいえるのではあるまいか。景気がわるくなるとまっさきにそれがくるのは〝冗費節減〟というもので、バー遊びや宴会をひかえてくれというところからはじまって、さては、トイレの紙を一メートル以上使うなとか、廊下の天井の蛍光灯がいままで二本並んで点いていたのを一本消してしまう、というようなことが起こる。これを家庭生活で見ると、食費の節約、タバコの節約、そしてやはりトイレット・ペーパーの節約という形であらわれてくる。すし屋が不景気になってラーメン屋がニコニコしだすということになる。

けれどそのラーメン屋もクモの網にひっかかっているにはちがいないのだから、値上げをしないですませるかどうかは疑問であり、たとえ値上げをしないとしても、いままで四切れ入れていたシナ竹《ちく》を三切れにするとか、ダシが薄くなるとか、焼ブタが半分になるとか、そういう反応を示すのではないだろうか。そこを君に研究してもらいたいのだ。ラーメン屋は一例にすぎない。オニギリ屋でも、ライスカレー屋でもいい。下のほうから研究してもらいたい。徹底的にやってもらいたい。下の研究が終わったらつぎに中、つぎに上と移っていって、とことんやってもらいたいのだ。定期的にレポートを提出してほしい。いちいち足をはこんで、現場の匂いをつかんで、いちいち食べたうえで、実感としてのレポートを書いてもらいたいのだ。数字をあげて議論していながら結論が哲学のようになる学者たちの見解もさることながら、わが局が真に必要としているのはついに〝実感〟であるとわかった。取材費は惜しまない。胃潰瘍になるくらい食べてくれ。ちょうど予算が今期はあまっている。これを使わないでおくと来期になってそれだけ減らされる。だからこの仕事でシコシコと君に使ってもらいたいのだ。もっともこのことはぜったい部外秘にしておいてほしい。今日はそのことの会議なのだが、あらかじめ出席者一同に〝根まわし〟をして了解は求めておいたから、異論はでないと思う。明日から君を『相対的景気調査官』と呼ぶことにしよう。中小企業経営者が自殺しているのにポルノ出版社がビルをたてるというような性質の景気を調査するとなれば『絶対的』とは呼べないじゃないか。だから君は『相対的景気調査官』なんだよ。

局長は話し終わると、だまって彼の『朝日』を一本ぬきとって火をつけ、

「さあ、会議だ」

といってたちあがった。

会議室へいってみると局のいろいろな部や課の見知った顔や見知らぬ顔が並んでいたが、誰のまえにも蓋つきの茶碗が茶托にのってだされていて、彼は最末端の席だったが、そこにもおなじ蓋つきの茶碗がでていた。珍しいことに思ってすすってみると、気のせいか、ちょっといつものとはちがう味がするようであった。よくはわからないがそれは一〇〇グラムについて三十エンぐらい値のちがうお茶だろうかと思われた。香りも味もなくてただ薄黄いろい色のついた熱い水だとしかいいようのないいつものとはちがって舌にのせた最初の一滴にはちょっぴり何かの〝含み〟とでもいえるようなものの残影があるようだった。そして、そういうことが気になるのは、すでに体が相対的景気調査官になってしまったことの何よりの証拠なのだと思われた。彼はさりげなく手帖をとりだして、顔は正面に向けたまま、テーブルのかげで鉛筆をうごかした。

手さぐりで、

『精神は嘘をつくが肉体は正直である。頭より舌である』

と書いた。

会議はいつものようにはじまって、いつものように進行した。局長の〝根まわし〟がよくきいているせいか、それはスウェーデン製のボール・ベアリングのようにつるつると気持ちよく回転した。一般報告というものがあって今後の景気見通しについてのさまざまな説が紹介されたあと、混沌があるばかりでそのなかからどうしても明澄が蒸溜できなかったこと、そのためついに一人の相対的景気調査官を任命して実感探求を広く深い領域にわたってもらうよう措置をとったことなどの説明がおこなわれた。景気見通しについて苦しいが何とかなるだろうという説が紹介されたときも、べつにどうッてことはない、ただだまって働けばよいのだという説が紹介されたときも、すべての国家は怪物中の怪物なのだから日本だけがアニマル呼ばわりされることはない、ただやり方の相違があるだけだという説が紹介されたときも、資本主義はついに最終的段階に突入したのだという説が紹介されたときも、出席者一同は何ひとつとして表情らしい表情を見せなかった。もっとも痛切な真実はけっしてあらわに語られることがないという鉄則からこの沈黙を見ると、景気がどうなろうと大蔵省がつぶれるということはあり得ないのだという確信からくる満足のそれなのではないかと思われた。そして、あらゆる種類の甘い説や辛い説が紹介されても、これが予算つぶしのための会議であることにはひとことも触れられなかったし、また、誰も触れようとしなかった。けれど、会議の終わりしなになって、いったい何からはじめるべきだろうか、何がいちばん安い食べものだろうかということの議論になると、それまで黙りこくっていたみんながいっせいに息をついて顔も肩もやわらげた。みんなはなつかしげに微笑し、いきいきと口ぐちに話しはじめた。

「ラーメンかよ」

「ウドンだろうよ」

「そうだ、ウドンだ。ウドンには関西風と関東風がある。関西風は汁まですするが関東風は汁をのこす。そこに景気がどうひびいているかだよ」

「お好み焼きはどうだろう」

「モツの煮込みというものもあるよ」

「タコ焼きさ」

「オニギリだよ」

「ドテ焼きもいいよ」

「ソース焼きソバはどうだ」

「カメチャブなんてもうないのかな」

「カメチャブって何ですか？」

「犬の肉のどんぶりのことですよ」

「ハイヒールはどうだ」

「ハイヒールって何ですか？」

「豚の足のことだよ。あなた、何もごぞんじないようですな。豚の足にニンニク味噌をつけて食べるのですよ」

「戦後はまだ終わってないようだね」

「治にいて乱を忘れずですよ」

「オデン。オデンがいいや」

「タコ焼きがいいんじゃないか」

「そうだね」

「タコ焼き、ね」

「タコ焼きだ」

「きまった」

「タコ焼きか」

「タコ焼きさ」

「ゴーをだそう」

「きめた」

*

そういうふうにして会議は終わったのだったが、ずっと彼は黙っていた。『朝日』にはときどき火をつけたが大きな煙の輪に小さな煙の輪をつぎつぎと吹きこむ特技は見せなかった。めだたなく末席にすわってめだたない顔をし、ときどき鉛筆をテーブルのかげで使った。タコ焼きをめぐって一座がざわざわしてさまざまな声がでても彼は何もいわなかった。そのまえに景気観測をめぐってケインズ左派、ケインズ右派、マルクス左派、マルクス右派、何やら激烈なようだが結論のよくわからない右往左翼派等々、さまざまな意見が紹介されたときも、何もいわなかった。そのとき何もいわなかったのは彼だけではなく、出席者全員であったから、めだたない彼はいよいよめだたなかった。

出席者全員がだまっていたのは、めいめいに意見があるのかないのかということではなくて、いっさいが事前に決定しているのだという会議の鉄則にしたがって議事をスピーディーにはこびたい共同の意欲によるものであった。しかし、この会議はずっとだんまりで終わったのではなく、最終過程になってラーメンだろうか、タコ焼きだろうかと活潑な声が交換されたので、全員は仕事をしたという充実感をもって席をたつことができた。その充実感も、ただ自分の意見を述べたというだけではなく、ほんとに好きで自分がこうだと思って支持できるところを述べたのだから、〝意見〟というよりは〝主張〟といったほうがふさわしいような性質のものであった。官庁の会議で出席者めいめいがその主体性にもとづいて主張を述べるというようなことは稀有のことである。そうなると、その動機が食欲であれ、情熱であれ、さほど問題ではなかった。

あちらこちらでにわかに声があがり、部屋が反応にみち、ライターが鳴ったり、タバコの煙がもくもく吹きだされたりした。みんなはくつろいで、眼を微笑で輝かせ、口ぐちに、他人が何をいおうとかまうことなく、なつかしく語ったり、力んで語ったりした。一本の根からは一種の木が生えて一種の花しか咲かないのが戸外の鉄則だが、この室内では一本の根から種類のちがう花が、それも何種となく、咲くのだった。彼はテーブルのかげでこそこそするのをやめ、ちゃんと手帖をテーブルのうえにだして、そっと手でかこいながら、メモを書きつけた。

『食いしん坊の夫婦は日頃どんなに仲がわるくても食べ物のときだけは一致するものである。官庁も同様である。今日われわれはハンコおし機械でもなければダスト・シュートでもないことを証明しあった』

局長はひとしきり全員に好きなだけしゃべらせておいてから、デュポンのライターで『ハイライト』に火をつけ、一服か二服、ゆっくりとふかした。そして、タコ焼きの話がバーの話になり、バーの話が女の話になりそうな気配がにじんできたところを見て、ゆっくりとたちあがり、にこやかさはただよっているけれどきびしい顔をして、

「それでは」

といった。

みんないっせいにだまった。

局長は、

「……君に」

と彼の名をあげた。

「今後この仕事を専任してやってもらうことにいたします。これはやさしいようで困難な仕事であります。第一歩としてはタコ焼きときまりましたが、これも関西から発生して東上してきたものであり、銀座にちょいちょい屋台を見かけますが、いっさいが関係しあい影響しあって一昔前のようにどんな意味と形においてでも孤島現象というものがあり得ないこの時代において、これが現在、どうなっておるか。近き過去とくらべて雰囲気をともなう質や量において変化がなかったかどうか。もしその一コに影がおちているとしたらそれはホワイト・ハウスか、それとも天安門か。よくよく研究していただきたいと思うのであります。タコ焼きといって笑うのはやめにしたいと思うのであります。一滴の水の滴のなかにも空と大地が映っていると詩人ブレーク、でしたかな、そうだったと思いますが、そう申したそうであります。私もそう思うのであります。本日の会議はこれで終わることにしますが、この経費、取材費といいますか、それはいっさい公務出張の伝票で落とすことといたしますので、関係各位のみなさんの御諒解を得ておきたいと思います」

局長が一度すわってから、もう一度たちあがって会議室をでていくと、みんなはそのあとについて口ぐちに笑いつつしゃべりながらでていった。ラーメンを主張していたものは残念そうに近頃はナルト巻きを入れてくれない店があると声高に話していた。

＊

翌日から〝相対的景気調査官〟としての仕事がはじまったが、彼の生活習慣にはべつに何の変化も生じなかった。毎朝おなじ時刻のおなじ満員電車で都内にはこびこまれ、穢れた空のしたを少し歩いてビルにつく。健康にいいというのでエレベーターには乗らないで階段を一段ずつ歩いてのぼり、長くて蒼白い廊下を歩いていって、吹きだまりのようなところにある小さな部屋に入る。そこで一日じゅう何か輪郭のはっきりしない、外見からでは仕事をしているともいないとも見当のつけようのないことをしてから、夕方になって席をたつ。

これまでだとそれからあとは家へ帰るだけなのだが、これからは少しちがってくる。銀座へくりだして屋台を一軒ずつのぞいて歩き、タコ焼きのはしごをしなければならないのである。局長が内命として暗示するところではこれからは昼よりも夜の街路が彼の本命の仕事場となるのだということであった。いったいどれくらいの予算の余りを彼が全部局を代表して食いつぶさなければならないのか、局長は〝極秘〟であるとして明かしてくれないので、彼としてはひたすら食べまくるよりほかかない。

さしあたっては屋台物であるからタコ焼き、ソース焼きソバ、きつねうどん、おでん、煮込み、焼き鳥、大福、そしておそらく秋になればトウモロコシ、北海道へとんでツブ、九州へとんでさつま揚げなどということになるので、うまいもの案内や駅弁案内の本を大量に買いこんできたが、屋台物というのはそのような本にはなかなか掲載されていないのである。そこで彼は、食べにいった屋台のおっさんにそれとなくつぎにはどこへいって何を食べるべきかを聞きだすようにつとめた。それがきつねうどんだと、どんぶり鉢を銅壺で湯がいてあたためたり、うどんを湯のなかですすいだり、順番を待ったりして時間がかかるから、おっさんと口をきくきっかけがつくりやすいが、タコ焼きとなるとそうはいかない。さりげない世間話をよそおってぐずぐずしながら、新聞記者でもなく刑事でもなく、ただの物好きな、いくらか詮索癖のある通りがかりの客として聞きださなければならないのである。その一コのピンポン玉大のメリケン粉の球にもし影が射しているとすればホワイト・ハウスのそれであるか、天安門のそれであるかを調べるのだということはあくまでも匂わせないでおかねばならない。そういうことは彼が家へ帰ってからゆっくりと考えればいいことなのである。

はじめにいった銀座の屋台は、まだ時間が早かったので、おっさんはタコ焼きを焼きながらもバケツで粉を練ったり、ソースをまぜあわせたりしていそがしがっていたが、まじめで気さくな中年男だった。まだ準備中なのだからどこかそのあたりをひとまわりしてきてくれなどといわず、ひたすら恐縮していた。

「しばらく食べてないけど……」

彼はタバコをふかしながら、

「タコ焼きて、いま、いくらするねン？」

とたずねた。

おっさんはいんぎんに軽く頭をさげ、

「三コ三十エンでございます。三コを串に刺してさしあげるんでございますが、それに青ノリをふっていただくなり、紅ショウガをそえていただくなりしましてね」

「一コ十エンちゅうことやね」

「そのようでございますね」

「どの屋台もおなじかいなあ？」

「このあたりでは統一しております。トリのミンチを入れても入れなくてもおなじ値段でいこうじゃないか。乱売の値崩しが首をしめる最大の原因になるというんで、よりよりみんなで相談しましてね。値段を統一したんでございます。いわば㊣でございますね。タコ焼きの㊣です。なつかしい言葉で。齢《とし》がバレてしまいますな」

「トリのミンチを入れると入れないのとでは味がどう違《ちゃ》うねンやろ？」

「好き好きでございますからね。一概には申せないんですけど、関西出身のお客さんにいわせると、タコ焼きはタコ焼きなんで、タコのほかには紅ショウガ、コンニャク、揚げ玉、天カスのことですね、これくらいでやるのが正統だとおっしゃいますね。トリのミンチは邪道なんだそうで。タコもマダコの小味なしまったのがいいんで、ミズダコじゃしようがない。タコを入れさえしたらいいというものでもないんで、そこがむつかしいところです。もちろん熱々《あつあつ》のホカホカを冬の夜風の町角で食べるものとされていまして、おどろきましたね、こないだ山本健吉さんのおつくりになった歳時記を読みますと冬のところにでておりました。さすがと思いましたよ」

「ほんまかいな」

「でていても不思議じゃございません。じつは私、こないだ農協さんにこっそり入れてもらってパリへいってきたんでございますが、ちょうど去年の冬のことで、クリを焼いている屋台がございました。それをさっそく一袋買って酒場へ持ちこみまして、一コ食べてみたところ、これは白ぶどう酒にあうんじゃないかと思ったので、やってみました。酒の名は忘れてしまいましたが、いいもんでした。あれは冬のあそこの歳時記でございますね。あれをトリスでやったら、クリとトリスで、ここんとこは小声で」

おっさんはふいにひそひそ声になって口のなかで何かつぶやき、焼きあがったタコ焼きを三コ、五コ、せっせと皿に入れて彼のほうへおしだした。

銀座もまだあけたての宵のうちであるからタコ焼きの屋台にそんな時間にたちよる客

はいないと見え、準備を終わってしまうとおっさんはひまになり、彼の話相手になってくれた。ぼつぼつと話してくれたところによると、近年大阪では家庭用のタコ焼き用具が発売されて人気を呼んでいるそうである。穴が五コずつ二列に並んだ鉄板に簡単なガス・レンジがついたもので千エンするかしないかという値段だが、立派にプロのタコ焼きとおなじ品が作れる。おばあさんが孫を相手に遊ぶには恰好なものなのでたいへん評判になった。それを見てバーのママさんたちが、お客が酔ってくるとよくホステスに百エン玉をわたしてタコ焼きを買いに走らせるが、あの玉も吸いとってやろうと思いたち、さっそく自分の店にもおいてみた。すると、はじめのうちは余興のつもりでやっていたのが、だんだんと発達していって、メリケン粉に卵を入れて衣を軽くしてみたり、中身をあれやこれやと凝ってみたりするうち、本業のハイボールよりもタコ焼きのほうが評判になったので腐っているということであった。タコ焼きはオムレツやお好み焼きやピッツァなどの一亜種であるから、なかに何を入れて焼いてもいいし、誰にでもでき、はなはだ安価であり、どことなくトボけたおかしさがある。

昔の大阪にはタコ焼きの鉄板と穴をさらに小さくして掌《てのひら》ぐらいの鉄板にして小穴をポツポツとあけたのにメリケン粉を流す〝チョボ焼き〟というものがあった。これにはコンニャク、タコ、紅ショウガのきざんだの、それにサクラエビなどを散らし、火鉢の炭火にのせ、焼けぐあいを見てチビリ、チビリと醤油をつぐのである。すると醤油が炭火にこぼれてジュウッと音をたて、香ばしい匂いがあがってくる。母が霜焼けで荒れた指で千枚通しをたくみに使って焼いてくれたものであった。寒い冬の日、外へでてコマ回しもできず、バイ回しもできず、タコあげ、メンコ（大阪ではベッタンといった）、何もできないとき、窓のそとや軒さきを暗くて大きな風が走っていく音を聞きながら、彼は、妹たちと火鉢にもたれて、チョボ焼きが焼き上がるのをじっと待ちつづけたものだった。白い、厚い、木目どおりにできる白い灰のしたの赤い火をじっといつまでも眺めつづけたものだった。それは彼が小学生になるより以前のことだった。空襲も、空腹も、オナニーも知らない頃のことだった。外界と内界にけじめのない頃のことだった。

「……大阪の人には負けます。マイホームでタコ焼きをやられたんじゃかなわない。えらいことを思いついたものです。ダウ平均とマイホームの挟みうちじゃ、とうてい私ども、やっていけません。これがいまに東京へ攻めのぼってきたら、どうなりますか。げんにタコもこないだまではマダコだったんですが、このところ公害で、マダコがとれなくなったもんですから」

ミズダコを使っているということをとつぜん口のなかでつぶやきながらおっさんはひそひそと洟水《はなみず》をすすりすすり千枚通しでタコ焼きを一コずつひっくりかえしていった。その千枚通しだけは三十五年以前に火鉢にもたれて風の音を聞きながら彼が瞶《みつ》めていたのとまったくおなじであった。その頃には風にまだ音があった。冬は暗くて、大きくて、匂いがしなかった。大都市の中心の小さな襞のなかで暮らしていても、こがらしというものがあった。雪もあったし、霰《あられ》もあった。風呂屋から女中に手をひかれて帰ってくる途中でタオルが凍って棒のようになったものだった。

＊

遠いけれどあざやかでなつかしい記憶がよみがえる瞬間にはそれにつれてさまざまなものが同時にまるで小ネズミの群れのようにつぎからつぎへとあふれだしてくる。アセチレンの刺すような匂いをかぎつつ屋台で一コまた一コとタコ焼きを頬ばっているうちにチョボ焼きのことを思いだした彼はぼんやりとなった。

三十五年も以前のことが、母の手や、霜焼けにかかっていたその荒《すさ》んだ、優しい指や、火鉢や、醬油の焦げる匂いや、炭の火のいろや、バイの唸りや、カチカチとはじきあうその音や、その薄暗い路地裏にたまっていた寒さや、お医者さんごっこや、友だちの小さな鼻の赤くなっていたことなど、関係のあるもの、ないものがつぎからつぎへと、いきいきした、小さな生物のようにあらわれてきたのである。

どうしてだか、ヤツデの大きな、暗い葉のかげにうっそりとすわりこんで金いろの眼を光らせている一匹のヒキガエルもあらわれてきた。

「……ダウ平均とマイホームのほかにこわいものがもう一つあるんですよ、お客さん。近頃は〝明石焼き〟などというものが関西から進出してきました。いまのところ、一軒か二軒しか私は知りませんが、これがはびこりだしたらコトですよ」

だまりこくってタコ焼きをつまんでいる彼に屋台のおっさんはぼそぼそと話しかけた。〝明石焼き〟というからには神戸か須磨か明石か、どこぞそのあたりが発生地だと思われる。

タコ焼きには相違ないけれど、タコがひときれ入っているだけで、あとは何も入れず、ただし卵をたっぷりと使って衣を軽く仕上げ、お澄ましのようなおつゆに一コずつ浸して食べるのが特徴だという。卵のほかに牛乳も入れるのではあるまいかと思われることがあるが、卵をたっぷり使ってよくかきまぜたら、たとえば卵白でやったら〝泡雪〟になるが、それでもわかるように、衣がふわふわに軽くなる。そこに眼をつけてタコ焼きに応用したというやつがどこかにあらわれたらしいのである。そいつが、関西だけでじっとしていないで、東京へ進出してきたというのである。

「そいつがのびるかのびないか、はびこるかはびこらないか、私は油断しないで見張ってるんですよ。こっちは一コ十エンですが、そいつは一コ十八エンだとか、二十エンだとか。卵を使って上品にやったのはいいが値が張るんです。そこがそいつの弱身といえば弱身なんですが、油断はできませんやね。頭が痛いんですよ。おちおちしてられなくてネ」

おっさんはしきりに〝やつ〟だとか〝そいつ〟だとかいって説明したあと、吐きだすように、イヤな時代だといった。さきほどタコ焼きが山本健吉氏の新著の歳時記にでているんだとか、パリの冬の焼きグリにも匹敵するんだとか、その焼きグリをキャフェへ持ちこんで白ぶどう酒でやってみたらすてきだったとか、口からでまかせに吹いていたときの元気がすっかり消えてしまい、おっさんの顔は閉じて、皺《しわ》ばんで、小さくなり、眼がひどく陰惨になってきた。〝イヤな時代〟そのものの眼となってきた。うそ寒い、穢《よご》れた、ガソリンの匂いで退化させられた風のなかで肩をすくめ、しきりに鼻をこすったり、身ぶるいしたりしているおっさんのそういう眼に出会うと、眼まであふれかかっていた彼のいきいきした小ネズミの群れのようなものは一瞬たちどまってから、くるりと向きを変えて、いっせいに、足音もたてずに、姿を消した。その一匹一匹の後ろ姿がまざまざと彼には見えるようであった。

〝明石焼き〟はどこでしているのかを手短にたずねたあと、彼はレインコートの襟《えり》をたて、

「お勘定してェな」

といった。

教えられたとおりにいってみると、その店は、有楽町界隈の劇場のうちの一つ、そこ

の階段をおりたところにあった。小さな店で、席数もあまりなく、テーブルも椅子もみな小さくて、壁に紫の灯がついたりしている。三、四人の少女が壁に肩をくっつけるようにして腰をおろし、ひそひそ声でおしゃべりをしたり、クスクス笑ったりしている。どうやらここはティーン・エイジャーが映画や劇場のあとでオヤツを食べにくる店であるらしい。

少女たちの食べているのを見ると、赤く塗った、少し坂になった台のようなものに二列に並んだ、ダンゴに似たものである。黄いろくて、柔らかくて、軽そうであり、少し焦げめもついているようである。それを一コずつそっとお箸でつまみあげ、よこの平茶碗のおつゆにつけては、口へはこんでいる。おつゆには青い、こまかいものが浮かんでいる。テーブルには、見ると、トウガラシとアオノリの小瓶がおいてある。

屋台のおっさんはいい忘れていたが、ここのタコ焼きはおつゆにつけたうえで、トウガラシやアオノリをふって食べるようである。註文してしばらくすると、赤塗りの台が彼のまえにはこばれてきた。行儀よく五コずつが一列に並び、それが二列になっていて、十コで一台である。平茶碗もついてきたが、それには透明な澄ましに似たおつゆが入っていて、青い、小さなものを散らしてあるのはミツバであるらしかった。Gパンをはいた、クリッとした顔だちの娘がそれらをはこんできてくれたのだが、どうして食べるのと彼が小声でたずねると、おつゆにタコ焼きをつけて召し上がるのですが、おつゆにトウガラシを散らすなり、アオノリを散らすなりは、お好みなんですと、いきいきした声で教えてくれた。

教えられるままにやってみて、おつゆにつけたタコ焼きを口にはこび、舌にのせてから、彼は感心した。ひどく感動したというよりは、ちょっと眼を瞠《みは》りたくなった。さきほど食べた屋台のタコ焼きは一片のタコのほかにサクラエビだの、揚げ玉（天カス）だの、トリ肉のミンチだの、いろいろなものがもったりと重いメリケン粉の衣にくるまれたうえに鈍重なトンカツ・ソースを塗りたくられ、さらにそのうえへ安物の、色の褪せたアオノリをまぶしたものであったが、ここのは細胞核として一片のタコが入っているきりで、それも口のなかへ入れてからモグモグと舌や歯でさぐってみなければあるともないともわからないほどの小ささである。ほかに何も入っていない。あたたかくて、柔らかくて、軽快な衣がくにゃくにゃと舌のうえでくずれ、ほのかな卵とダシの上品な淡味が靄《もや》となってひろがるだけである。ためしにおつゆにトウガラシをふってみると、あたたかい靄のなかから軽快な辛辣《しんらつ》があらわれて舌をチクリとやり、すばやく消えた。これは戸外のものではなく、室内のものである。ごみごみした冬の夜風に吹かれて食べるものではなく、あたたかい部屋のなかでおしゃべりをしながら食べる、つつましい、こましゃくれたお洒落である。

話題はお脳の弱いスターの誰彼の離婚話、パリの新作モード、五木寛之がネコ背で薄い胸にギターをかかえて眼をうるませている出版広告、カーク・ダグラスのごつい顎《あご》にできている小さな穴、ブロンソンのハツカネズミのような眼……といったようなことであろうか。

しばらくすると少女たちが店をでていき、客は彼ひとりになった。Gパンをはいたウエイトレスの娘はさっさとテーブルを片づけてしまうとすみっこへいって腰をおろし、指の爪を噛みながらよれよれになった新幹線用の週刊誌を読みはじめた。カウンターのなかではカッポウ着のおばさんがこまめな手つきでせっせと皿を洗い、台拭きをしている。

なにげなくおばさんの仕事場をのぞいてみると、そこには狭いなかに冷蔵庫や、バケツや、何やかやがおいてあって、おばさん一人がたったままで体の向きを変えるのが精いっぱいというくらいの面積しかない。壁ぎわに何台かの箱型のガスレンジがあり、そこに磨きこまれて黒ぐろと油光りしたタコ焼きの鉄板が一枚ずつのせてある。メリケン粉や油でよごれた壁にガラスの一輪ざしの花瓶がかけてあり、香港製のカーネーションがしぶとくもけなげに咲いている。この数年間一日の休みもなしに散りもせず枯れもせずに咲きつづけて埃《ほこり》と油垢にまみれたが、これからもさらにけなげに抵抗しつづけていくらしい、そのさりげない気配である。

水洗いをしているおばさんにぽつぽつとたずねてみると、おばさんもぽつぽつとした口調で相手になってくれた。彼はタコ焼き屋が偵察にきたのでもなければ、税務署がおしのびで査定にきたのでもないのだという様子をつくろうためにあれやこれや、まったく関係のない、つまらない話題をはさみこみつつ、そろそろとピンセットを入れていった。

すぐにつまみだせたところでは、ついこないだまでこの店では十コが百六十エンだったのだが、最近になって物価攻勢に抵抗しきれないで百八十エンに値上げせずにはいられなかったということであった。相対的景気調査官としてはその事実を知るだけでひとまず満足しておかなければならないのだが、彼はここのタコ焼きそのものに予想外の満足を味わえたし、また局長が〝雰囲気とそのいっさい〟をふくめて報告してくれと強調していたことも思いだされたりしたので、もうちょっとつっこんでたずねてみたかった。たとえば、どこで、どうやって、何をきっかけにしてこういうタコ焼きを思いついたのか。メリケン粉と水またはダシ、それに卵、これらの混合の比率はどれくらいなのか。卵は何回ぐらいかきまぜたらいいのか。牛乳を入れるのか、どうか。タコはマダコなのか、ミズダコなのか。つけあわせのおつゆのダシはカツオからとるのか。コブからとるのか。それとも両者のほどよき握手によるのか。

それまでぼつぼつとながらも彼の質問に答えていたおばさんは、ふいに眼も声も変わってしまった。変わってしまったといっても露骨に表情を、それとわかるほどに変えたのではなく、さりげなく、たくみに、けれど決然と、変えたのである。さまざまな彼の問いを一つずつハグらかしながら答えるときのおばさんの眼は画でいうと遠景でもなく近景でもなく、いわば中景を眺めているまなざしになった。人でいうと顔でもなく足でもなく、いわば相手の胸もとあたりを眺めるまなざしなのだが、それも胸もとそのものではなくて、自分と相手の胸もとのどこか中間のあたりの任意の一点を眺めているまなざしである。それは答えにくいことに口をきかなければならなくなった人のまなざしであり、何かしゃべりながら何もしゃべっていないのとおなじなのだと相手にさとらせなければならない立ち場におかれた人のまなざしであり、口ぶりであった。

彼が大阪弁でたずねると、おばさんは眉もうごかさずに、

「ミズダコ?」

あざけった。

「マダコです。うちではマダコのほか使いませんよ。ミズダコなんて。これは神戸の宗家との約束で、ぜったいに質は落とさない、変えないということで秘伝を教わってきたんですからね。よそは何を使ってるのか知りませんが、うちじゃ、マダコですよ」

「しかし、マダコは近頃、公害だの、コンビナートだので海がきたなくなってきたんで、以前ほどにはとれなくなった。明石のタコもアナゴも昔ほどのものはとれんようになったと聞いてるけどね。大阪にいるおれの妹なんかときどきそういうことをいうてくるわ。

ハモもだんだん食べられへんようになってきたというねン。タコも、ハモも、アナゴも、カマボコも、ゴボ天も、みんな味が変わってしもたといいよるねンけどね」

「そういうことはいえますけどね。それはおっしゃるとおりでしょうけどね。どんなことがあっても、うちではマダコのほかには手をださないときめてあるんです。そういうことなんです。そうキメてあるんです。神戸の宗家とも約束したんですよ。そういう約束で教えてもらい、また、お店をださしてもらったんです。何をどれだけまぜるか、おつゆのダシは何でとるか、卵はかきまぜたらかきまぜるだけいいのか、それともホドホドにするのか、そういうことはみんな秘密なんです。技術は公開しない、支店もださない。そういう神戸の宗家との約束です」

「秘密やいうても誰か舌の敏感なのがこっそりきて食べてみたら、いっぺんにわかってしまうのンと違《ちゃ》うやろか？」

「それはしようがありません。そうなれば、これはもうふせぎようがありませんわ。うちでもそこまでかくしおおせるとは考えていませんの。技術などというものはどれだけかくしてみたところで、その気にさえなれば、原子爆弾みたいに、すぐにあちこちで作られてしまいますよ。神戸の宗家もそういうんですよ。そこは覚悟しておかなければいけないって、いわれてるんですよ。原子爆弾とおなじだって」

せっせと水道で皿や赤塗りの台を洗いながらおばさんはそういった。まなざしも口調も真摯《しんし》であるが、そのうしろには傲然たる自信、満々とした自負、キッと首をもたげたシャモのような闘志、木の梢《こずえ》にぶらさがったサルがしたを見ながら声をたてるときのような嘲《あざけ》りなど、ずいぶんたくさんの根深くてしぶといものがこめられているらしい気配であった。盗めるものなら盗んでみろ。やれるものならやってみろ。おばさんは口にこそださないが、横顔はそういっているようだった。うっかりこれ以上からかったら頭から吠えたてられるか、それともいきなり手に嚙みつかれるかというような気配があった。技術も公開させない。店が繁昌したからといって支店もださせない。そのうえタコ焼きを原子爆弾になぞらえて秘密がいつかは漏れることにもそなえ、また、覚悟しておくようにと一人の女弟子に教えこんだ〝神戸の宗家〟とは、どういう人物なのであろうか。ふいに彼は新鮮な興味がわいてくるのをおぼえた。

タコ焼きにマシュマロの柔らかさやスフレの軽さをあたえようとしたことのうらにはなみなみならぬ着想と努力がある。卵菓子、または温菓として、ささやかながらこれがスフレの一種であり、その遠い異母弟であるとするなら、さらに焼いたうえで冷めたいミツバのおつゆにつけて食べるようにとしたその着想は、すくなくとも、スフレにはないものである。チョボ焼き、お好み焼き、家庭用タコ焼き器、バイ、炭火、ヤツデのかげのヒキガエル、さまざまなものが、貴重な小生物のいきいきとした群れが、ふたたびひそやかにざわめきつつ、あふれてくるのが、感じられた。いってみよう。久しぶりで帰ってみよう。大阪へいこう。神戸へいこう。宗家に会ってみようと、彼は思いきめた。とつぜん愉しく。

＊

そのあと何軒かの屋台をのぞいて歩いて食べたり聞いたりをしたところを大蔵省書式の用紙何枚かに報告として書きあげ、翌日、局長のところへ持っていった。いわばそれはタコ焼きについての〝白書〟といったものであったが、局長は彼からうけとると、蓋つき・茶托つきの茶碗でお茶をすすりつつざっと読み、満足も不満足も見せずに、『未決』箱と『既決』箱のあいだへおいた。彼は調査してみてわかったことですがといって、タコ焼きにもふつうの屋台の一コ十エンのもあればほぼそれの二倍の〝明石焼き〟もあることを説明し、何といってもこれは関西で発生して東上してきたのだから〝神戸の宗家〟もあたってみる必要があるといい、出張の許可を求めた。

局長はうなずいて、それはいいことだ、これは全国調査なのだからその必要がある、今後思いついたらどこへでもどんどんでかけてほしい、さっそく新幹線でいってもらおうか、たいそう鷹揚にそういった。チョボ焼きを思いだして動揺をおぼえたのだということをちょっとした感想として述べたものかどうかと彼が迷っているうちに局長は会議だといって席からたっていった。

「……そういうわけでやね、これから毎日、東奔西奔や。関西へいったらタコ焼きを食べてまわり、神戸の宗家とやらにも会《お》うてみるつもりやけど、考えてみると、ドテ焼きというもンもある。お好み焼きちゅうモンもある。ぎょうさんあるわ。それもついでにアタってみよかと思うねン」

「なるほど」

「ドテ焼きについていうと、西のドテ焼き、東の煮込みちゅうところやね。ドテ焼きは牛の腱《すじ》や屑肉を串に刺して鉄の浅鍋で味噌をひたひたにしたのへつけて、こう、グツグツと煮たもんやけど、煮込みちゅうのは串やないね。モツのいろいろなパーツをこまぎれにして味噌で煮たものや。ネギをかけたり、トウガラシをかけたりして食べる。ここらあたりもさぐってみたら何ぞ東西の気質のちがいちゅうようなモンがわかるのンと違うやろか」

「わるくないね」

「神戸の宗家へいくまえにちょっと東京の煮込み屋をのぞいてみよかと思うねン。今晩あたり、どうや。あんたとも久しゅういっしょに飲んだことないよってに、ええチャンスやと思うねン。一杯さしあげたいねン。ぜひつきおうてもらいたいなァ。経費はいっさいおれがもつワ。いうまでもないこっちゃけどなァ」

「煮込みごときでおれがもつの、誰がもつのってことはないだろう。マ、正確にいえば君じゃなくて大蔵省だ。大蔵省の予算だ。ということは、つまり、国民の税金だわな。おれも国民の一人だ。となると、君がもつんじゃなくて、おれがもつということだよ。野暮はいいたくないけどな。日頃税金じゃ泣いてるんでね。ちょっとひとこと申しあげておきたくなった」

彼は私（筆者）の言葉には聞いて聞かぬふりというそぶりも見せず、ポケットから『朝日』をとりだすと一本ぬきだして口にくわえ、大きな輪へつぎつぎと小さな輪を吹きこんでいく煙あそびをはじめた。彼が眼を細くし、口をオチョボにとがらせ、指さきでかるく頰をトントンとつつくと、煙の小さな輪がつぎつぎころがりだして、さきに吹きだした大きな輪のなかをくぐりぬけていった。私は何となく口をきく気がしなくなり、イヤ味を並べるよりは煮込みでも食べたほうがましかと思って、ぬるくなった粗茶をすすった。茶碗には欠けた茶托がついていたが、蓋はついていなかった。

有楽町のガード下、新橋駅前、渋谷の裏通り、新宿の区役所界隈、浅草の雷門近く、お茶の水の駿河台下と……その夜は彼といっしょに何軒となく食べてまわり、飲んで歩いた。食べたのはどこでもモツの煮込みだけ、飲んだのはどの店でも焼酎だけだった。さしでがましいようで恐縮だが、ここで私個人の見解を申しあげておくとすると、焼酎はうまいものなのである。これを車夫馬丁の酒と軽蔑しているのは浅学菲才《ひさい》といってよいことである。現在の日本の蒸溜技術は抜群の段階に達しているのであって、焼酎の純度、透明度はたいへん好ましいものになっている。よく磨かれた焼酎は、たとえば瓶ごと冷蔵庫に入れて冷やしておいたのをすすると、口あたりがよく、舌のうえでコロコロところがり、爽やかで、愉しい酒である。不純物がないから宿酔《ふつかよい》ということになるとほかのどの酒よりも打撃が軽くてすむ。口のなかもネバつかない。イヤな匂いもこもらない。いいことばかりなのである。ことにモツの煮込みのようなねっとりした肉料理にはこのうえない友人なのである。

いいことばかりのなかでまずいのは度数が低くてピリッとこないということ。それに、ホワイト・リカーなどとくだらない横文字趣味に色眼を使っていること。レッテルにサクランボだの、ウメだの、ミカンだのの絵が散らしてあって、チラと見たときにはジュースだか酒だか、けじめがつかない。この酒は色でいえば純白、繊維でいえばパリパリと音がしそうなほど糊のきいた、洗濯したてのシーツ、あの味である。純白のシーツの味である。横文字趣味でいいたいのならホワイト・サテンとしておこうか。

「……こいつの一族にはシュナップス、テキラ、ジン、ウォツカ、ホワイト・ラム、茅《マオ》台酒《タイチユウ》、アクヴァヴィット、いろいろある。原料がそれぞれちがうし、匂いをつけたのもあればつけてないのもある。沖縄の泡盛の本物中の本物というのはカメに入れて床下を掘って何年となく寝かしたやつで、しっとりした漆喰《しつくい》の匂いがして気持ちを沈めるのにいい。めったにないけどね。焼酎というのはいい酒なんだよ。とてもいい酒なんだ。八丈島に『鬼殺し』という名のがあるけどね。それくらいの気概を回復してほしいな。これは自尊心の問題だよ。『鬼殺し』というのはいい。これでなきゃいけないよ。字を見てるだけでも昂揚してくるじゃないか。せめて酒を飲むときぐらいは胸を張りたい」

「ほんまやなァ」

「男の酒なんだぞ」

「そのとおりやね」

「男が飲むんだからな」

彼はタバコの焦げあとや、肉汁や、灰や、ネギや、トウガラシの粉などの散らばったカウンターにネコ背になって向かい、首をすくめて、ひそひそと笑った。ピリッとこない、たるんだような、どれだけ冷やしてもぬるま湯みたいなところのある焼酎と彼のめだたなさはいいとりあわせであったが、あまりよすぎて、こちらの気が滅入ってしかたない。マッチの軸にじわじわと水がしむようである。日なたにさらしたサイダー。雷の鳴らない夕立ち。雲のない冬。うだうだとしゃべりあっているうちにいらいらしてきそうになるが、しばらくそれをこらえていると、投げだしてしまう気力も消えていき、ただジメジメとそこにすわっているよりしかたなくなってくる。

しばらく来ないので忘れていたが、煮込み屋というのはいつ見てもおなじである。おなじようなわびしい人物たちがおなじようにネコ背になっておなじように汚れた大鍋のまわりにすわっている。大鍋のなかではねっとりと濃くて重い味噌と肉の汁がひろがり、ゆらゆらと湯気をたてている。熱くて香ばしいそのぬかるみには大小さまざまな脂の輪が浮かんでキラキラ輝き、あちらで、こちらで、泡がもくりポカッと音をたてる。おどかすようでもあり、嘆息をつくようでもある。明けても暮れても味噌と内臓の破片を腹いっぱいにつめこまれてお尻からじりじりとあぶられている、鈍重で頑強な、形の崩れかかった大鍋の、耐えに耐えた嘆息がその泡の音のなかにこめられているようである。

ある店では串に刺したのを皿に入れてくれる。ある店では湯豆腐のうえにどろりとかけだしてくれる。ある店ではそのまましゃくって小鉢に入れてくれる。ある店ではきざみネギをのせ、トウガラシをふりかけ、それらをまぜあわせて食べるのだが、煮込みの愉しさはなにげないもので、お箸でつまみあげた破片の形を見て、これは腸だろうか、それとも胃だろうか、管の一部だろうか、袋の一部だろうかと考えにふけられるということにあるが、何がでてくるかしれない闇鍋の期待である。それに、よく煮こんで味噌のたっぷりとしみこんだ内臓は、内臓そのものの持つ深い滋味があって、それが腸や胃によって少しずつちがい、歯ごたえや舌ざわりも少しずつちがい、ひとつひとつゆっくりと噛みしめていると、ネクタイをつけなければ入っていけないような気のする銀座のレストランのシチュウなどより、よほどうまいのである。

「……こういう店は混んでゴチャゴチャしてる店ほどおいしいなァ。おいしいからこそ混むのやろけどね。大きな鍋でたくさん煮込めば煮込むほどモツのおたがいのダシがでてきて、それがまじりおうて、そやさかいにまったりとしてくるねんやろなァ。はやる店は鍋をようかきまぜるやろし、つぎからつぎへ新しいのをどんどん入れるやろし、それでうまいねんやろなァ。一杯五十エンは安いデ。こんなに安うて、うもうて、リキのつくもンはほかにないデ。貧乏人ほどうまいもン食うてるわイ」

おや、とふりかえりたくなるような、しみじみとしていてしかも賢い口調で彼がつぶやいた。焼酎が少し上昇してきて頬の血のいろが射し、眼がやわらいで、湯気でうるんでいる。あかずの部屋で机に向かってぼんやりとタバコをふかしているときとくらべると、いまようやく顔に形がもどってきたところだといいたくなるような顔をしている。

彼は背をのばし、

「なァ、おっさん」

といった。

そう呼ばれた人物は店の主人らしく、大鍋のよこにたってゆっくりとした手つきで味噌を入れたり、大鍋をかきまぜたりしている。ホルモンの血やら肉汁やらに汚れて割烹《かっぽう》着《ぎ》がどろどろである。けれど、どっぷりと太っていて、顔が血と脂で輝き、見るからにうまそうである。飲食店の主人はやっぱりこういうふうに太っていて、うまそうだなとあたたかい気持ちになれるような風貌をしていてほしいものである。

ほめられたのでおっさんは血と脂と味噌と垢と便所の匂いとゲップの音のなかでにたりと笑った。気味わるいといえば気味わるいが、それでも食べようと思えば食べられないでもない、かなり底深い味のしそうな笑いであった。

「お客さん、眼が高い」

おっさんが満足げにいった。

「うちの煮込みは特別うまいんでね。そんじょそこらの屠殺場のすみっこにおちてるのをひろってきたんじゃない。よりぬきなんでさ。よりぬきもよりぬき、ピカ一さ。こりゃお客さん、この鍋のなかに入ってるのは、松阪牛のモツなんだよ。何とか婆さんて有名なのが松阪にいてギュウにビールを飲ませたり、焼酎でマッサージしたりって聞くだろ。あのギュウだよ。天下一品よ。それがね、ヘレのところは帝国ホテルとかどことかへいって、モツはうちへくるんですよ。うまいはずさ。こないだもハングリヤ大使館の人がおしのびで食べにおいでになったんで、大使にいろいろと御説明申し上げたんだよ。あちらにも似たのがあるんだってね。グラシとかいったかね」

「ハングリヤじゃなくてハンガリアだろう。グラシというのはグラッシュといってね、トウガラシをうんと入れたシチュウだよ。ピリピリっとする煮込み料理だよ」

「おなかがハングリヤというんだって。だからハングリヤなんだって。大使が来たんだよ。そこにおすわりになってね。箸なんて上手なもんだ。グラシだか、カラシだか、そんな料理の話をなさってね。いい人だったよ。さすが大使ともなればどことなく風格がちがうぜ。うちのは松阪のギュウのモツでございますって申し上げたら、御感《ぎょかん》あって御帰還になったようでしたぜ」

「御感はよかったね」

「およろこびになってたってこと」

「大したもんだね」

「そのうち帝国ホテルのコック長あたりもくると思うね、きっと。連中、ヘレは扱ってるがモツは知らないんだからね。松阪のギュウのヘレとくれば泣く子も笑いだすってとこだが、こりゃマア、金さえだせば、どこへいけば食べられるかって、みんな知ってるわサ。しかしだ、松阪のモツときたら、どうだ、どこへいったら食べられるか、誰も知らないよ。うちは宣伝、広告なんて、これからさきもやらないからね。それでいてこの入りだ」

おっさんはまっ黒に汚れた、長くのびた爪を彼と私のまえにヌッとつきだし、ピンと音たててはじいてみせた。こればかりはどう食べてよいか、見当のつけようがない。何か灰いろのしずくみたいなものが散ったように見えた。

しばらくしておっさんが消えたので、私と彼は、期せずして眼を見かわしあい、めい

めいのコップの焼酎をすすって、

「………？」

「………?!」

笑った。

一杯五十エンのギュウのモツの煮込みの皿をまえにしてくたびれきった人物たちが熱い酒の匂いにまみれて放心したり、もつれあったり、濡れたりしている。灯が輝き、大鍋が嘆息をつき、バケツのなかの内臓は血にまみれている。ほのぼのする優しさと親しさが、放埒《ほうらつ》や、不潔や、貧しさや、活力のなかに漂っている。ネコ背の人物たちは上からおさえつけられず下からつきあげられず、あたたかい朦朧のなかでいまひとときだけのびのびしている。この安堵だけが男たちをしらちゃけて苛酷な一日からほどいてやる。おれたちがひたすら求めているのは母の胎内にあったときの眠りだけなんだと男たちはつぶやいている。あの安穏以上に好ましいものは地上にないんだと男たちはいい、それが見つからないばかりに響きと怒りにふけっている。そこで似たものを発見しようとして煮込み屋にやってくる。投げだしたくなって。かくれてしまいたくなって。形を捨てたくなって。溶解したくなって。眼で見ることのできなかった静寂のうちの、くらげなし漂えるあたたかい羊水のなかの漂いをもとめて……。

＊

煮込み屋はどれもこれもが似すぎているためにつぎからつぎへと店を変えても、どれがどうというけじめがつかなくなり、ただ一つの店を出ては入り、出ては入りしているような感触におそわれる。煮込みが味噌で煮てあるのはそうすると内臓特有の匂いが消え、また、柔らかくなるからで、コトコト煮ていくうちに内臓の脂やソースが味噌の味をまったりとしたものに変え、おたがいにいい影響をあたえあう。だから内臓やコンニャクを食べ終わると口を皿へもっていってチュウチュウと汁を吸う客がいるが、よく味を知っている人のふるまいといっていいようである。

彼はくたくたの内臓とかったるい焼酎に浸りながらも溺れることまではしなかった。焼酎をすすりながらそれとなく近頃値上げしたかどうか、材料が高くなったかどうか、それにつれて客が増えたか減ったかをたずねてみた。ウォール・ストリートの動揺は地球のあちらこちらの顔に皺をよせ、当然のことながらこれら洞穴時代のような煮込み屋の大鍋にもひびいていることと思われるが、最近一年間に値上げをしていない店のほうが多いようであった。値上げをした店もないではないが一皿につき十エンぐらいで、つつましいといってよい気配であった。

松阪牛の内臓を使っているのだと元気のいいことをいったおっさんもあり、何をたずねてもむっつりしているおっさんもありで、〝景気〟という言葉の内容にふさわしいものをあからさまに察知できる反射に出会うのはむつかしいことであったが、これらの洞穴に出入りするのは会社の接待費で食べる客ではなく、ツケで食べる客でもなく、その場その場で自分のポケットから痛い、痛いとイヤがるお金をソッとつまみだしてくる客なのだから、全料飲界中でもっともまっとうであるといえた。もっともどん底がもっともまっとうなのであった。不況になるとそれまで身銭でない銭で飲み食いしていたのが〝冗費節約〟にしぼられ、いくところがなくなって、こういうところへおちてくる――または、もどってくる――ということがあって客の数はかえって増える。軽薄にたいする罰といえばいえそうだが、まずいものならともかく、ハングリヤ大使までがお見えになる味なのだ。深く御感あって召し上がれといいたいところである。

けれど、一晩にこう何軒も何軒もあさり歩いていると、けじめがつかなくなる。元気のいい店も、むっつりした店もおなじになってくる。たった一軒の店を出たり入ったりしているだけであるような気がしてくる。ぬかるみのような味噌の肉汁のなかで脂がもくりポカッと泡音をたてている大鍋があるだけのような気がしてくる。ねとねとした壁、ゴミゴミした床、べちゃべちゃしたカウンター、どろどろしたおっさんの割烹着、何もかもがうるんでキラキラ輝く靄のなかに消えてしまい、あるのはただ大鍋とその深い嘆息だけのような気がしてくる。

あちらこちらで思いだしたようにもくりポカッという音をたてる脂っぽい泡や輪を眺めていると、観光地の火山で〝地獄谷〟などといって地熱で卵を蒸したりしているのにそっくりである。あそこでもねっとりとしたマグマがゆらゆらする湯気と硫黄の匂いのなかでもくりポカッと泡をはじけさせている。かわいいのもあるが、おそろしげなのもある。いまにも大爆発、大噴火をやってのけそうな、満々たる精力と威迫をみなぎらせてあくびしているが、その泡音には底なしの怒り、嘆息、脅迫がこもっていそうである。そういう追憶といっしょに、煮込みに煮込まれてクタクタになった管や袋を食べていると、体のあちらこちらに脂肪や贅肉《ぜいにく》がつきそうだが、その種の贅肉では顔も、肩も、腹も、膝のうえも、すべての箇処が食パンの肩のように丸くなってしまうのではあるまいかと思えてくる。鼻の頭が丸くチビてくるのは好色と酒だけではないのではないかと思えてくる。

ふと思いついて、

「ところで」

といった。

「予算つぶしのために景気調査といって君はこれから食い歩きをやるんだが、予算、予算といって、いったいどれくらいあるんだね。どれくらいの予算を食いつぶしたらいいのかね?」

「わからん。わからんのや。それがわからんよって困ってるねン。知ってるのは局長だけや。えらいさんだけが知ってるねン。おれは命令で食べてるだけや。早い話が、タコ焼きならタコ焼きで、十コ食うたらええのか、百コ食うたらええのか、それとも十万コというような数字なのか、何もわかれへんねン。どこでストップがでるのか。それがわかれへんねン」

「何万エンという数字か?」

「わからんネ」

「何十万エンという数字なんだろうナ?」

「わからん」

「それとも何百万か?」

「知らん、知らん」

「野暮はいいたくないけどね。これは国民の税金だ。おれもその一人さ。その使いみちをトクと知りたいね。わが国の空気は酸素と窒素《ちっそ》と税金でできているというのがおれの表現だけどね、酸素は海と山が死んでいくにつれてどんどん減りつつあるそうだ」

「そうらしいね。酸素を作るのは山の木と海のバクテリアらしいけど、山も海もいまはひどいからね。そこへジャンボ・ジェットだの何だのと超大型機械でパクパク消費するからね。えらいこっちゃデ、これは」

「昔の人間と今の人間と脳の血にとけている酸素の量をくらべてみたら面白いゼ、きっと。おれの脳なんか、とっくに酸素欠乏症さ。眠くて眠くてしかたない。それくらい酸素が減っていく。ガタガタと減っていく。わが国の空気は窒素と税金だけになる。もうとっくにそうなっている。酸素が減る分だけこの二つの分が増えていくらしい。毎年この二つは上昇するいっぽうだ。そのうち君たち役人がこうやって食いつぶしてくれる」

「そうやねン。そのとおりやねン。おれとこの局だけやない。ほかの局でも似たようなことをやってるこっちゃろと思うワ。余った予算を余ったままにしといたら来年減らされるよってにナ。これは何が何でも使《つこ》てしまわんならんワ。おれも納税者の一人やけどナ、それがこうやって税金を食いつぶして歩いてるねんよってに、これはタコが自分の手足を食うようなこっちゃね」

「てめえの手足ならまだ納得がいくよ。けれど、おれはどうなるんだ、おれは。とられっぱなし、食われっぱなしだぜ。やらずぶったくりってこのことさ。タコ焼きや煮込みならまだしもかわいいところがあるけれど、そうそうこんなものばかり食って歩くわけじゃあるまい」

「そうや。そうや。局長はどん底からてっぺんまで、日本全国、右から左、徹底的に景気を調査してみろといいよるねン。そういうからにはかなりの予算やろね。いまはタコ焼きと煮込みやけど、これはどん底で、あとは上がっていくいっぽうやね。ウドンもあるし、スキヤキもあるし、ウドンスキちゅうもんもある。ウナギの蒲焼きも食うてみんならんわ。それも養殖と天然の両方をやってみんならん。スシはスシで、ニギリのほかにチラシ、キズシ、蒸しズシ、マス蒸し、バッテラ、小ダイ雀ズシ、アナゴズシ、巻きズシ、和歌山のメバリズシ、鹿児島の酒ズシと、こうくる。まだまだある。それから洋食となるやろけどこれもビフテキ一つをとってみても、昨日ちょっと研究してみたんやが、モーニング・ステーキ、ミニッツ・ステーキ、Tボーン・ステーキ、ペッパー・ステーキ、シャリアピン・ステーキ、シャトウブリアンときてやネ、ハンバーグはアメリカでこそそういうけれど本場のハンブルグではドイツ語でドイッチェ・ステーキというてるそうやないか。そうするとこれもステーキの類に入れるとせんか。えらいこっちゃデ、これは。フランス料理。中国料理。イタリア料理。インドネシア料理。スカンジナヴィア料理。懐石、これは表と裏とあるね。関西割烹、これも本家風、分家風とあるね。これをいちいちあたっていくとせんか。ちょっと思いついたところでタイのあら煮、アユの姿焼き、冬は寒ブリ、夏はハモの湯引き、秋はマツタケの土瓶蒸し、えらいこっちゃデ、これは。えらいこっちゃデ、ほんまに。肝臓がもつやろか」

ピリッとこない焼酎のせいにしてはそれまでうだうだしていたのがふいにまくしたてはじめた。日頃しごきぬかれ枯らされつくし眼も口もめだたなくなってしまったのが煮込みと焼酎でふいに泡をたてはじめたようであった。食いしん坊は食べものの話をしさえすればどんなときでもむっくり頭をあげて生体反応を示すものであるが、彼の場合は予算、つまり税金を食いつぶすことをやましく思って、しかしどうなるものでもないから自棄《やけ》でひらきなおったのか、それともそういう気配のかげで日頃食べたくても食べられないことからくる執念に火をつけてしまったものなのか、よくわからないところがあった。

食いしん坊が夢中になってうまいものの話をしていると、無邪気と無残さと、それにまじって〝鑑賞〟とひとくちに呼ばれる観察眼、洞察力、素養などが明滅するものだが、いまは無邪気と無残さがあらわれている。頰を指でたたいて煙の輪を吐きだすことも忘れて小さな眼に何やら日頃ついぞ見かけたことのない鋭い光りをうかべてかぞえたてている彼の横顔には一種とらえにくい無残さがありありとあらわれているようであった。

彼はコップをおき、

「食うたるゾ、おれは」

といった。

「大阪へいく。神戸へいく。タコ焼きの宗家にも会う。ドテ焼きも食べる。ドテ焼きに宗家がいたらそれもさがしだして会《お》うてくる。たこ梅のサエズリも、みみ卯《う》のうどんすきも食うねン。久しぶりや。うどんすきにはアナゴの素焼きがいちばんやが、久しぶりや、イヤというほど食うたるワイ。おれの税金も、あんたの税金もない。食い魔と化したるのや。見とれ」

サエズリとはクジラの舌のことである。それをさらしたのを細かく切っておでん――大阪ではかんとだき（関東煮）だが――それに入れてグツグツと煮たもので、たこ梅という老舗だけの逸品なのである。彼は小さな眼を血走らせ、無残な口調で、それを食べるという。イヤというほど食べるという。

私はコップをおき、

「さいごにひとことといわせてくれ」

といった。

「野暮はこれが最後だよ。しかしだね、血税の窒素吸引者としてはだ、ぜひお耳に入れておきたいナ。話だがね。かりにおれとしておくか。そのおれが、パリで遊んでたときのことだよ。モンマルトンのキャフェである夜ふけに酒を飲んでいたら、皮ジャンパーを着た若者が一人店に入ってきたんだ。見れば筋骨隆々、リノ・ヴァンチュラみたいな男だ。そいつが力だめしだといってテーブルにあったレモン――パリではシトロンというがね――それを一コつかんで、こう、満身の力でにぎりしめた。額にモリモリと青筋が走って、たいそうな力みようさ。レモンはザァーッとジュースをしぼられてたちまちカラカラになった。若者に何の仕事をしているのとたずねると、じつは中央市場の労働者で、ときどきジムへいってきたえてるんだという。そこへそれを見ていたのかどうか、おじいさんがひとりやってきた。見れば咳はゴンゴン、咽喉《のど》はゼイゼイ、足もおぼつかなくて、水につかった藁《わら》みたいなおじいさんだ。そのおじいさんが、旦那ちょっと失礼しますといって、いましぼったばかりのレモンをとりあげてほんのかるく指さきでひねったら、またザァーッとジュースがこぼれ、今度は一滴のこらず、ほんとにカラカラになってしまった。そこで若者とおれがびっくりして、異口同音に、おじいさん、仕事は何ってたずねた」

「ふん。それで？」

「するとおじいさんがはにかんだように後ずさりしながら小さな声で、いえナニ、私ちょっと税務署に関係してますんでと答えた」

「………」

外国を旅行するときに必要なのは——外国でなくてもいいが——ドルのほかに、この種のちょっとしたハナシである。またしても筆者がのさばって申し訳ないことだが、私はこのハナシのほかに、国際政治に関するものと、恐妻病に関するものを一つずつ、計三つ、多少酔っていても何とかまちがわずにしゃべれるような英語とフランス語に訳しておぼえこんである。おかげで漫遊のときにあちらこちらのテーブルでたいそう歓迎され、酒を一杯よけいに飲むことができた。どこでおぼえたのか、いまとなってはこのハナシの出所がはっきりしなくなっているが、作者不詳のこのハナシでずいぶん私は微笑、苦笑、哄笑の各種を観察することができたのである。ハナシというものは人と対話するときの酸素であり、必須栄養物である。

彼はニコリともしなかった。血走った小さな眼のなかでかすかにゆれるものがあったように見えたが、それはすぐ消えてしまい、あらためて見なおしたときには、もうなかった。ゆっくりとコップをおいてうなだれると、彼は『朝日』を一本、ポケットからつまみだして火をつけ、うなだれたまま頬をつっついて煙あそびをはじめた。いがらっぽい大きな輪のなかを小さな輪がいくつもいくつもつぎつぎとくぐりぬけていき、いっしょにもつれあってカウンターのしたから這《は》いあがってきた。

おもむろに彼は顔をあげ、

「タコ焼きや、ドテ焼きや」

といった。

ぼんやりしているがしぶとい口調で、

「サエズリも食べたるワイ」

といった。

私は、

「全部おれに報告してくれよ」

といった。

*

〝ウナギの寝床のような〟というのは細長くてせまい場所をさすのに使う表現である。もしそれが喫茶店や一杯呑み屋なら体をよこにしないと歩けないほどせまい、そういう場所である。ウナギは川岸の水にかくれた部分にあいている穴に棲むのが好きである。護岸工事の石と石のあいだとか、川ネズミの掘った穴とか、ザリガニの掘った穴とかである。彼はそういう穴を見つけるとしめしめともぐりこんでいき——おそらくしっぽからさきに——穴から顔を上流に向かってだしておく。顔を上流に向けておくのは餌になるものが流れてくるのを待つためと思われる。

彼は何でも食べるけど、ことに小さなアユが大好物なので、小アユを鈎《はり》にかけ、短い竹竿を糸にそえてそろそろと穴にさしこんでいくと、やにわにガブッと食いつく。それから一気《いっき》にひっこぬく。ぐずついて穴の奥に持ちこまれるとバカにできない力でがんばられ、ひきずりだすのが容易でないのである。一匹ぬきとったあと、その穴には二、三日すると、きっとつぎの新顔がきて棲みつく。穴は水のなかにあるから内部がどうなっているのか、手さぐりでしらべるより方法がないが、ゴミや、食べさしや、枯れ葉など、屑が意外に入ってなくて、清潔なのが多いようである。岩や草をそっとかきわけ、顔を水面すれすれに近づけ、日光がゆらゆらと縞《しま》をつくっている水のなかをジッとすかしてウナギの寝床をさがして歩くのは少年の日の午後のたのしみである。

神戸の三ノ宮駅でおりた彼が元町界隈のにぎやかさをすりぬけてたずねたずねしてたどりついたタコ焼き屋、宗家『蛸の壺』は、ほんとにウナギの寝床のような店だった。ちがう点といえば上流に向かってつきだしている顔のないことだが、そのかわりに大きな、赤いチョウチンがぶらさがっていて、上流から下流へ、下流から上流へとザワザワ往き来する人びとの眼をひいている。

店内は細長くて、せまく、カウンターに向かって椅子席がおよそ二十ほどあるかと思われるが、店はそのカウンターだけでいっぱいであり、椅子にすわった客のうしろをすりぬけようとすると、体をよこにして、すみません、すみませんといいつつ歩いていかなければなるまい。壁のそこらじゅうに有名人、無名人の書きちらした色紙や、額や、紙などがいっぱい貼りつけてあり、むんむんたちこめる熱のなかを眼でさぐっていくと、何やら、『宇野重吉』という字があったりする。あの人は魚釣りが好きなので〝宇野重〟と呼ばれないで、〝ウオ重〟と呼ばれていると聞いたことがあるように思うがこんなところへきてタコ焼きも食べるらしい。

よほど人気のある店らしくて、椅子がいっぱいで、すわれなかったお客さんが壁ぎわにたち、おとなしく順のくるのを待っている。お客さんは老若男女さまざまで、彼がやっとありついた席に腰をおろしてタコ焼きを註文し、聞くともなしに耳に入るまま話し声を聞いていると、少女の声はブロンソンが体はゴツくて動作も荒いが眼がハツカネズミのようでかわいらしいねンといってるし、おっさんの声は近頃おれは仏の××とアダ名されるようになったがこれは持病の糖尿の糖が頭へのぼって甘《あも》うなってきたせいやろかなどといってるようである。五木寛之の小説はハッカ入りのチョコレートみたいな味がするけどただそれだけのパルプ小説やねンから全集で買おうなんて誰も思えへンと私《うち》は思うねンけど全集がでるらしい、あの出版社はどういう気なんやろという若い娘の声もする。えらい奴《やつ》や、えらい奴や、わしゃ一晩眠らんで考えたワイ、ひさしぶりでビルマ戦線を思いだしたワイという初老の男の声はグアム島のジャングルで二十八年暮らした横井氏を激賞しているらしく思われた。

カウンターのなかで五十半ばかと思われる小柄なおばさんが息子らしい二人の若者といっしょにはたらいている。おばさんは気さくで、元気で、どの客の話にもたのしそうにのっていく。タコ焼きを赤い台にのせてだしてハイといったり、おつゆに三ツ葉のきざんだのをすばやくかけたり、千枚通しでタコ焼きを一コずつひっくりかえしたり、たえまなく手と体をうごかしながら、ブロンソンの眼については、ほんまやなァ、かわいらしいなァと答え、頭へきた糖尿については、そやそや、あんたも糖がでるねんてなァと同情し、五木寛之の全集については、ちょっと考えこむしぐさをしたあとで、マ、人さまざまちゅうこともあるネ、といい、ジャングルの横井氏については全心身で賛同と共感を見せた。

　そんなに右から左、左から右といそがしく応答しながらおばさんの声や眼や動作にはいきいきとした閃《ひらめ》きがありこそすれ、わざとらしさはどこにもなく、のびやかでほのぼのとしているのであった。客たちはおばさんに声をかけるか、かけてもらうか、順をがまんづよく待っていて、そのあいだにどんな話をどう切りだしたものかと頭のなかであれこれと練っているらしい気配であった。

　あらかじめ東京から電話で身分を告げて用件を名のってあり、おばさんの快諾を得てあるからいそぐことはないだろうと思って、彼はやがてはこばれてきたタコ焼きを一コずつおつゆにつけては口にはこんだ。それは香ばしく焼きあがっていて、ほどよく焦げめがつき、快活でありながら、頬ばると小さいくせに豊満なものがつつましやかさをよそおいつつ口のなかへあふれてくる。むにゃむにゃと柔らかくて熱い身のなかを舌のさきであちらこちらとまさぐっていると、小さな小さなタコのかけらにあたる。それを嚙ンでのみこんだあともう一コ入っていないかとまさぐっても細胞核は一つの細胞に一コだときまっているから、憎いことに舌は迷うだけである。そこでいそいでもう一コと箸がのびることになる。おつゆがなかなかよくできていて、まったりと含みの深いゆたかさがあり、淡白なのにすみからすみまでのびのびしているし、舌にのせるとキラキラ光るようである。誰がすすってもこれは本物だとわかる。カツオだナ、コブだナ、またはカツオとコブだナと、見当をつけられる。タコ焼きといってもさすが宗家である。どの箇処も手ぬかりがなく、本質がすぐそこに顔を見せている。

やがておばさんが手をふきふきやってきたので名刺をわたして彼が名のると、おばさんは気さくな口調ながらも待たせたことを何度も何度も詫び、

「今日はおとうちゃんが病気で寝てるもんやさかいに、えらい失礼しました。おとうちゃんのファンと私のファンといるんですけど、今日は私一人で両方のファンのみなさんをさばかんならんのです。ああ、いそがし。えらいこっちゃ」

といった。

それとなく、いろいろとたずねてみる。ひさしぶりに身のまわりに柔らかくてトロリとした関西弁を聞くので彼はのびのびし、気持ちがはずみ、日頃になくおしゃべりになった。おばさんが話し上手、聞き上手なので、口をきくのが愉しくなってくる。タコ焼きをこういうふうにやってみることを思いついたのはおばさんで、昭和二十八年頃のことだった。

オムレツや卵焼きがヒントになったのだと思うが、はじめは卵と粉の関係、かきまぜかた、火かげん、おつゆにつけて食べること、いろいろなことがみな手さぐりだったの

で苦労したが、やがてお客さんがつくようになった。新聞社や劇団の人もファンになって宣伝してくれたのでたいへんありがたかった。だいたいこのタコ焼きは卵をたくさん使うが、一人前が十コで、ざっと卵が三コいる。いまでは一日に卵を百七十コ消費している。卵は黄身も白身も使うが、水とメリケン粉をそれにちょっぴり入れ、かきまぜさえすればいいというものではなくてそれなりに限度があるけれど、まず、かきまぜればかきまぜるほどいいということはできる。

教えてくれとか、ノレンわけをしてくれとかいわれることはよくある。教えることはいろいろと教えてあげるけれど、カンジンのところは教えてあげない。これは教えてもわかるというものではなくて、あくまでも自分で苦労しておぼえなければどうしようもないものである。いちばんむつかしいのは温度である。焼きぐあいである。日本刀とおなじである。火かげんが命である。

つぎにタコだけれど、これはマダコにかぎる。小味で、よくしまった、噛めば味がでてくるのはマダコにかぎる。名産地の明石をすぐよこにひかえていながら天然のタコがもうとれなくなったので養殖のマダコを使うことにしているけれど、これが餌代やら何やらで値上がりしたので、去年の二月頃に百三十エンから百五十エンに値上げした。

「ミズダコはあかんのですか?」

「ミズダコはミズダコです。あれは体が大きいんでタコ焼きがぎょうさんできてええやろと思うかもしれんけど、大味で、あかんのです。水っぽいんです。マダコがいちばんですわ。それが養殖やちゅうからくやしいんです。ひどいもんですよ。本場の明石でタコが養殖やちゅうねんからネ」

「ドル・ショックは？」

「関係ございません」

「ほほう」

「当店では関係ございませんネ。タコや卵やメリケン粉や、そういうもンがいっせいに値上がりしたんでしょうことなく百三十エンを百五十エンにしましたけどね。ニクソンはんがどうこうするとか、どうこういうとかしたからちゅうて、うちのお客さんの数が減るということはないんです。そんな水くさい関係やないんですネ。永ぁいおつきあいでやってますねン。昨日今日のこっちゃないんですワ」

おばさんはたのもしく声をたてて笑い、どこかで声がしたのでハイ、ハイといって、チョコマカとそちらへ小走りに走っていった。小さなその後ろ姿は仕事をするのがたのしくてならないといってるようであった。見ているとのびのびして体があたたかくなってくるようなのだ。なぜこのウナギの寝床のような店がギッシリみっちりと客でいっぱいなのか、彼はわかったような気がした。

客はつぎからつぎへとかわった。ブロンソンの眼のことをしゃべっていた少女がでていくと似たような少女が入ってきてヘレナ・ルビンシュタインの口紅をつけてたらバカにされたという話をはじめた。するとおばさんはため息をついて、私《うち》にもヘレナ・ルビンシュタイン買《こ》うてェなといった。五木寛之をハッカ入りのチョコレートだのパルプ小説だのといってた娘がでていくと一人の娘が入ってきて、おばちゃん、私《うち》もパンスト買おうと思うねンけどどんな色がええやろなァ、とたずねた。するとおばさんは、おなかが冷えると流産しやすいからおなかのあたたかくなる色のがええな、赤や、赤、赤にしなさいといった。

糖が頭へきたらしいとぼやいていたおっさんがでていくとかわりに一人入ってきて、フウマ先生が日本じゅうにさびしさがひろがってるというたはるけどこれでええのんかいなといった。おばさんは何度もうなずいて、そや、私《うち》もそない思てたとこや、フウマ先生はとぼけてるようやけど眼の鋭い人やで、よう世のなかを見たはる人やで、といった。ジャングルの横井氏を激賞していたおっさんがでていくと一人入ってきて、またその話をはじめ、どえらい奴がいたもんや、おれはこの二十八年間何をしてたことやろと反省したワイといった。おばさんは何度も何度もうなずいて、ほんまやなァ、ほんまやなァといった。そういうことを一人一人と話しあいながらもべつの客が入ってきて声をかけるとおばさんはそちらのほうにも顔を向けて、××さんの膀胱結石《ぼうこうけっせき》はその後どうなったのかとか、○○さんは夫婦喧嘩して別れるの別れないのともめてたけどどうやらもとにもどったらしいとか、△△ちゃんの知恵熱は治ったのかしらなど、いそがしさにまぎれて短くではあるけれど客の一人一人のことをじつによく知ってのみこんだうえで親身になってたずねたり、答えたりするのだった。その注意力のこまかさ、親しみのやわらかさ、肉親でないだけに爽やかさをまじえることができてかえって肉親になれると感じられる、あの貴重なものがあった。

ものの味というものはそれだけをとりだして独立的に論ずることができないものである。あの店のタコ焼きがうまいとか煮込みがうまいとかいっても、何パーセントまでがタコ焼きのせいで何パーセントまでがそれ以外のもののせいなのか、誰にもいえない。タコ焼きはこの店の中心でありながら円周の一部でもある。このおばさん、このせまさ、このギッシリ、この熱……それら一つ一つも中心であり円周の一部であるようだった。この店のタコ焼きはたしかに親しめるうえに気品があってうまいものだが、おばさんもまたおいしいのだった。おいしいおばさんなのである。客の一人が師の消息を語るような口調でフウマ先生が日本じゅうにさびしさがひろがっていると語っているといったようであるが、フウマ先生が何人であろうと、この店を見れば、きっと、ここだけはさびしさがないとつぶやかれるにちがいないと思われた。

彼は手帖に書きつけた。

『ドノタコ焼キ屋モココトオナジヨウニしょっく知ラズデアルカドウカハマダワカラナ

イ。ココモ百三十エンガ百五十エンニナル程度ニハ影ノナカニアル。うぉーる街ノ路地・ノハズレニオカレテイル。シカシ、客ノ数ガ増エコソスレ減ルトイウコトガナイノダカラ、影ハ射シテイナイトイッテヨイノデアル。タシカニ景気ハ相対的デアル。藤瀬局長ハエライ』

手首の時計を見ると、これから店をでてふらふらとトーア・ロードなどを散歩し、特急ではなくて各駅停車に乗って大阪へいき、ミナミへゆるゆると繰りだしていったらドテ焼きが屋台で鍋に入れられる頃だろうと思われた。ドテ焼きは味噌で焼けるほど煮てはいけないけれど、いまからいってチビチビ焼酎をすすりつつ煮えるのを待てばいいだろう。ドテ焼きの屋台の主人はおばさんではなくて、まず、おっさんだろう。おいしいおっさんだといいんだが……。

＊

十年。

いや。十五年にもなるだろうか。

神戸から阪急電車にのって大阪へきた彼は足の向くままにキタを歩きまわり、それから地下鉄にのってミナミへいき、心斎橋、戎橋《えびす》、道頓堀、千日前と……人の波におされるままに漂っていった。灯に輝く無数の飾り窓や看板を眺めていくと、消えた老舗もあり、健在の老舗もあり、さびしかったり、なつかしかったりする。ハイウェイの立体交叉、巨大ビル群、地下鉄の四通八達、地下街のとめどない展開、大阪は彼の知らないうちにすっかり変わってしまった。漂う耳の前後左右にひらめき出没するのはまぎれもない子供の頃からの大阪弁だが、市の顔はまったく変わってしまったようである。

五つの顔を知っていると彼はこころのなかでかぞえる。子供のときの大阪、戦時中そして空襲を浴びた大阪、戦後の焼け跡の大阪、復興期の大阪、そして〝高度成長〟政策後の現在の大阪である。この五つの顔が五つとも口では大阪弁をしゃべるが、それぞれまったく変わっている。まるでお面をつぎつぎとりかえたかのように変わっていったのである。灯と人と声と匂いのなかを原子のようにひとりでさまよっていると、無数の大きかったり小さかったり、濃かったり淡かったりする記憶が広い面積にわたってざわめきたってきて、桶のなかで醱酵《はっこう》するぶどう酒の熱いどよめきのようである。

五つの顔のうちで顔を顔として眺められるのは現在のそれだけで、あとの四つは幼年、少年、青春前期、青春後期の彼の肉そのもののなかをひびきをたてて通過していったものであるから、〝顔〟といってすませられるものではないのである。彼が体で漉《こ》したものなのである。そして漉されのこったものがいまだに体のいたるところに茸《きのこ》のようにはえていて、いまひさしぶりでよみがえり、菌糸《きんし》をのばし、傘をひろげ、新しい茸をつぎつぎと生みはじめた。あらゆる世代の全日本人が故郷《くに》へ帰れば彼とおなじさびしさを味わっていることであろう。この国を地ひびきたてて通過していくものは徹底的、平均的、無差別であり、全土すみずみまでをふるわせてやまないから、五年か十年そこらはなれていると、もう根がわからなくなってしまう。

ふるさとの村、町、市を、埋められた池、コンクリで蔽われた畑、穢れて枯れかかった川、眼はおびえつつさまよって事物を一瞥《いちべつ》するだけで力を失い、たちどまることができず、もとへもどることも、さきへいくこともできなくて伏せられてしまう。遠景も求めず、近景をまさぐることもしない。どうするすべもない。故郷《くに》の村、町、市を人びとはしらちゃけたような、うずくような思いでよこぎっていく。そのさびしさは敗北して引き揚げてきた人のそれであるようであり、ないようである。帰国した亡命者のそれであるようであり、ないようである。在来種を見失って茫然としている生物学者の後悔のようでもあり、ないようでもある。

神戸のタコ焼き屋でちらと耳にはさんだフウマ先生という人物は全日本にさびしさがひろがっていると指摘したそうだが、それが鋭い名言であること、その深さ、その簡潔、先鋭、すべて胸にくる。しかし、彼としては、このさびしさはこれほどありありとしていながらまだ命名されてもいなければ位置もあたえられていないものなのだとつぶやきたかった。これほどあらわなのにこれほど匿名でもある感情を、しみこむような、ヒリヒリするようなその感触を、しばらく彼は知らなかった。ほとんど毎日それればかりさらされているると感知しているためにかえって何も感知していなかったのだと思いあたるのだった。

たとえば、地下街。

ミナミにもキタにも広大な地下街がある。これは彼の知らない輝ける怪物である。多頭多足の怪物である。灯の密林がいけどもいけども、とめどなくひろがっている。その迷路を人におされるままに歩いていくと、大阪は穴だらけ、空洞だらけになってしまったのだ、皮が薄くなってしまったのだと感じられてくる。この地下街のうえ、つまり道路を歩いている人は、少年の彼が道を歩いているのだと感じていたようには感じていないで、空洞の天井、薄いコンクリの表皮を歩いているのだと感じているのではあるまいか。そして、この地下街は毎日毎日厖大な量の水を消費しているにちがいないと思われるが、もしその何パーセントかが地下水であるならば、地下街は大地の水をぬきとることで足のうらにさらに巨大な空洞を造成しつつあるのだといえはしないだろうか。もしそうならばこの地下街はそのコンクリのものすごい重量でゆっくりと沈下しつつあるのだといえる。かりに地下水を汲みあげていないものとしても、街が沈下しつつあるものではないとしても、もしここに地震がきたらどうなるだろうかと思うと、とらえようのない恐怖をおぼえずにはいられない。

関東大震災だけが地震ではあるまい。もっと強大で深遠な衝撃が起こるものと考えておかなければならないはずのものである。ミナミとキタで何万人が一瞬で圧搾されることもあると考えておかなければならないはずのものである。《つねに最悪の事態にそなえる覚悟をしておけ》といったのは明治の福沢諭吉だが、それはこの国で暮らしていくについての、五十年たとうが百年たとうがけっして消してしまってはならぬはずのものである。いま灯の密林のなかをイソイソと、ザワザワと、しょぼしょぼと、またとぼとぼと歩いていく人びとは、みなその覚悟を、どこか遠いが衰えることのない歯痛をおぼえるようにおぼえつつ歩いているのだろうか。昔、中国のある国の人は天が落ちてきやしないかといってびくびくしつつ暮らしていたそうだが、地下街には天すらないと思われる。だから、これは、とても〝杞憂《きゆう》〟などといえたものではないと思われるのだが……。

ミナミへでてきて、道頓堀のにぎわいのなかを、あちらの角を折れたり、こちらの暗い路地をぬけたり、いきあたりばったりに歩いていると、あった。〝どて焼き〟という下手な字が眼に入った。それは奇妙な構築物で、屋台のようでもあるが家ぬきのスタンドのようでもあった。よくよく眼をこらすと、屋台にしては車輪がついていず、〝スタンド〟というにしては戸も壁も屋根もない。屋台というからにはまず移動できる構造物だと考えたいが、それは移動できない。道のうえに作りつけのものである。それでいて戸も壁も屋根もなく、かわりにビニール・シートと幕でまわりをかこってあるのだ。道路の幅何メートルかのうちの二メートルほどを占拠しているのだ。

かつて闇市時代にはじつに多彩、多様な構造物を目撃して人の創意の妙にいちいち感動させられたものであったが、このあたりにはまだその不思議が生きのびているらしい。ビニール・シートの割れ目から体をすべりこませてみると、なかは小ぢんまりとしていて明るく灯がつき、すし屋のようなガラス箱にマグロやアカガイの入っているのが見え、冷却管もちゃんと走っていて白い霜がつき、そのよこで鉄の浅鍋がグッグッと味噌の泡をたてている。とくにおいしそうでもないが眼つきの鋭い、身ぎれいなおっさんが一人、ポータブル・テレビでプロレスを眺めていた。道路上のはずなのに電気も、水も、火もあるらしい。おっさんがたちあがって、

「ようお越し」

といった。彼は丸椅子に腰をおろし、

「ドテ焼き、煮えてるかいな」

といった。おっさんは、

「ちょうどええとこや」

といって小皿に三串、四串をとり、七味トウガラシの赤く錆びた古罐《ふるかん》をそえてだす。焼酎というと、コップにたっぷりついだうえ、わざとドボドボ受け皿にこぼれるように

りしてくれた。屋台の挨拶というものであろうか。彼は受け皿に口をよせてチュウとすすり、それからやおらコップをする。

ドテ焼きは一串三十エンだった。これは牛の筋や屑肉のこまぎれを串に刺し、味噌で――この店では白味噌だが――グッグッと煮こんだものである。筋は灰いろがかった、不透明な、固いゼリーみたいになっているが、味噌がほどよくしみたものはムッチリとした歯ごたえがあり、素朴な香りがあって、銭のない、寒い夜には忘れたくない味のものである。屑肉はどう見ても屑肉で、上肉の屑か、下肉の屑か、それとも肋骨のすみっこにこびりついていたやつか、牛の顔の皮だったものか、見当のつけようがないけれど、味噌のおかげで匂いが消え、柔らかくなり、嚙みしめるとなかなかいい味が歯のあいだにこぼれてくる。煮こみすぎると味噌で肉が焼けて黒くなり、枯れてしまって、味も汁も消えるが、夜もこれからがいいところであろう。東京の煮込みとくらべてみると、どちらが上か下か、兄か弟か、にわかには勝負をつけにくい。

「景気は、どや?」

「まああやネ」

「ドル・ショックで世間は騒がしいでェ」

「関係ないね」

「ほほう」

「コタエんわいナ」

「コタエんかね」

「うちらには関係ないね。トンと影響ないワ。むしろ客足は増えるくらいやね。いままでゼイタクしてたのが落ちてきやはってね。ドル・ショック大歓迎やね。マ、いわば料飲界もパチンコでいえばうちらはさいごの穴みたいなもんでナ。もうこれ以上落ちようないねン。パチンコの玉があっちあたり、こっちあたりして、あっち入りそこね、こっち入りそこねして、さいごにここへきやはるねン。そんなもんやデ。安心して飲み食いできるやろ。ゆっくりしていっとくなはれ」

おっさんは新しい串を鍋に入れ、ホーロー引きのピッチャーから白味噌をといた、どろどろの膿《うみ》のようなのをつぎたした。見てくれはわるいがたちまち膿はポクポクと音をたてて泡を吹き、あたたかい香りをあたりにみなぎらせた。そうしながらおっさんは、〝ドテ焼き〟の語源などをしゃべった。

〝ドテ焼き〟の〝ドテ〟は、〝土手〟である。魚釣りに山へ行くと、昼飯どきになると釣り師は河原の石をならべ、そこに釣ったヤマメをおき、まわりにたっぷりと田舎味噌を土手のように盛りあげて、魚をとりかこむようにする。あたりにうまくサンショの木などがあると、その芽や葉などを散らすのもいい。セリがあれば、それもホロにがくていい。どんどん火を焚《た》いて石を熱くする。石があたたまるにつれて土手の味噌が少しずつとけて魚にしみていく。だから〝土手焼き〟である。味噌のいい匂いがする。藪《やぶ》でウグイスが鳴く。サンショのヒリヒリ刺すような香りが鼻をつく。ヤマメがうまい。イワナがうまい。アユがうまい。

「くわしいナ、あんた」

「昔はわしも山屋でしたんや」

「山釣り専門かいナ」

「大谷ヶ原の谷ちゅう谷はみな攻めた。あのへんの谷の石は一コずつ、みな舐めたワイ。餌の川虫をとるには石をひっくりかえすのやが、川虫の手足がちぎれんようにするにはくちびるで吸いとるのがいちばんやね。それでもちぎれるワ。虫をきれいに姿で吸いとるには三年かかるね。石を舐めるのに夢中になってるうちに嬶《かか》を忘れてしもた。あげくこうしてドテ焼き屋や。釣りはこわいデ。気ィつけや。女とおなじぐらい身ィ誤るデ」

「山屋には見えんけどナ」

「昔の話やがな」

「苦労したとは見えるけどネ」

「人間は変わるもんや」

おっさんはまッ黒の爪で串をちょいちょいとうごかし、味噌がよくしむようにひっくりかえしたりした。どことなくおっさんは話がうまいけれどハッタリめいたものが感じられる。山釣りの話でなくても、アズキ相場や、競馬や、麻雀や、何の話をしてもそれぞれ〝石を舐める〟風のそれぞれの道の奥儀をたちどころに話せるのではないか。そしてそのあときまって、〝こわいデ、気ィつけや、女とおなじくらい身ィ誤るデ〟というのではあるまいかと思われた。

おそらくおっさんは何事かには失敗したにちがいなく、または失敗したと思っていることがあるにちがいなく、その苦汁からそのせりふをしぼりだしたのであろう。川虫か、アズキか、馬か、牌か、何からでてきたものか、見当はつかないが、少なくとも苦汁の気配だけはそこはかとなく感じられた。それはドテ焼きと焼酎にふさわしいものだった。幕とビニール・シートのすきまからひやりとした水のようにしみこんでくる冬の夜風にもふさわしかった。こういう夜はやっぱりこういうところで苦労話をあたりさわりなくしながら焼酎をすすっているのがいちばんであるかもしれない。

家のないスタンドなのにポータブル・テレビがあって電線があるのが奇妙に思えたのでたずねてみると、おっさんは、映画館からひいてきてるねンと答えた。水はバケツでくんでくる、火はプロパンのボンベで得る。しかし、電気だけはどうにもならないし、カーバイトはくさくていけないから映画館から〝ひいてきてる〟というのが答えであった。一度はそれを〝もろてる〟といい、一度は〝話が通じてる〟というふうにいったようであった。そこで、ドテ焼きのゆらゆらした湯気ごしによくよく眼をすえて観察すると、この不思議な構造物は映画館の壁にオデキのようになってくっついているのであった。茶碗、小鉢、皿、一升瓶などを入れた戸棚があっておっさんの背景となっているのであるが、それもよくよく見ると、映画館の壁にくっついているのだった。映画館の壁が皮膚で、そこへじかに、どこをどう話をつけたのか、オデキのようにこの家なしスタンドがくっつき、オデキが血を吸いあげるようにエロ映画をやったあとのお余りの電気をここへ吸いだしてくる。そして店を明るくしているらしかった。ドテ焼きが柔らかくなるはずだ。

「マ、永いあいだには」

おっさんは簡潔に、

「いろんなことがあるわいヤ」

謎のようなことをいって、それ以上の説明をすることを避けた。豪壮な地下街のとらえようのない恐怖や息苦しさにくらべるとこの構造物のほうがよほど心のびやかである。

*

華やかな心斎橋筋をミナミに向かってぶらぶらずうッと歩いていくと道頓堀橋にでる。それをわたってすぐ左へ折れ、ピエロ人形がチン、トン、チン、トンとやっているのを見たり、巨大なマッバガニの模型がゆっくりと足をうごかしているのを見たりして、劇場や映画館のにぎやかなざわめきのなかをぶらぶらずうッと歩いていく。そのままいくと暗い日本橋へでてしまうが、そこまでいかない手前でちょっとほの暗くてひっそりした部分の一ヵ所、小料理屋やバーやタバコ屋などの並んでいるなかに古風な一軒の店がある。表に古い木製の常夜燈がおいてあったか。

戸をあけて入ってみると店内はたいてい満員で、あぶれたお客が何人か、きっと壁ぎわにたたずんで順のくるのをひもじそうな顔つきで待っている。コの字形のカウンターがあって、何人かのおばさんや少女がいそがしくはたらき、一人の男がそれにまじってブスッとした顔でおでんの煮えぐあいを見たり、酒の燗《かん》をしたりしている。男は浅黒い顔をしてだまりこくっているが、何も聞こえないような表情なのにあちらから〝お酒〟、こちらから〝タコおくれ〟などと声がかかると、正確に聞きとり、ゆっくりとした身ごなしでうごく。アルミの凸凹になった皿に煮えたおでんを入れ、ちょっとおつゆをかけ、タバコの焦げ跡やおつゆや酒でよごれたカウンターにおく。

酒は錫《すず》製の大きな徳利に入れたのを、首のところをワシづかみにしてついでくれる。おちょこがまた変わっていて、錫製のコップで、どっしりと重く、どうしてか上げ底になっている。使い古されてこまかい傷がいっぱいついているのだが、錫がくちびるにあたるときの感触が柔らかくておとなしいので、酒がうまく感じられる。酒は、たしか、黒松白鹿だったか。

客はさまざまである。ベッコウぶちの眼鏡をかけた重役からGパンの少女まで、誰彼かまわず大きな黒い鍋からたちのぼるおでんの湯気のゆらめきのなかで、ときにワイワイガヤガヤと、ときに孤高寡黙《ここうかもく》に、食べたり飲んだりにふけっている。浅黒い顔をした男はブスッとだまりこくったきりで何もいわないが、なじみの客と何かひとことふたこといったはずみにニコッとすると、いままで頑固偏屈に見えていた顔に意外なかわいらしさや優しさが浮かぶのである。これがこの店の当主であるが、先代、つまり彼の父も頑固偏屈で、ブスッとした顔でおでんを煮ていた。股引きとも、袴とも、ズボンともつきかねる、奇妙なデザインのものをはいていた。そしてあまりないことだけれど、この店のことをよく知らない客がいて、だされたおでんが半煮えなのではないかというようなことをウッカリ口に出すと、客の顔をチラとも見ないで口のなかでブツブツと何かいうのである。何をいってるのか、ようやく聞きとれるか聞きとれないぐらいの小声なのだが、よくよく耳を澄ますと、

「……俺《わい》はおまえらがガキの頃からずっと関東煮《かんとだ》きをたいてきたんや。俺は関東煮きの王様やねんゾ。王様やねン。関東煮きのことはよう知ってるねン。俺はナ、関東煮きのナ、王様やねン。関東煮きの王様や」

あらわにののしろうとしないで、いつまでもブツブツと、ゆっくりした口調で、ひと

りごとをいうのである。ときに〝王様〟が〝大統領〟になることもあるが、いつもおなじであった。その横顔は古い日本の男にある眼鼻立ちで、白皙《はくせき》、豊頰、堂々としていた。寡黙でひかえめだけれど、ときに傲然としたそぶりに見えるほどの自信ある痛烈なものをひそめていた。

この先代は歌舞伎が好きで日本刀のコレクターとしてその道では聞こえた人物であった。役者では沢村訥升《とっしょう》をひいきにしていて、〝トッショ〟、〝トッショ〟といっては舞台がかかると楽屋へ自分の煮たタコを差し入れたりしていた。『たこ梅』のタコとサエズリは道頓堀の名物で、ちょっとものの味のわかる人なら知らないものがないくらい評判がとどろき、それは現在でも変わらないが、このおやじはイタズラ好きという気質でもあったので、誰かがタコのうまさに感服してその秘訣をたずねると、ふいに眼がうろんとなって、〝御先祖様が考えてくれはったんや〟とか、〝御先祖様はえらかった〟などとハグらかしてしまうのだった。

今東光氏といっしょにバーへいったら氏の息子とまちがえられるくらいだという顔をした樋口という人物が某大出版社にいて、関西へおりてくるたびにこの店にたちより、文壇の諸師にも紹介したので小林秀雄、吉川英治、獅子文六、吉田健一といった人びとにも広く知られ、愛されるようになった。そこで、先代は歌舞伎座にタコを差し入れしたが、当主は毎年、年末になると、スーツケースにタコやコンニャクをつめこんで上京し、諸家を訪ねて歩く習慣となった。

この『たこ梅』で食べられるもののうち、どの品もそれぞれさりげない味のうしろに苦心と工夫をひそめているのだが、もしいま、しいて三傑をあげろといわれたら、タコと、サエズリと、コンニャクを推す人が多いのではあるまいかと思われる。タコは明石産のいいマダコを選んで桜煮にしたものだが、甘くなく、辛くなく、テラッと濡れたい艶に仕上げ、固くなく、柔らかすぎず、まことに抜群の出来栄えである。明石のタコが汚染でダメになったので養殖のマダコにたよるしかないという話を神戸のタコ焼き屋で聞いたから父親ゆずりの名人気質の当主は入手にさぞや苦心していることと思われるが、〝御先祖様〟の味はいまでも落ちていない。これが一串九十エンで、二串ついてくるから、一皿百八十エンというのは、いかにも誠実で親密このうえない。

〝サエズリ〟というのはクジラの舌のことである。クジラの舌を北海道の厚岸《あっけし》の雪のなかで野ざらしにして乾燥させたものはすでに脂肪をぬきとってあるが、それでもまだ脂ッ濃すぎるから、さらに脂肪をぬき、こまかくきざんだうえで串刺しにして煮る。巨大なクジラの舌に〝サエズリ〟というかわいい名をつけたのはやっぱり先代の趣味だろうか。浅黒い顔をした当主はブッスリしたままサトイモやチクワやコンニャクなどをぐつぐつ煮えたぎる鍋に入れ、そこへサエズリの串をつっこみ、ときどき透明なダシをザブッとそそぎ、黄ザラの砂糖をひとつまみ、ごく無造作な手つきでほりこんだりする。そんな甘いものをそんなに乱暴にほりこんでは、と見ていてハラハラしたくなるが、しかし、味はまったくそこなわれない。舌をバカにさせない味である。酒を邪魔しない味である。御先祖様の味である。クジラの舌も根や先端などの部分によって組織がそれぞれ異なるらしくて、シコシコしたの、クニャクニャしたの、やや固い噛みきりやすいの、とろとろになったの、香ばしいの、焦げ味のあるのなどと、串の一本一本がまことに小憎く複雑であって、ひときれひときれがたのしみである。牛の舌は〝タンシチュー〟でどこででも味わえるがクジラの舌となるとまず見つかるまい。外国にもこんな料理があるとは、まず聞いたことがない。古い、老舗の、御先祖様の味がこうして変わることなく保持されつづけているのを発見すると、もうそれだけでうれしくなってくるのである。

幼年、少年、青年と育っていくにつれ、そのどの段階でも祖父が、祖父が亡くなると父が、母が、叔母がこの店のうわさをしていたことを彼は思いださずにはいられない。タコを食べ、サエズリを食べ、これまた昔風の黒くてブリブリして固いコンニャクを食べしていると、体の前後左右に歳月のやわらかい霧がひろがっていくのを感じずにはいられない。冬、師走近い寒い夜、道頓堀で芝居を見、映画を見たあと、祖父に、父に手をひかれてこの店につれていかれたことを思いださずにはいられない。その頃もこの店のまえにはおなじ常夜燈がたっていたのではなかったか。

酒をすすっている祖父のよこで幼い彼は丸椅子へ抱きあげてすわらせられ、コンニャクヤサトイモを皿にとってもらったのだが、そのとき祖父の胸もとにはタバコの香ばしい匂いが漂っていたのである。

その匂いのまわりを遠くから眺めると、暗い奥座敷に岩塊のように端座して酒を飲みつつ一人碁をうっていた祖父の大きな、骨ばった手、タンポンでゆっくりと眼を洗っている父のたくましい背、客といっしょにとめどない酒宴をはじめる祖父のために母や叔母がひっきりなしに燗徳利を持ってのらくろマンガを読んでいる彼のよこを走りぬけていったその足音、その笑い声、襖《ふすま》があわただしくあけたてされるそのたびに電燈が明るくなるように見えたことなどが、ある。あれが、ある。これが、ある。顔があらわれる。歯が閃く。

いま祖父が、父が、戸をあけ、首をすくめて、寒い戸外からこの店へ入ってくるのではあるまいか。そして酒がひっそりと体表にあらわれてくる頃になると祖父が初代春団次の『野崎詣り』の一節、二節を口真似して哄笑するのではあるまいか……。

かまぼこ　三十エン
玉子　三十エン
竹わ　三十エン
たこ　一皿百八十エン

たこ　一串　九十エン
………
………

店のすみの水屋に紙きれをぞんざいに貼りつけて下手なマジックで書きこんだ値段表を見るともなく見、マッチ箱に『創業　弘化元年』とあるのを見ながら、彼はおびただしい記憶の大群のざわめきをおぼえ、なつかしさだけのなかへ重錘《おもり》のようにゆっくりと降りていった。祖父や、父や、叔母たちがこの店のうわさをしあっていたのは彼の幼年期のことであった。そのあとにきたのが空襲、疎開、B29、焼夷弾、グラマン、機銃掃射、勤労動員、マメカス、ハコベ、高粱飯、ナンバ粉、ヤシ粉、焼け跡、氷雨、飢え、欠食、欠食、欠食、貧また貧、孤独また孤独……

浅黒い顔をした当主が、

「お酒、つぎましょか?」

やわらかく、ひっそりとした声でたずねた。偏屈そうな顔にも似ず優しくてつつましい声である。彼は愕然となって顔をあげた。放心しているうちにどれくらいたったのだろうか。ベッコウぶちの眼鏡が食べてでていき、Gパンが食べてでていき、べつのベッ

たっていた人びとが入ってきて食べてでていき、べつのGパンが入ってきて食べてでていき、たっていった人はすわって食べてでていき、その人びとがたつのをたって待っていた人びとがもとっくにすわって食べてでていった。客の数はめっきりと減り、夜も十一時に近く、戸のすきまからしのびこんでくる微風には角のキリキリとした寒さがある。ナイフの刃のような寒さがある。

彼は錫のコップを置き、

「もう一杯飲みます。久しぶりで大阪へ帰ってきたんです。お店があんまり変わらないんで、おぼえてるとおりなんで、なつかしゅうなってしもた。あかんわ。食べるのも飲むのも忘れてしまいそうになったワ。おしっこ洩れそうや」

当主は錫の大徳利から酒をつぎつつ、じんわりと微笑し、しみじみとした口調で短く、大阪も変わってしまいましたよってにとつぶやいた。白皙だったとおぼえている先代の顔にくらべると染色体がどこかで狂ってしまったのではあるまいかと思われるくらい当主は黒い顔をしていて、そこだけが先代とちがうのであるが、年齢《とし》の見当はつけかねるとしてもまだ五十にはとどいていまい。けれど黒を漉してよくよく眺めなおしてみると、くちびるがぽってりとしている。鼻筋が正しくとおり、あくまでざっくばらんで気どらないのに味に精妙な風格と気品を保ちつづけているこの店にふさわしい顔だと思えてくる。

彼はコップを舐めつつ、

「お父さんの代のときにここへはよう来たんです。あなたの代になってからはじめてです。お父さんはけったいなブッ裂きのズボンをはいてそこにたったはりました。客がおでんが煮えてないなどというと、ひとりごとみたいな調子で客の悪口をいうたはりましたナ。思いだすわ。おとうさんは立派な顔をしたはった」

当主はかるくうなずきながら、

「そらそのはずですわ」

といいきった。

「えらい極道してますもン」

「極道するといい顔になりますか?」

「なりますね。みんながみんなそうなるというもンでもないでしょうが、ええ顔になる男がいます。おやじはそちらの部でしたナ。どえらい極道してああいう顔になったんですわ。つまり、金のかかった顔ちゅうことになりますやろ。マ、極道にもいろいろありますけど、女なり何なり、金かけて極道した顔はちがいます」

「うまいことという。名言やね。男は極道するとええ顔になる。これはおぼえとこ。あなたはどうですか。極道やったはりますか?」

「大きな声ではいえんね」

当主はハイライトを一本ぬきだして火をつけ、一服か二服吸ってから火をもみ消し、吸いさしをそのあたりの物かげにソッとおいた。そしておでんの鍋に新しくコンニャクを入れた。仕事場ではタバコを吸わない。遊ばない。客だけを遊ばせる。その時間は客に仕えることだけする。そのような気風のあらわれか。これも先代の庭訓《ていきん》か。

「何の極道したはる？」

「大きな声ではいえんね」

「極道のしにくい時代や」

「全然あきませんネ」

「これじゃ男はええ顔になれんね」

「そういうこってす」

「金にこんなに値うちのなくなった時代にはいくら金を使《つこ》ても昔のような味はでないのンと違《ちゃ》うやろか。極道のしようがないのンと違《ちゃ》うやろか。極道しとうてもできんよってにくやしまぎれでいうねんけどね」

「むつかしい時代ですね」

当主はおでんの鍋をかきまぜつつ〝極道〟というときはちょいちょいと視線を奥のほうに走らせて極道したともしなかったとも、しつつあるともしないでいつつあるとも、確答をしようとしなかった。そこにはガラス障子があって小部屋になっている。明るい灯がついているところを見ると誰かいるらしい。声をはばかりたくなる何者かがひっそりとひそんでいるらしい気配であった。

＊

大阪でドテ焼きとおでんを食べた彼はその足で松江へいった。『たこ梅』で話をしているうちにどこか水のきれいなところがないものだろうかということになり、店の当主に松江がいいとすすめられたからであった。昔は大阪は〝水の都〟と人によっては呼ぶこともあったのだが、いまは川も海もことごとくドブと化してしまったのである。早い話、『たこ梅』は道頓堀川のふちにあるのだが、昔はその川で魚が釣れたこともあったのに、いまはボウフラも棲むことができまいと眼をそむけたくなるのである。関西一円の川、海、湖、ことごとくドブと化すか、枯れるかしてしまい、琵琶湖のよごれようもひどいものである。

『たこ梅』の当主はおっとりとした低い声で、松江もおそらく宍道湖《しんじこ》の水は昔とくらべたらよごれてしまったということになるかもしれないが、それでもまだシラウオがとれるのだから、と教えてくれた。シラウオはおそらく日本産の魚類のなかではもっとも脆弱な魚ではあるまいかと思われるが、それゆえあちらでもこちらでも絶滅してしまったのだが、宍道湖ではまだとれているという。

「シラウオはいまがシュンです」

「そうかね」

「踊り食いで一杯やったらよろし」

「いいだろうね、それは」

「スズキもうまい」

「よく知ってるね」

「アカガイの殻蒸しもよろし」

「ほう」

「ウナギも天然がまだとれま」

「ほう」

「ワカサギもとれま」

「ほう」

「コイもとれま」

「ほう」

「川エビもとれま」

「ほう」

「シジミもええよ」

「……」

「津田カブというカブラがあります」

「……」

「カモは冬がええね」

「……」

「メノハというワカメもよろしいね」

「……」

「ソバもうまい」

「……」

「チクワの野焼きもうまい」

「……」

さすがよく研究している。そのままつづけていったらどこまで話がのびていくか。聞いているうちに〝ワカサギもとれま〟あたりで彼はこころをきめてしまった。藤瀬局長には大阪へタコ焼きとドテ焼きの研究にいくといってでてきたのだが、無断で松江へいってもべつにとがめられることはあるまい。何しろ余った予算を文字通り食いつぶしてしまうのがここしばらくの彼の職業となったのであるから報告書を書けばそれですむだろう。藤瀬局長はこの件に関するかぎりたいそう寛容でにこやかである。

松江には飛行機でいった。米子の飛行場におりて、そこから松江までは自動車でいく。水のきれいなところを見たいと思うので運転手にたのんで海沿いの道路をいった。冬の日本海は空をそのまま水にとかしたように暗くて冷めたくて深いが、たまたまその日は晴れておだやかであった。東京や大阪など、工業のある都市の海を上空から見ると茶、黄、赤など、廃液のゾッとするような色が湾に流れこんでいて、海の苦悶が、のたうつその声が機の厚い窓をぬけて聞こえてきそうであるが、このあたりでは海はまだ海である。沖を眺めて走っていくうちに彼は極道をした男が年をとるといい顔になるという『たこ梅』の当主の言葉を思いかえしていた。たしかにそういうことがあると、彼は、いままでに観察したいい顔の老人たちとその生涯のことをあれこれ考えた。〝極道〟も定義のむつかしいことばである。〝道ヲ極メル〟と解するか。〝極マッタ道〟と解するか。その〝道〟なるものは普通人がかよい慣らして踏みかためた、ありきたりの道ではないが、女がからんでいる気配はどこかにいつもただよっているようである。

女に狂うことばかりが極道ではなくて、さまざまな狂いがあるけれど、ふつう〝極道ヲシタ〟とか〝極道者〟などと聞いてピンとくるのは女であろう。女を泣かせたり、女に泣かされたりしているうちにある種の男はどうして顔がよくなるのだろうか。その顔は一見したところ冷酷と見えるもの、無残と見えるものを持っているが、沈着と玲瓏《れいろう》であるとわかってくる。ふしぎな透明のただよう顔となる。〝金〟という魔性のものをおびただしく〝女〟という魔性のものにつぎこんで転々としていくうちに男は完成されていく。完熟していく。最初の一瞥に無残とうつるものは完璧のもつそれであろうか。男は女たちに漉《こ》されないことには澄むことのできない何かを負わされて生れてきたのであろうか。女の可憐。優しさ。無邪気。いじらしさ。貪慾。軽薄。冷酷。低脳。嫉妬。醜怪。不可解また不可解。これらにつぎからつぎへともてあそばれ、傷つき、勝ち、制覇し、敗北し、血を流し、呻吟《しんぎん》していくうちに男は他の何によっても得ることのできない澄度を得る。醗酵とは腐敗、つまり解体のことであるが、果実が解体し、腐敗しないことには酒になれないようにある種の男たちは女たちに解体され、腐敗させられることで気品ある玲瓏に達するかのようである。人間のものに属さない、ある玲瓏に達するのである。そしてその男たちはいつか自身が異界に棲むようになったということに気がついていない。自身の玲瓏に気がついていない。だからこそいよいよ澄むのでもある。

……とてもおれにはできそうにない。そう思う頃になって、夜、松江についた。湖に面した古くて荘厳な気配のただよう旅館に入る。松江は地震、大火、空襲のどれにも出会わなかったので、古い旅館にはいい旅館がある。木組み、柱、廊下、いたるところに澄んだ艶がでていて、また明るい灯のついた部屋にすわってひとりで酒を酌んでいると白い障子のすぐそとに、すぐそとのすぐそこに闇のうずくまる気配が感じられる。闇は家に深さと広さをあたえてくれるが、近頃の家は個人の家も料亭も、ただすこやかに明るいばかりで闇など、どこにもない。ときどき無影燈に照射されつつ飲み食いしているような気のすることがある。

暗い湖に面した部屋にとおされたので、赤や青の灯が水にゆれているのが見える。老いた男の顔のことを考えていたせいかと思われるほどうまく雪が降りはじめた。女中頭かと見られる気品のある老女が酒や膳をはこびつつ、窓を見て、ひそひそと、

「だんべらが降ってきました」

といった。

「雪のことをそういうの？」

彼がたずねると、

「そうです」

老女はわらった。

「このあたりでは雪のことをだんべらといいます。ぼたん雪のことでございますね。だんべらが降ってきたとか、だんべらがたまるとか。そういうんでございます。だんべということもあります」

「そりゃたいへんだ。松江だからいいけれど、東北へいってだんべなどといったら、えらいことになる」

「そうでございますね」

老女は無邪気にわらった。

『たこ梅』にいわれただけのものを一品ずつでもいいからといって電話でたのんでおいたので、宍道湖の歓びがつぎつぎとはこびこまれた。シラウオ。ワカサギ。コイ。アカガイ。スズキ。ブリ。タイ。シラウオは生を辛子酢味噌《からしすみそ》につけて食べてもよく、卵でとじて吸い物にしてもいい。半透明のその小さな体に黒い、大きな眼がついているところは病みがちな、おびえやすい少女を思わせる。川エビが水のなかで藻から藻へ跳ねたり、踊るように、しゃくるようにして泳いでいるところを見るとガラスの精妙なオモチャがそうやっているように見えるのだけれど、この玉《ぎょく》を小魚にしたようなシラウオだと、どう見えるだろうか。

「シラウオの踊り食いを食べてくるようにと大阪でいわれてきたんだけれど、どうかしら。宍道湖へ舟で出て、マホー瓶に熱いところをつめていって、とれるあとあとからシラウオを食べちゃあ一杯キュウ、食べちゃあ一杯キュウというのをやってみたいんだけど、おねがいできますかな？」

「ええ、ようございます。あとで船頭さんに電話して予約しておきましょう。東京や大阪や、あっちこっちからみなさんそれが目あてでおいでになります。ここは何しろ出雲で結びの神様の土地でございますから新婚さんがたくさんおいでになりますが、みなさん食い気のほうも達者でいらっしゃいますよ」

「そうだろうね。水が汚れてどこでもシラウオがとれなくなったからね。こういうところは貴重だよ。大事にしなくちゃいけないね。宍道湖はまだ大丈夫なの？」

「ええ。昔とくらべるとよごれたってことになってるんでございますけど、まだ大丈夫でございます。こうしてシラウオもとれております。昔は四ツ手網をあげさげしてとったもんでございますが、いまではモンドという袋網を仕掛けましてね、それでとっております。中海《なかのうみ》がありまして、これがポンプになって潮を上げ下げして宍道湖の水をきれいにしてくれているんでございますが、これを干すのでないかぎりこの湖は大丈夫です」

老女の話によると中海を干拓して農地にする計画があってすでに予算も計上されているることはいるのだが、いまの時勢ではそうまでして農地をつくる必要がなくなったし、宍道湖に潰滅的な打撃をあたえることになるので住民の反対運動がはげしいという。当然であろう。これほどの湖をドブにしてしまうのは愚もいいところである。そんな予算は住民みんなで食いつぶしてしまうといい。

（……おれみたいに）

彼は酒をすすってひとりでわらった。

シラウオを見ていると眼が冴えてきそうである。ほろにがい味が舌にひろがって酒がいくらでも飲めそうである。山菜のほろにがさも香りたかい峻烈さがあっていいが、アユやシラウオのほろにがさも好ましいものである。甘さは舌をバカにし、すぐに飽いてしまうが、ほろにがさは気品があってそのたびごとに舌を洗い、ひきしめてくれるようである。数百種類あるカクテルのうちで飲んで飲みあきないのはたった一つしかない。ドライ・マーティニである。これはジンとドライ・ヴェルモットで作る辛口《からくち》ばかりのカクテルであるが、そこへアンゴスチュラ・ビターズという胃薬のにがいやつをホンの半滴おとすと、清澄がさらに高まり、まことに好ましい深みと翳《かげり》ができるのである。ほろにがみのありがたさはそれくらいのものである。魚のはらわたのあら煮はどんな白身や霜降りよりも絶品であるが、それもほろにがさからくるのである。辛酸を舐めた男の眼じりの深い皺にうかぶふとした微笑の魅力を考えてみてもわかることである。

〝アカガイの殻蒸し〟というのは中海でとれる小さなアカガイを酒を入れて甘辛くしっかりと煮たものだが、爪楊枝でホジリながら食べているといくらでも食べられそうである。コイは野生の、冬で脂もよくのったのをコイの卵といっしょにまぶした糸作りで食べたが、これも逸品である。ワカサギはこのあたりでは〝アマサギ〟と呼ぶらしいが、おなかいっぱいに卵をつめていて、照り焼きにすると、まことに気品がある。スズキは冬スズキだったが、夏スズキほど大きくはないにしても、白身がよくしまっている。それを濡らした奉書に包んで蒸し焼きにしたのをポン酢、また、ショウガ醤油で食べるのである。松平不昧公《ふまいこう》以来の瀟洒《しょうしゃ》な料理である。これまたはらわたのほろにがさが舌をしめてくれて、いうことない。日本ではスズキは〝鱸〟と書くが蘇東坡《そとうば》が『松江《しょうこう》ノ鱸、モッテ賞スベシ』という意味の讃辞をささげた〝鱸〟は、スズキそのものではなく、スズキの近縁の、現代中国で〝桂魚《クィユイ》〟と呼ばれている魚ではあるまいかと推察されている。この魚はアメリカのオオクチ・バスやヨーロッパのパーチに似ているが、しいて日本で近縁のものを求めるとなると九州の柳川あたりで〝ミズクリセイベエ〟と呼ばれ、またべつの地方で〝オヤニラミ〟と呼ばれている魚がそれに近いといえるかもしれない。しかし、蘇東坡が〝松江〟の〝鱸〟と書いてくれたのでかさねがさね松江の人びとは昔から誇らかに感じてきたことであろうと思われる。瞑《めい》すべし。

　だんべらは暗い、広い水に花のように降りつづける。部屋は明るい。障子は白い。廊下には深い闇がある。精妙な歓びをつぎつぎとだされるままに食べ、つがれるままに飲んでいるうちに、ここで三味線をひけばその音はびんびんとどろき、湖へ流れたそのこだまはふるえつつ雪と照応しあって、ひとひらひとひらの雪片にしみこんでいくことであろうと思われた。それを思うと、ほのぼのとした酔いの靄のどこかから玲瓏と澄むものがひろがってくるかのようである。

　老女が酒をついでくれたり、方言のおかしさを話してくれたりする。ぼたん雪を〝だんべら〟と呼ぶのはどこかでわかる感触があるが、ありがとうを〝だんだんね〟というそうである。これは語頭、語幹、語尾、どの部分をとっても理解に苦しむ。何からきたのか、まったく見当のつけようがない。かさねがさねありがとうというのを〝べたべただんだんね〟というそうである。いよいよわからなくなってくる。ぬか漬けの津田カブは京都の酸茎《すぐき》をちょっと素朴にしたような、茶味のあるものだが、酒のさかなにはたいへん気品がある。そこで老女にちょっとお礼をいってみたいが、ベタベタダンダンネとやってみると、まるで実感がこないので弱ってしまう。

「では松江の人はお床入りをしてから、愛の最高の瞬間には何というの？」

「さあ、どういいますか」

「教えてください」

「私、しばらく忘れておりまして」

老女は品よくわらって体をかわした。あとで方言を相撲番付みたいな表にしたのを老女がもってきてくれたので、ちなみに〝いく〟を見ると〝くー〟とある。今夜のようにしんしんと雪華が湖に散る夜には、松江市内でも、郊外でも、農村でも、あちらこちらであたたかい闇のなかで、〝クークー〟、〝クークー〟と声がたつのであろうか。まるで巣ごもりしたハトのくが鳴きのようである。それはまさにふさわしいと思えるのであるが……。

*

翌朝になると雪はやんでいた。空はくもっていて、暗く、冷めたく、ところどころに雪の切れめがあって、淡い陽の射すことがある。雲の裂傷のふちは陽が射すとキラキラ白銀のように閃《ひらめ》き、おぼろに輝く点を湖に落とした。湖のまんなかに何本も棒のさしてあるのが見えた。部屋へ挨拶に入ってきた昨夜の老女が窓からそれをさして説明してくれた。

「……ああして棒がさしてありますが、あれが網です。棒と棒のあいだに網が張ってあります。シラウオやワカサギはその網に沿ってどんどん泳いでいくのでございますが、そういたしますと、さいごに袋網のなかに入るようになっております。袋網はいちばんどんじりが袋になっていてキンチャクのようにしばってあります。それを舟にひきあげてしばってあるのをほどくと魚がザラザラッとでてくる。そういう仕掛けでございますよ」

「琵琶湖の〝エリ〟に似てるね。あそこでも似たようなやりかたで魚を網に追いこむのだよ。もっとも、あそこではシラウオじゃなくてモロコとかヒガイとか、そういう小魚だ。小魚だけれどおいしい小魚ですよ。水は、しかし、この宍道湖のほうがきれいなようだね。見ていて眼がきれいになります」

「ダンダンベッター」

「何のこと、それ」

「たいそうありがとうと申したのでございますよ。ベタベタダンダンネとも申しますが、ダンダンベッターともいいます。私は土地ッ子なものですから湖《うみ》をほめられるとお礼を申し上げたくなります。お客さんはずいぶん旅慣れていらっしゃるようですね」

「ダンダンベッター」

わらいながら部屋をでて、長い廊下をいき、玄関でマホー瓶や何やかやを自動車につみこんだ。マホー瓶には熱い酒が入っている。一升瓶には水が入っている。舟のなかでシラウオを洗うのに使うのだという。辛子酢味噌、箸、どんぶり鉢、何もかもそろっている。金網の目のごくこまかい茶漉しまで入っているのでたずねてみると、シラウオは一匹ずつつまんでいるとめんどうだからこれでしゃくってから一升瓶の水で洗ってくださいという。いよいよこまかい。

旅館の板前さんといっしょに自動車にのって松江の町をくぐりぬけ、湖岸をちょっといくと、ハイウェイのしたに舟着き場がある。湖が小指をのばして小さな小さな入り江をつくったというような場所である。板前さんはそこでおりて彼を船頭にわたすと、どうぞゆっくりたのしんでくださいとていねいに挨拶して帰っていった。船頭は舟のなかにゴザを敷いてすわらせると、マホー瓶や一升瓶をつみこんで、出発した。舟着き場をでてハイウェイのしたをくぐり、湖心めざしてゆっくりと進む。舟は小さくて古くてよく使いこんであるが、しっかりしていて、小さな船外モーターでひっそりと泳いでいく。初老のたくましい船頭と若い船頭と、二人いる。二人とも漁師らしくゴム引きの雨合羽を着こんでいる。

「この人は若いのに感心な人です。市会議員の息子さんなんですが、こうやって漁師の見習いをしていらっしゃるんです。私が教えてあげているのですが、湖の漁師なんて時代おくれの、パッとしない仕事なのに、好きこのんで苦労してらっしゃる。さぞ若いから大阪や東京へでていきたいだろうと思うのに都会はイヤダといいましてね。立派な息子さんです」

初老の漁師は籠をつくろいながら問わず語りにそんなことを話してくれる。淡々とした口調だが優しくて柔らかい。心底から若者に感じ入ってそのことをあらわに語っているのにどこにもイヤ味や過剰が感じられず、よく枯れているので気持ちがいい。若者は聞いて聞かぬふりをし、柔らかい顔を風にさらし、船尾にすわって船外モーターのハンドルをにぎっている。たくましくて骨張った、しっかりと事物を把握しそうな手である。《都会ハ石ノ墓場デス。人ノ住ムトコロデハアリマセン》というのはロダンの言葉だったと思う。おそらくこの寡黙な若者も石で根を枯らされることを拒んだのであろう。それほどの若さで人は手を使って生きなければならないという原理をどうやって肉とし道としてしまったのか。彼も感じ入らせられる。彼は〝頭〟しか使っていない幽霊のひとりであるので、感服といっしょに、ふと、まさぐりにくいが敗北をおぼえさせられるほどである。

湖にさしこまれた棒に舟をロープでしばりつけて、つぎつぎと袋網をあげる。旅館の老女が説明したとおりである。コイのぼりのような恰好をした袋網は長いけれど、そのお尻に袋がついていて、それを舟にあげ、ひもをほどくと、なかにたまっていたシラウオやワカサギがいっせいに竹籠のなかへ走る。シラウオは透明なので、まるでトコロテンの流れのようである。藁やゴミをとり、茶漉しですくいとり、一升瓶の水をそそいで洗う。ピョンピョンと跳ねる。しぶきを散らして跳ねまわるのを見ながら、辛子酢味噌を入れたどんぶり鉢にあける。シラウオが弱い魚であることは味噌に首をつっこんだ瞬間に悶死してしまうことでもわかるが、なかには跳ねまわるのもいる。

漁師がひくくわらった。

「長いひげを生やしていると味噌やシラウオがひっかかるものですから、昔はこの踊り食いのことを〝ひげ泣かせ〟といいましたね。さあ、どうぞ。どんどん飲み食いしてください」

「ダンダンベッター」

すすめられるままに食べ、飲む。とれたてのシラウオは魚の生臭さなど一刷《ひとは》きもなく、プリプリとしていて、歯ごたえも、舌ざわりも、精妙である。いきいきとした、あざやかなほろにがさが舌にひろがり、舌をひきしめてくれる。その味がのこっているところを熱い酒でじわじわと洗うのである。酒を歯で漉し、舌にのせ、ころころころがし、歯ぐきにしみこませ、香りを鼻へぬきしてから、ゆっくりとのどへ送る。舟がゆれる。水が鳴る。風が頰を切る。熱い靄がほのぼのとのぼってくる。頰へ、眼へ、胸へひろがっていく。

彼はマホー瓶をとりあげ、

「船頭さんも一杯飲んでください」

といって茶碗についだ。

初老の船頭はすすめられるままにたくましい手で茶碗をにぎり、酒を飲み、シラウオをつまんだ。

「こりゃいい。イケる！」

船頭は声をあげてわらった。

「うちの女房のとはちがう。さすが旅館の板さんはちがうな。タレがいいぞ。やっぱりナ。本職だ。全然ちがうワイ！」

船頭は何度となくおなじことをいってシラウオと酒を交互に口へはこんだ。そして船尾の若者にもすすめたが、若者は白い歯を見せてニッとわらったきりである。だまって冷めたい水のなかに手をつっこんで袋網をあげたり、おろしたりにはげむ。

「ワカサギもうまいはずですよ」

「踊り食いが？」

「ええ。うまいはずですよ」

「私らはやったことないですが」

「やってみましょう」

彼は竹籠のなかから五、六匹の生きたワカサギをとってどんぶり鉢に入れた。ワカサギはそこでシラウオのように悶死せず、ピンピン体や尾をふるわせて跳ねまわる。それを箸でつまんで口に送る。卵をおなかにいっぱい持っているのでブリブリする。嚙むと弾力が歯にあたって、これまた精妙である。生臭さがやっぱり一刷きもない。

船頭は真似して食べたあと、

「ほんとだ。こりゃうまいもんだ」

といって何匹もつぎつぎと頰ばった。

宍道湖の水は澄みきっていないが濁りきってもいない。澄みきった湖にはプランクトンがわかないので小魚も大魚も棲むことができないのである。北海道の摩周湖は世界でも有数の透明度を誇りとしているが、そこには魚が棲みつくことができないとされている。十和田湖も類のない澄みかたであるが、プランクトンが不足なので、ヒメマスもコイも大きく育つことができないし、数をふやすこともむつかしいとされている。宍道湖は海に向かってちょっと出口をあけているし、中海が大きな揚水ポンプとなって潮を入れかえてくれたりするので、プランクトンのための栄養塩がおそらく豊富なのであろう。硬い清澄でもなくねばった汚濁でもない。峻烈でもなく、腐敗でもない。ほどほどの澄みかた、ほどほどの濁りかたである。いわばその水はまろやかなのである。口のなかでシラウオのほろにがさを熱い酒にひろげたり、包んだりしてあそびつつ彼は水を眺め、舟の腹で鳴る音に耳をかたむける。ところどころキラキラ輝く裂傷のある空と沖を、かなたを眺めると、そのまま湖となってしまっている。こころのほどけるまま、ひろがるままに空と水を眺めていると、名づけようのないこまかい傷でザラザラになってしまったものがいつとなくしゃがんでいるのをやめてたちあがり、形と体重を消して、どこかへそッと去ってくれるように感じられてくる。

そろそろ帰ろうかというときに、

「ほんとにありがとう、船頭さん」

彼は挨拶でなく、

「ほんとにありがとう」

といった。

昔の統治者の気風やたしなみがいまだに感じられつづけ、たしなまれつづけているということでは松江は日本でも五本の指に入る町であろう。松江ではいい枝ぶりの松が個人の家の塀ごしによく眺められるが、住民の茶のたしなみかただけをとってくらべてみると、京都よりはるかに京都であるということがいえるかもしれない。不昧公はメディチ家がある時代にイタリアで果たした役割りに似たことを山陰地方で果たした人物であったかと見たくなる人物であるが、たとえばここでは住民は子供のときから番茶がわりに抹茶をすするのだと教えられると、そしてそれはいまでもそうなのだと教えられると、もしそれがどこかを歩きながらの話であったならば、一瞬声をだすか、足をとめたくなるのではないだろうか。

彼が旅館にもどると老女がでてきて、

「薄茶を召し上がりますか?」

はんなりとたずねた。はんなりは京都の味だとされているが、松江ではシラウオ、酒、言葉、人ざわり、すべてがはんなりとしている。昨夜さいごにだされた津田カブは酸茎をちょっと素朴にした味のものだったが、それもはんなりである。雪の夜に〝クークー〟といって鳴くのもみやびやかで、はんなりしている。そして、それをさしておっとりとおおらかにわらえば、古拙《こせつ》の笑いということになるか。

「……薄茶」

彼はつぶやいた。

「抹茶だね」

老女が、

「そうでございます」

微笑する。

ここでは不昧公がいまでも生きている。誰でも〝薄茶〟といって抹茶をすする。どこの家にも茶碗と茶器がある。子供のときから番茶がわりに抹茶をすすって育てられる。そう聞かされたのは老女がさらさらと松をわたる微風のような音を茶碗にたてつつ問わず語りにしてくれた話であった。一つの市に何種類の茶菓子があることかということから見れば松江は全日本で筆頭にたつ市であるかもしれないのである。パリの道路人夫はぶどう酒の瓶を道にたてておいて穴を掘っているけれど、松江では道路人夫がツルハシを片手にお点前《てまえ》をやっていても珍しくない。そういう珍しい町であるらしい。

酔うというほども酔っていなかったのだが眼を茶碗で洗うように深ぶかとささげて茶をすすっていると、眼から、舌から、鼻からすがすがしい清澄がひろがっていく。あの若者は石の墓場をきらって水と手に生きようとしているのだが、おそらくここでは人は晩年をひっそりと迎えるのがいいのではあるまいか。茶で激情をしずめられると若者はどうするすべもないのに深奥をかいま見させられて無気力になってしまうのではあるまいか。濁ってもいなければ疲れてもいない若い眼を茶の香りで洗うのはむつかしいことではあるまいかと思われる。この町へくるには濁りに濁り、疲れに疲れたうえでのほうがいいのではあるまいかと思われる。

子供に茶を教えるのはひょっとしたら優雅に見えはするけれど残酷なことであるかもしれない。泳ぐことを知らない人に深淵を見せつけるようなことになりはしまいか、と思われるのである。

老女が、

「もう一杯召し上がりますか？」

とたずねる。

彼は、

「おねがいしましょうか」

といって茶碗をさしだす。

陽がさしはじめた。

淡い、弱よわしい、ふちだけほんのりとあたたかい陽が空いちめんにみなぎり、湖の波をしずめ、庭の白砂と、松と、亭を輝かせる白い障子が明るく輝く。すぐ庭さきに湖があるので水のおぼろな、明るい照りかえしが床の間や、柱や、欄間に、いちめんにゆらゆらとうごく。汚れもなく、しみもなく、音という音が遠い。

老女は深い茶碗のなかで微風を鳴らせつつ、

「……ここの人はほんとにお茶好きなので、なかには朝、昼、晩、三度三度、薄茶を召し上がる人がいるくらいです。それも珍しいことではなくて、よくいらっしゃるんです。私も忙しくなかったらそうしたいものだと思っておりますよ」

いたずらっぽそうに眼を輝かせて、爽やかにわらう。濁りもし、疲れもし、深淵もさんざん眺めつくしてきたにちがいない彼女ならここで抹茶をたてるのに、まさにふさわしい光景であろうと思われる。

彼は暗い深緑からのぼる香りを吸いつつ、

（つぎはどこへいこうか……）

と考えた。

＊

松江から東京へ帰って四日後に彼は列車の窓から根釧《こんせん》原野を眺めていた。雪がぼうぼうとひろがる原野を蔽い、ときどき乱雲の裂けめから淡い陽が射すと純白の全面積が閃き、輝きわたり、鋭い光りのかげろうが、照りかえしが、車内を明るくする。原野も、山も、丘も、森も、ことごとく雪に蔽われている。眼をさえぎる事物が何もないから、すべてに眼が吸われる。屋根、煙突、壁、蛍光灯、デコラの机、書類、灰皿、茶碗、ハンコ、日頃の彼の眼をさえぎったり、おさえたり、はねかえしたり、とめてしまったりしている事物が何もない。清浄な《無》、容赦ない《無》のひろがりしかない。だからそれはちょっとたとえようのない豊饒と優しさにかわるのである。

彼は宍道湖のシラウオの眼のことを思いだし、湖に降りしきるぼたん雪のことを思いだし、老女がそれを土地の言葉で〝ダンベラ〟とも〝ダンベ〟とも呼ぶと教えてくれたことを思いだして、純白の明晰なかげろうに眼を細めた。

藻にすだく
白魚やとらば
消えぬべき

芭蕉だった、と思う。

明ぼのや
しら魚白きこと
一寸

それも芭蕉だった、と思う。

いつ、どこで、どんな本を読んだか、どうしても思いだせない。句も正確であるかどうか。たしかめようがない。芭蕉だったか、どうか。それすらあやふやである。ふいに純白の《無》のなかからあらわれてきたのである。《藻にすだく》の藻はおそらく川の藻であろう。シラウオが産卵に川へのぼってきて藻にむらがっているところを芭蕉は岸からか、舟からか目撃したのであろう。その頃の川はどこへいっても澄明で、藻や、小石や、魚が透けて見えたのであろう。もうそんな川は北海道の東部のこの原野あたりにしかないのではあるまいかと思わせられる。

北海道も月に年に〝開発〟されつづけるので人家の見えないところまでいくにはよほど遠走りしなければならないが、おそらくこの原野には農薬も、廃液もあるまいから、雪のしたを流れる水は渦の縞目だけしか持っていない《水》そのものであるはずだと思わせられる。

神戸と大阪と松江のあとで北海道へいくことを提案したのは藤瀬局長である。東京へもどるとすぐに彼は本庁へでかけて局長に会い、報告をした。いわゆる〝ショック〟とか〝不況〟なるものはタコ焼きや煮込みやオデンやドテ焼きなどに見るかぎり、ほとんど影響がない。むしろその逆である。社費で飲食していた連中は〝冗費節減《じょうひせつげん》〟の号令がかかったのでこれまで一メートル半から二メートルぐらいひっぱって使っていた会社のトイレット・ペーパーを六十センチにすることになったが、同時にレストラン、料亭、バーなどでの接待費もまた打撃をうけ、一品料理をお名ざしで選んで組んでいたコースをいっせいにあてがいぶちの定食コースにかえるなどの狼狽ぶりである。だから銀座のバーではいっせいに影がはびこり、ネズミが静寂をたのしみ、ゴキブリたちは散歩道や運動場が広くなったといって拍手しはじめた。そのかわりオデン屋や煮込み屋は脱落連中を迎えて満員になった。上には上があるが下には下がある。

わが国は先進国でもなければ後進国でもなく、すべての要素を均《な》らして考えれば、まず中進国というところであるから、落ちようと思えばいくらでも落ちられる。高級ホテルはひっそりしているがビジネス・ホテルは満員なのである……というような報告を彼はしたのであるが、藤瀬局長は蓋つきの茶碗で茶をすすって話を聞きつつ、何の興味らしい興味も見せなかった。

「……ごくろうさん。ごくろうさんでした。だいたい予想通りだね。いつも不況風が吹くとおなじだ。おなじことが起きるようだ。例外的なケースというのがないようだね」

局長は熟練家のまなざしでうなずくと、しばらく茶碗をおいてジッとしていた。眼も、口も、手も、肩のさきも、人の表情がもっとも濃くあらわれそうな箇処が、どこもかしこも稀薄である。彼は大阪の『たこ梅』である種の男は極道で苦労すると年をとってからいい顔になると聞かされたことを思いだし、その〃いい顔〃は澄明であり玲瓏《れいろう》であると考えたことを思いだしたが、官僚というものは死ぬまで稀薄でしかあり得ないのではあるまいか。ふと、そう思った。おそらくそれは身銭を切ることがないからである。銭にひそむ魔性の部分にふれないからである。魔に磨かれることがないからなのである。

「つぎは北海道へでもいってもらおうかな。冬の北海道はいいよ。取材費はいくらかかってもかまわない。取材費を惜しんではいい仕事ができない。どんどん使ってくれていい。景気の調査というのはやさしいようでむつかしい仕事だからね。飛行機でもタクシーでもどんどん使ってくれたまえ。どこへいくかは君の判断にまかせるよ。なるだけ取材費のたくさんかかるところがいいナ」

局長はおおらかな、優しい口調でそういうと、会議にいかなければならないとつぶやいてたちあがった。近頃の局長は金の話になると眼を瞠りたくなるくらいおおらかで優しくなり、蓄積の深い匂いをたてる。

「知床あたりでもいきますか?」

なにげなく彼がつぶやくと、

「いい。そいつはいい!」

局長はちょっと濃くなって感動した。

「冬の知床なんていいいな。末端にこそ中心の本質があらわれるものだよ。中心にいるとかえってわからない。中心も周辺も末端もわからない。そういうもんだ。木を見て森を見ずということになるか。知床半島へいってきなさい。大賛成だね。ぜいたくな仕事をしてくれたまえ。スープは皿に入ったところは二センチも深さがないけれど、骨と肉と野菜をどれだけ煮たてなけりゃならんか。そういうこと。ぜいたくな仕事をしてほしいナ」

局長は優しくそういい、軽く肩をたたいて彼をはげました。そして、会議があるとつぶやいた。そのときはもうおおらかさも、優しさも、蓄積も、深さもなく、ただ稀薄で冷淡である。

不景気を調べるのにぜいたくな仕事をしなければならなくなったので彼は自分の部屋にもどる途中で本屋にたちよって地図とガイド・ブックを買いこんだ。そしてどうすればいちばん金がかかるかと、案を練った。知床半島へいくというのはなにげなく口にした案だが、調べてみると、ピタリであった。東京から札幌までは飛行機。そこから釧路まで飛行機でいってもいいが、冬はいつ天候が急変するかしれないから列車でいく。釧路から知床の羅臼まではタクシーでいくこととする。これならいい。楽にいける。気ままにどこでもストップできる。三時間か四時間のドライブだろうがそれに冬季特別料金とチップをたっぷりはずめばうんと金が使える。困るのはこの地の果てにたいした旅館もなければ料亭もなく、レストランもなく、キャバレーというようなものもあるまいから、金の使い場がないこと。これが困る。船を特別に仕立てて対岸の国後島見物に国境線ぎりぎりまで海に繰りだしたいと思うが、いまは流氷がいっぱいで港からでられないのではあるまいか。それも困る。金が使えない。いい仕事ができない。ぜいたくな仕事ができない。厚いスープがとれない。弱ったことである。

（しかし……）

彼は考えた。

（帰りに札幌で落とせばいいじゃないか！）

電話をとりあげて旅行社を呼ぶ。

ふつうこのあたりにひろがる原野は〝根釧原野〟と呼ばれている。〝根〟は根室、〝釧〟は釧路である。けれどそれはどこにたつかによってかわってくるのである。根室よりにたてばコンセンであるが、釧路よりにたてばセンコンとなるのである。じっさい釧路の人は――みながみなそうであるかどうかはべつとしてこの原野を〝釧根原野〟と呼んでいる。この原野の一部に〝熊牛原野〟と呼ぶところがあるが、そのあたりにはクマとウシしかいないからクマウシ原野と呼ぶのだそうである。釧路のパチンコ屋には〝チャラリンコ〟という店名を持ったのがある。釧路港はサケとマスの北洋漁業の基地であるから、そこには何十隻と漁船が岸壁につないであるが、そのうちの一隻の船首には〝とれます丸〟と書いてある。これはほんとの話である。またまた私（筆者）が顔をだして申し訳ないことであるが、じっさい肉眼でそういう船を見たことがある。こういう貪欲な名をつけたためかどうか、進水式に船首へシャンパンをかけないで焼酎をかけたためかどうか、この船はいざ海へのりだしてみると網は流される、舵はこわれる。ろくな目にあわなかった。そこでわるいツキを落とすためにああやって岸壁にさらしてあるのだという説明を聞いたのである。

クマとウシしかでないから〝熊牛原野〟である。パチンコ屋だから〝チャラリンコ〟である。マス船だから〝とれます丸〟である。ナルホドと思って北海道人の命名学のおおらかなユーモアに感心していたところ、ある年稚内へいった。ここの市のはずれに日本最北端の岬だという稚内大岬があるが、その附近に江戸の末期に入植した会津藩士の墓がある。この人たちはろくな食料も、住居も、医薬品もなかったので、ことごとく斃《へい》死《し》してしまったのである。その苔むした墓を見ていくと、死没した年月日や姓名がどれにもきざみこんであるが、二つだけは、年月日もなければ姓名もなく、たった一字、

『墓』

とだけあった。

筆者はかねがね葬式廃止論者であるから、墓なんかどうでもいいと思っているのだが、この墓を見たときには感心した。本名も戒名も何ものこさず、ただ一字『墓』とだけあるのはいさぎよくてよかった。いかにも北の果ての草の気迫がこもっていたし、あらわ

れていた。この命名法にはユーモアよりも峻烈、まっすぐ指をあげて誤またず一点のみをさして微動もしない認識の深さが感じられる。その場にふさわしいその冬である。その頃の北海道は、ことに冬は峻烈、苛酷をきわめ、山野は全精力をあげて人を削りたてたにちがいあるまいから、人もそれに呼応して事物のいっさいの属性を拝するこころを練磨していって、だからこの墓となったのであろう。これが習慣となって現在に至るので〝熊牛原野〟があらわれ、〝チャラリンコ〟となり、〝とれます丸〟が焼酎で祝福されるということになるのではあるまいか。

東西南北、天と地、線路から地平線まで、麓から峰まで、つぎの丘も、そのつぎの丘も、そのまたつぎの丘も、ことごとく雪に蔽われた原野を車窓から眺めていると、いつまでたってもあきるということがない。車窓によせた頬に雪の照りかえしのゆらめきが感じられる。やっぱりこれは飛行機よりは列車のほうがよかったと、つくづく思われてくる。札幌から釧路までは急行で五時間か六時間くらいである。東京から大阪までが新幹線で三時間くらいであるが、冬の北海道の六時間はおなじ季節の内地の三時間の二倍ではないのである。風景と照応することを知っているこころの持ち主ならば容易に理解することができるはずである。だいたい飛行機にのるのは精神の貧乏人である。精神の高貴な人物はもっとゆるやかなもので旅しなければいけない。もっとも高貴な人物は二本足だけで旅をする人物である。自信のある人物はゆっくりと行動するものである。毒蛇はいそがないという諺《ことわざ》がタイ国にあるそうである。

北海道の列車でも売り子がいろいろと売りにまわってくる。そのなかでもっとも北海道らしくてしかも味わいのあるものといえばホタテガイの貝柱であろうか。乾燥してカチンカチンになっているのを口に含み、ゆっくりと時間をかけてモグモグやっていると、やがて柔らかくなり、素朴な汁がでてきて、ほぐれてくる。これを嚙みしめると淡い甘みがにじんでくる。人工の甘みではない。海が分泌してくれる甘みである。貝柱の繊維はしなやかだけれど強いから歯にはさまるとなかなかとれない。だから袋には一本ずつ爪楊枝がついている。かわいい心づかいである。左手で口を蔽いつつ右手でコッコッと歯のあいだをせせりながら、原野を眺め、森を眺め、《無》が呼びおこしてくれるおびただしいものを眺めやる。自身とこころ。日頃愛想がつきてふりかえる気もまともに起らなくなっているものが風景そのままに、等質、かつ等量にひろがりわたるかのような、清浄な、疲れやしみのどこにもない揮発をたのしむことができる。

(……酒は飲みたくないな)

(ウィスキーも飲みたくないな)

(肉も食いたくない)

(脂肪も蛋白もわずらわしい)

(人と話をしたくない)

（バーもごめんだな）

（レストランもいやだな）

（料亭もやめだ）

（…………）

（…………）

（…………）

（水だ）

（あの水を飲みたい）

ある林と林のあいだを流れる、雪と氷で蔽われた、小さいくせに凄みのある青をたたえた川を眺めて彼はただひたすらその水を飲みたいと思った。しかし、そうすると、金の使いようがなくなるではないか。せっかくここまででてきたのに金が使えないとなると、これは困ったことではないか。

＊

釧路についた彼はホテルで一泊し、翌日、タクシーをやとって知床の羅臼へ向かった。

広大な根室の国の原野を横断するのである。冬以外の季節なら眼のとどくかぎり湿地、沼、沢、川、疎林、丘、地平線しか見えない国である。いまはすべてが厚い雪に蔽われている。ここでは人家を一軒も見ないで何キロも、十何キロも走る。釧路は人口が二十万ぐらいの市であるが、小高い丘にあるホテルの窓から眺めると、港、波止場、船、そしていちめんにギッシリと小さな家の屋根、屋根、屋根……である。ところが市をでて一息か二息つくかつかないかに家は消え、ぬかるみは消える。雪は純白で、雪原には足跡も何もない。ホテルの窓からはゴチャゴチャした市のすぐうしろに広大な白の輝いているのが見える。札幌や小樽のような市だと、市をでてずいぶんいかなければ浄白の《無》に出会えないのでわかりにくいが、こういう釧路のようなところだと、人間が住むとはいかに大地を穢すことであるか、いかにみすぼらしくかつ貪婪《どんらん》に大地を強奪しているか、じつによくわかるのである。汚穢《おわい》が裸の知覚となって胸へくるのである。

北海道は人が優しい。女が優しい。運チャンが優しい。むきだしで率直ではじめはちょっと激しく感じたり、露骨すぎると感じたりすることがあるが、流儀に慣れると、それがまことに柔らかく、あたたかく、まっとうに感じられてくるのである。通過者はまず試みに運チャンからあたってみるとよろしい。東京の運チャンは冷酷、粗暴、傲慢で、何か聞いてもろくすっぽ答えてくれないし、運転は凶暴だしで、過密競争のあまり無理もないとこちらが同情しているつもりでもしばしばそれに泥や冷水をブッかけるような態度にでる。あのォ、とおそるおそる声をかけてから、いっていただけますでしょうかと、おねがい申し上げ、走りだしてからはなるだけ声をかけないようにし、もしよくよく声をかけたくなれば、毎日たいへんですねェ、ごくろうさまですねェ、よくおやりになりますねェ、まだもうちょっといっていただかなければならないのでございますがお気持ちございますでしょうか、たいへんですねェ、チップさしあげますです……といったぐあい。ハレモノにさわるようにはらはらしていなければいけないのである。プラトンのいうように同情にはいつもいかほどかの軽侮がまじりやすいものであるから、口さきだけではダメで、ほんとにこころからそうしなければいけない。だから、目的地についてタクシーからおりると、心身ともにヘトヘトである。

（過密と競争で苦しんでいるのは全住人洩れなくであって運チャンばかりではない。だのに運チャンだけがどうしてあのように傲慢になれるのだろうか。あまりの自信たっぷりにこちらは爪の垢でも煎じて飲もうかしらと思いたくなるほどである……）

千歳空港から札幌まではタクシーであったが、その運チャンも優しかった。おっとりとあたたかい口調で、ひかえめだが親しく、これからどこへいくのですか、知床の冬はいいですよ、いまなら流氷が見られるはずですよ、帰りにはちょっと尾岱沼《おだいとう》によってハクチョウをごらんになることですねなどと、たずねたり、すすめたりしてくれた。釧路からやとった運チャンは初老だが筋骨のどっしりした男で、厚い手でハンドルをしっかりとにぎって有能だが慎重に運転してくれた。あらゆる機会をつかまえてこちらは金を使わなければならないので往復ともをやとい、冬季特別料金でいき、それにたっぷりチップをはずみ、羅臼についたら旅館代も酒代もだそうといって契約したのだったが、運チャンは恐縮してしまって、旅館代は自分でもつといいはった。運転をしながらひどくものあたりが柔らかくてあたたかいのは大盤ぶるまいのせいもあるだろうが、しかし、優しさというものは骨からしみだして肉の表皮へでてくるものなのであるから、とってつけたそれと日頃からのそれとは一目《ひとめ》でけじめがつく。にわかにつけ焼き刃でされる優しさにはどれほどこってりとやられても、やられればやられるだけ、言葉のはしや眼のなかにウソ寒さがゆらめくものである。

「……冬の知床はいいですよ。夏もいいですけどね。すずしくて爽やかでハマナスは咲いてるしで、内地からの人はみなさんよろこびますが、冬は百万ドルの雪景色です。流氷もいいものです。網走側のは張りつめたきりなので氷原とかわりませんが、根室側、つまり羅臼あたりのは風と潮の関係でしょっちゅううごきます。ずいぶん足が早いのです。海いっぱいで水平線も見えないくらいのが一晩でゴッソリどこかへ消えてしまったりするのです。強風が吹くと物置き小屋ぐらいもあるでかいのがおしあげられて、突堤へあがってきたり、港へなだれおちたりします。たいしたものですよ」

運チャンはおっとりとした口調で、柔らかく、あたたかく、そんなふうのことを問わず語りに話してくれる。遠くからきた人をそのままずっぽりうけとめてこの国で不思議がり、珍しがり、昂揚してもらおうとつとめている気配が無邪気であり、おおらかである。大きな素朴さがある。松江のはしぶい、ほのぼのとした精妙と洗練であったが、この優しさはたくましい大男の口のなかのつぶやきに似ていて深いのである。

近頃は東京でもあちらこちらに看板を見るようになったが、北海道はいたるところに《炉ばた》という店がある。いつ頃、誰が思いついたのか。どこへいってもその字を見る。これが飲み屋の北海道方式である。ことに冬の、北海道の、男の、夜となると、炉ばたのほかにないといってもいいすぎではあるまい。もし諸要素を洩れなくそなえた店であるなら、これは店の土間に炉に似せた、大きな桝があると考えてよろしい。そのまんなかに主人か、おかみさんがすわり、魚の干物を焼いたり、酒をあたためたりしているのである。客は四方のふちにすわっているから主人はすわったままで手をのばすだけで四方にサービスすることができる。賢明で、簡素で、親密な設計というべきである。

その炉のうえには天井から、巨大なサケや、ひからびたフカのひれや、ニシンの束や、何やかやがぶらさがっている。サケは五年も十年もつるされているうちに油光りがでてきて飴いろにピカピカ光っている。これは食べるのではなくて飾りである。薄暗い壁にはクマの毛皮、トドの毛皮、ミノ、ワラジ、古鉄砲、罠、カンジキなどの象徴群が貼りつけてあったり、ぶらさげてあったりする。それを眺め、ゴム長をはいて腰をおろし、酒を飲み、平然としかしあくまでも真摯な顔と口調で大法螺《ぼら》を吹きあうのが冬の夜のたのしみである。ゴム長をはいて飲み屋や、バーや、キャバレーにいくのが北海道らしいところで、雪がぬかるみと化すのであるから、これは歳時記の筆頭あたりにあげておかなければなるまい。それから法螺についてであるが、クマ狩りでも、ヤマメ釣りでも、オンナでも、主題が何であれ、広大な国にふさわしく広大に、思いきって、おめずおくせず広大に吹かなければいけない。それから、どんな田舎へいっても、北海道人は新鮮を愛する気風を持っているから、知識、会話、ポケットの小物、何でもいいが、ちょっとしたハイカラがさりげなくにじむようであると、さらにたのしく談笑できることであろう。

北海道にはうまいものが多い。ジャガイモ。グリーン・アスパラガス。トウモロコシ。ホタテガイ。ホッキガイ。冷めたい海のさまざまな甘い魚。サケのさまざまな料理。イカごはん。イカうどん。カジカの肝の味噌汁。とれたての生ウニの絶妙。チップ（ヒメマス）のとろけるような味わい。秋おそくの町角の屋台で焼くツブガイ。雪のようなタラのチリ鍋。あれ。これ……。

「食堂車のなかで〝郷土料理〟というメニューを見たらヤマベのフライなどと書いてある。ヤマベとはヤマメのことらしいが、ヤマメが食堂車でフライになるくらいたくさんとれるとは、さすが北海道だね。感心した。内地じゃ、あなた、作家の井伏鱒二先生など、ある年は年間通じて釣れたのはたったの一匹だそうだ。そんなことを読んだように思う。それくらい少なくなってしまったらしい」

これまでに食べたさまざまなもののことを思いだして、眼の痛くなるような雪原を眺めやりつつ彼がいうと、運チャンはひくくわらった。

「井伏先生の随筆には〝自称名人〟と書いてあったと思いますね。あれはケンソンして書いたのでしょうが、先生の実力は果たしてどれくらいなのでしょう。内地のヤマメは激減してるそうですが、それも問題でしょうな。しかし、北海道もずいぶん少なくなりました。食堂車のは、あれは、養殖のやつですよ。養殖ヤマメがどんどんふえているそうです。そう聞きます。味はお話にならないという人がいますけどね」

運チャンはなかなか物識りである。厚い、荒れた、よくはたらいた、大きな手でハンドルをゆっくりと操作しつつ、そんなことを話す。雪国の人には読書家が多いのである。

羅臼の町は小さかった。すぐうしろに山が迫り、それが背で、腹にあたるところがすでに海である。沖までいちめんに流氷が張りつめている。海そのものが見わたすかぎり氷原となっている。しかしそれは一枚岩となって張りつめているのではなく、大小無数の氷塊がつらなりあっているのであって、一コ一コは独立しているのだそうである。だから強風になって氷たちがせめぎあうと、おしあげられた氷は突堤へ生きもののように這いあがってくる。水しぶきをたてて港へなだれおちる。さわぐ。

「……だから、ごらんなさい」

運チャンは彼を突堤につれていった。魚市場や漁業組合の監視所などをぬけて歩いていくと、すぐそこが突堤である。無数の白い氷塊が――といっても大きいのは小屋ぐらいもあるのだが――突堤に這いあがって、かたむいたり、くずれおちそうになったり、ひっくりかえったりしている。

「これがみんなそうです。海に浮いているときは氷のてっぺんしか見えないから小さく見えますが、沈んでいるところが大きい。一コずつがバラバラで、氷と水のあいだに海水があります。それがシバレないかぎり氷はくっつきあいません。だから遠くからでは一枚岩のように見えても、海がさわぎだすと、めいめいブツかりあって喧嘩するのです。うまくその現場に出会わすと、壮烈なものですよ。私も一度か二度しか見たことがありませんが、怪獣の戦争ですな。みごとなものです」

そうであろう。たしかにそれはみごとなものであろう。じっと足もとを見おろすと、潮にのった氷塊たちが、一枚岩のように見えながらも、暗い水のうえを、シャワシャワ、シャワシャワと鳴りながら南へ走っていた。何というひめやかなつぶやきだろう。何というひめやかな、つつましい、けれど危険な精力にみちみちたつぶやきだろう。

かもめが絶叫しつつ乱舞している。カラスがしゃがれ声で鳴きつつあたりを歩いたり、ピョンととんだり、雪のうえにおちた魚をついばんだりしている。にくにくしいまでにまるまると太ったカラスである。魚を入れたトロ箱の山のふちにとまってゆうゆうと魚の腹をつつきあい、人を見てもビクともしない。よくよく人が接近していくと、手がとどきそうになるまでジッとしていて、それからやっと、ものうげなしぐさで、しぶしぶとびあがる。とびあがるけれど遠くにはいかず、すぐ近くにとまり、黒い顔に埋もれた黒い眼でジッとこちらを横目で眺めている。

運チャンが、

「イヤな鳥ですよ」

とつぶやいた。

「賢くて、ズルくて、まずくて、わるさばかりしてる。何の役にもたたないのに声ばかり大きくて。人が命がけでとってきたものをよこどりして太ってやがる」

「人間にもいるわ」

「そうですね」

「人の税金で食い太ってるやつがいるじゃないの。人があくせくはたらいて納めた血税をよこどりして飲んだり食ったりしてるぜ。でかいツラしてね。御馳走ばかり毎晩毎晩食べて、あれはどうだ、これはどうだと不平ばかりいってやがる。それでモノの味がわかったような顔つきで人のことを見くだしてる。そういうのがいっぱいいる。そこらにウンといるわ」

「まったく」

運チャンはさびしくにがわらいをしてうなずいた。彼が誰のことをそういってるのか、気づいている気配はなかったが、眼じりにいかにも北の人らしい深い皺がある。それを見ると彼はののしるのをやめたくなる。同情に軽侮がまぎれこみやすいのなら嘲罵《ちょうば》には薄弱がまじりやすい。自身をはじてののしるのならむしろ沈黙していたほうが痛みがいつまでものこる。この地の果てのいたましい土ではやはり黙っているのがふさわしいように思える。

その夜は運チャンといっしょに飲みにでかけた。小さな家の低い軒ならそこまで雪がつみあげられているので、炉ばたであれ、バーであれ、人びとはまるでゴム長をはいたクマのような恰好で穴へ入っていくことになる。零下十五度だという。雪の壁をくぐりぬけて入ってみると店のなかはあたたかくて、のびのびする。油光りのしたサケ。その巨大な、曲がった鼻。古武士のような顔。トドの毛皮。アザラシのひからびた剝製。ホッケが炭火のうえでたてるもうもうとしたあぶらっぽい煙。そこでは火が火である。温度が柔らかく、広く、深く、しみじみしている。苛酷さのなかで人が人と肩をよせあって吹きだまりでジッとかがみあっているような親しさがある。これは北の国だけにしかない親しさである。冬の酒は、冬の魚は、やっぱり、こういうところで、背を丸めてやりたいものである。流氷群のひめやかな、尨大なつぶやきが、越年米の袋を山のようにつみあげたその壁のすぐそとを流れていくようである。その声が聞こえるようである。

*

〝知床〟はアイヌ語の〝シリ・エトク〟をなぞって和字にかえたのだそうであるが、原義は、やはり〝地の果て〟ということであるらしい。土地の人には原義を尊重して自分の住んでいるところを〝シレトコ〟と呼ばないで、わざと〝シレトク〟と呼ぶ人もあるらしい。もし土地の人でなくてここのことを〝シレトク〟と呼ぶ人があったならその人は相当な通である。一歩道をゆずってよろしいかと思われる。

一年じゅうどこへいってもイチゴが食べられたり、人家がふえて霜柱が発生しなくなったりして、日本全体に〝季節〟というものが急速に、広大に、微細に、消えつつあるのが現状である。それとともに季節に沿って暮らしたり、季節を待ったり、ゆくのを惜しんだりして暮らすことも消えつつある。けれど、ここシレトクでは、ふんだんに、徹底的に、いたるところに季節がある。炉ばた飲み屋に入ってみると、壁に漁網がかけてあったり、巨大なクマの皮が張ってあったりするが、運ちゃんが指さすところを眼でたどってみると、米袋がうず高くいくつも壁ぎわにつみあげてある。運ちゃんはなつかしそうに、

「あれが越年米ですよ」

〃越年〃を〃オツネン〃と呼んだか。〃エツネン〃と呼んだか。少し耳がぼやけていたが、彼は感じ入らせられた。

「昔は知床でなくても、どこの家でもああやって米を買いこんで冬ごもりの仕度をしたものです。私も子供の頃は冬はああいう米袋のかげで遊んだものです。いまは交通が発達したのでどこへいっても米が買えるから、越年米をわざわざ買いこむ必要がありませんけれど、ここではいまだにやってるようですね。わざと客に見せるためにやってるのかもしれませんが、そうだとすると装飾だということになりますが、ちょっといいじゃありませんか」

運ちゃんは眼じりに深い皺をよせて米袋の山を眺め、だまって酒を口にはこんだ。たしかにそのとおりである。冬ごもりのための米袋の山をサカナに酒を飲むと、いかにも深い雪のなかにうずくまっているのだという感じがしてあたたかさがしみじみと全身にまわるようである。一年中せっせとアクセクとはたらいてきたこの店の主人の汗や労働の量がハッキリとその米袋の山に肉眼でたしかめられるようだし、どれだけ戸外が吹雪あらしになってもこれさえあればという安心感がじわじわとまわってくるようである。あたたかい。ほのぼのとしてくる。いい酒である。

あとでバーへいったときに発見することとなるが、季節は部屋のなかだけではなくて、いたるところにあり、ことにトイレには濃厚にあった。なにげなくのぞいてみると、そのトイレは水洗式ではなくて昔のままのウンウンと気ばって手ごたえを耳でもたのしむ古式一穴落下法であったのだが、暗い穴のなかに紙のピラミッドがそびえているのであった。つぎつぎと落とした紙や半固体ブツがつもりつもって三角の大きな堆積になり、頂上が高くせりあがって穴からハミだし、とびださんばかりになっていた。ためしに御吒呼をそそいでみると、パシパシと音がして滴が四方に散る。凍りついているのである。シバレているのである。紙のピラミッドはカチンカチンになっているのである。それが零下十度という寒さだから雲古の匂いも、御吒呼の匂いも、何もせず、はなはだ無機質、清浄な感じがし、どこからともなく吹きこんでつきあげてくる風は純潔と痛烈をきわめた冬の知床の寒風である。

彼は感動した。さっそく薄暗いバーにもどり、ゴム長をはいてホステスを相手に酒を飲んでいる運ちゃんに、おどろいた、おどろいたといって報告した。運ちゃんはコップをおいて、いろいろと説明してくれた。あの紙のピラミッドはごらんのとおりシバレているのである。紙と氷の山なのである。だから穴からせりだすくらいになってくると鉄の棒でカチンカチンと掘りくずし、一塊りずつに分解して捨てるのである。それはほんとに固く凍りついているからカチンカチンという音がするくらいである。そうやってこわした塊りは一コずつひろって海へ捨てにゆく。一冬じゅうに何度かそういうことをしなければいけない。それがシレトクのシレトクらしいところなのである。まさにシレトクなのである。

「いやあ、いいものを見た」

「珍しいですか？」

「うん、珍しい。おもしろい。さすが知床だ。寒いってことがピンとわかった。こういうおぼえかただと忘れられないネ。いいものを見せてもらったな。流氷でも寒さを教えられたけどね。こりゃすごいや。白いピラミッドだ。トイレでピラミッドを見るとは知らなかったナ」

「根室、網走、知床、このあたりじゃ〝冬の三白〟、三つの白というんですよ。流氷、ハクチョウ、タンチョウヅル、この三つを〝冬の三白〟というんです。だけどお客さんは四つめの白をごらんになったわけです。四白というわけです」

「白い。清潔だ。無邪気だった」

しきりに声をあげて感心している彼を運ちゃんやホステスたちは素朴な、おおらかな声で笑った。季節のない国からきた、目的のない男を、季節のある、節《ふし》のある国の男女が笑った。その笑い声には大いなる単純さと優しさがあり、笑われているとたのしかった。

いくらシレトクでもバーはやはりバーで、飲んでさわぐ場所であるが、炉ばたではいくつかのことを教えられる。たとえばサケである。サケを戸外の雪にさらして凍らしたのを刺し身にすることを〝ルイベ〟とアイヌ語で呼ぶ。口のなかで霜柱が砕けるみたいにシャリシャリと氷が音をたてるのは珍しいものといえる。しかし、昔は冬の北海道だけでできることだったのが、電気冷蔵庫の普及のためにいまではルイベはどこでも、いつでもできるようになったし、東京でも北海道料理店へいけば珍しくもありがたくもなく食べられるようになった。しかし、塩ザケを戸外にさらしてカツオブシのように固くしたのがある。それをひときれずつ力をこめてナイフで削り削り噛みしめていると、棒のように固くなったのがだんだんほぐれてきて、素朴だが奥深い滋味が舌にしみだしてくるのである。これは珍しくあり、たのしくあった。

ホッケの焼いたのがでてくる。キンキン、メンメンという妙な名前の魚の開きを焼いたのがでてくる。これはメバルやアイナメの一族ではあるまいかと思われる赤い魚で、海底に住みついているらしいが、ひどく脂があるので、網にのせるときに新聞紙を敷くのである。火で新聞紙が燃えるよりさきに魚からしみだした脂が新聞紙を濡らしてしまうので、燃えあがるということがない。新聞紙がベトベトに濡れるくらいの脂がでる。これは少しくどくてしつっこいので、あまりうまい魚だとはいえない。むしろだまって酒を飲みつつ〝メフン〟をつついたほうが、はるかによろしくもあれば、珍しくもある。〝メフン〟はサケの背骨に沿って走っている大動脈を塩辛にしたものであるが、一匹から一本しかとれないし、メスよりもオスのほうがうまいとされているので、たいそう珍しい品である。大動脈そのものは意外に太くてゴム管にそっくりなのであるが、糀《こうじ》や塩につかって寝かされているうちにトロリと柔らかくなってくる。血の匂いがさいごまでつきまとうのだが、クサヤの干物とおなじで、好きになってくるとそれがたまらない魅力だとのことである。

「……私はこれにちょっと七味トウガラシをふります。そうするとピリピリとひきしまってきましてね。いいですナ。イカの塩辛やコノワタなんかより、よっぽどいいですナ」

　運ちゃんは眼を細くしてその茶褐色のトロリとした、とけかかったような血管を口にはこぶ。ひとしずく、ひとかけらでもおとすまい。おとしたらその手をくまなく舐めよう。そのような口つきであり、手つきである。職業は運ちゃんかもしれないが、この人、たいそうゆたかな人である。小さなことを大きくたのしむすべをわきまえている。

　〝メフン〟はそういうわけでサケの血管の塩辛である。北海道ならではの御馳走である。天体である。しかし、おなじサケの塩辛で、このあたりで〝チュ〟と呼ばれるものがある。これはサケの胃と腸をこまかくきざんで糀で塩辛にしたものである。もともと、どんな魚でも、皮と、はらわたと、カマ（首のつけ根）のあたりがもっともうまいのだから、サケのはらわたとなればいうことはあるまい。それを塩辛にするのである。そして糀をまぶすのである。淡桃色のそれはまことに柔らかく、かろやかで、気品があり、舌にのせるとそのままとけてしまいそうである。そして淡あわとしながらどこからかゆたかな滋味もしみだしてきて、酒の滴をひっそりとのどへはこんでいってくれるのである。

彼は盃をおいていった。

「絶品だ。すばらしい。ナマコのはらわたを塩辛にしたのがコノワタで、これはありふれているけれど、そのはらわたのうちで卵巣だけを塩辛にしたのがあります。それはコノコというのですが、貴重品中の貴重品です。めったに食べられない。この〝チュ〟の味はそれにちょっと似ている。絶品だ。とても気品のある味がする」

「そんなにうまいですか、お客さん」

「なんてもんじゃないよ」

「自家製なんですがね」

「絶品だ」

店の主人が厚い手にごつい竹箸で広口瓶からだしてくれるのを彼は小皿に盛られるのを待ちかねるようにしてむさぼった。一口、二口、むさぼっては嚙みしめ、嚙みしめては味わい、音高く舌をうって酒をすすった。その昂揚ぶりに主人、運ちゃん、何人かの漁師らしい客たち、みんなが声をたててわらった。聞けばこれはサケ漁のときにちょっとオコボレを自家製で塩辛にしたもので、サケのはらわたは大半捨ててしまい、誰も行方を知らないのだそうである。塩ザケをつくるときに腹をひらいて、そのとき内臓はみな捨ててしまうのだそうである。聞いているとウナりたくなってくる。貝の肉を食べるために真珠を捨てる、というようなものである。そうと聞いて彼はつぎにくるあてもないのに店の主人に大量に〝チュ〟をつくってくれるよう、クドクドとたのみこみ、お金はいくらでも払うから東京へ送ってくれといって名刺までだした。店の主人の口調がたいそう気乗り薄であったので彼はいらいらした。

「……お客さんは食いしんぼうですね」

炉ばたをでて戸外の深い雪のなかをサクサクと音たてて歩きつつ運ちゃんがおっとりとわらう。そのとおりだ。食いしんぼうだ。いや。そうなったのだ。職業の義務としてやっているうちに本性となってしまったのだ。おれの仕事は大蔵省の余った予算を食いつぶすことなのだ。みなさんの血税をムチャムチャと食いつぶすのが仕事なのだ。酒と、チュと、おおらかな笑い声にそそのかされてついそう大声でいいたくなったが、あやういところで彼はこらえ、ひくくわらいつつ雪のなかを歩いていった。

「……ほかにこの季節じゃ何もありません。春なら毛ガニがあがってうまいのですがいまはシーズンじゃないので食べられません。何しろ地の果てですからね。けれど、ここには日本でたった一軒という店があります。トド屋です。トドの肉を鉄板で焼いて食わせるです。べつにうまいってもんじゃありませんけどね。珍しいというだけのことで。

どうですか。やってみるですか」

「よし、やってみよう」

「話題にはなるですナ」

「結構。いこう」

運ちゃんにつれられるままに雪のなかをあちらへ折れたり、こちらへ曲がったりしていくと、お粗末なブリキの立て看板にペンキで『日本でたった一軒のトド料理△△△××□□□……！』と書いた店にくる。

トドとは〝海馬〟である。英語では〝シー・ライオン〟と呼ぶ。海獣のアシカ科のなかで最大の重量を誇るおっさんである。成長したオスは四メートル、五〇〇キロにもなる。そんな怪物はざらで、なかには一トンにもなるのがいる。とてつもない強助《つよすけ》であって、一頭のオスが十頭から二十頭のメスに君臨し、それぞれのメスに毎年一頭ずつ子供を生ませる。このおっさん、おばはんはそういうスキモノであるうえにはなはだ用心深く、耳が鋭く、結束が固くて、誰か仲間が人間に射たれて負傷すると両わきにピッタリくっついて逃げていく。逃げ足はズングリムックリの巨体にも似ず速い。そしてとほうもない大食漢で、サケ、マス、タラ、ホタテガイ、何でもかでもむさぼり喰い、サケだけでも日本とソヴィエトが一年でとる分を二カ月ぐらいでペロリとたいらげるというからおそろしい。そのくせ肉はまずく、皮も使いものにならず、牙や骨も捨てるしかない。

そして知床界隈にはこのおっさんやおばはんを襲ったり、食べたりするほどの強敵は人間のほかに何もいないからザワザワと繁殖するばかりであるという。約四千頭と推定されるおっさんとおばはんが現在、羅臼界隈でヌラヌラ泳ぎまわり、スコップですくうみたいにしてサケをむさぼっている。これを銃で射ち、アーチェリー（洋弓）で射ち、ときには自衛隊がヘリコプターをとばして射ったりするのであるが、とどのつまり海中にもぐられると人間にはどうしようもない。

「……妙なもんでしょう？」

鉄板でジャガイモやタマネギといっしょに炒めた、何やら赤黒い肉はシネクネしているうえにクジラの肉の匂いを下品にしたような匂いがし、そんな味がして、なるほど話題にするだけのことをでない。うまいサケを食ってるのにこのおっさんの肉はどうしてまずいのか。どこまで意地わるくできていやがるのか。

「……漁師のなかにはこいつのヒゲで歯をせせると歯痛が治るというのがおるですが、どんなもんですか。有害無益、無芸大食とはこいつらのことですヨ」

運ちゃんはそういって舌うちせんばかりにののしり、肉は箸でちょっとつついたきり、見向きもしない。念のために生肉の刺し身もとってみたが、義理がないなら無理して食べることもない味である。小さな店のなかには乳くさいような、脂っぽい、妙な匂いがもうもうとたちこめている。

（……つぎはどこへいくか）

酒をすすってそう考える。

*

……ふつう内地で〝カジカ〟といわれて思いだすのは二つである。一つはカエルのカジカで、これは深い谷川などで、夏の夜、きれいな声で鳴く。かわいい、小さな、感じやすい顔だちをしたカエルである。もう一つのカジカはやっぱり川に住んでいるが、ハゼのような、ブッつぶれた顔をした小魚である。黒くて、醜くて、ズングリむっくりの体をし、石から石へ臆病そうに影のようにつたい走りをしていく。意外に大粒の黄いろい卵を岩かげに生みつける。この卵はヤマメやハヤを釣るのに絶好の餌となる。カジカそのものも小さくて妙な顔をしているけれど種類によっては川魚特有の泥くささがなくておいしい肉をしている。

けれど、それは内地の話である。北海道へきて、とくにこの道東地方へきて〝カジカ〟といえば、それはもう海のカジカにきまっている。これはオコゼとアンコウが混血したようなといえばかなりの見当がつけられそうな顔をしている。ひどいなどというものじゃない。どれが眼で、どれが口で、どれがヒレなのか、ちょっと見たところでは何もわからない。岩礁や海藻のなかへ入ると完全に保護色でとけこんでしまう。あまりの自身の醜貌にヤケクソになるのであろうか。この魚はうごくものなら何にでもとびついて大口あけて一呑みにしてしまう。五寸釘を餌がわりにしても釣れるといわれるくらいである。フカの腹からはいろいろな物がでてくるので話題になることがあるけれど、カジカの腹もたいへんなもので、自分とおなじ大きさの兄弟を丸呑みにしていたのや、毛ガニをまるまる一杯呑みこんでいたのや、ときには古タイヤのきれっぱしを呑みこんでいたのもある。けれど、貪慾だということは見方をちょっとズラせば贅沢だということにもなるのであって、そのせいだろうか、カジカはとてもうまい。冬のカジカとなると、こたえられない。ことにその肝である。これをブツ切りにして海賊鍋風の味噌汁にしたのとくると、たまったもんじゃない。あまりうまいのでナベコワシカジカという名のついたのがいるくらいである。これは俗名だが、そのまま学名として登録されている。俗名が学名となった魚はそうザラにはいない。ナベコワシの肝の味噌汁。いまあなたの食べてるやつです。マ、御意見はあとで。食べてから聞かせてください。

「……てなもんです」

おっさんはもうもうとたちのぼるホッケの脂っぽい煙のなかでニタリと笑って背を向ける。説明がたいそう親切で奥深いところがあるが、その脂っぽい微笑には満々の自信が含まれているようである。

だされたどんぶり鉢にはジャガイモ、ネギ、魚の切り身など、すべておおまかなブツ切りにしたのがゴタゴタと入り、あたたかい湯気がたちのぼり、味噌汁の表面には金《きん》の小さな泡がたくさん輝いている。そして生のタラコに形はよく似ているけれど色がもっと濃く黄橙がかった肝が浮沈している。あんぐりと一口やってみて、彼は眼を瞠る。たしかだ。ウソではなかった。いわれたとおりである。柔らかくて、精妙で、深い。濃い潤味があってネッチリとしているのにすみずみまで繊細だという気配が舌にひろがる。白くてブリブリと歯ごたえのある肉や、ヒレやエラのあたりのゼラチン状のぬるなどもそれぞれにうまいが、何といっても肝である。

「……？」

他の客に酒をついでやったりしていたおっさんが彼のところへもどってくると、だまって顔を眺める。彼はどんぶり鉢から顔をあげ、ホッと息をついて、いう。

「うまい。はじめて食ったのですが、うまい。肉はオコゼの味がして、肝はアンコウに似ている。いや、アンコウの肝より練れてるし、泥くさくない。たいそう、うまいです。おどろいたナ」

おっさんはうなずいて、つぶやく。

「そうでしょう。内地の人はみなそういいます。冬は何といってもカジカの味噌汁ですな。ナベコワシの肝がいちばんです。脂があるけれどくどくないですしね。どういうものか、これは味噌汁にするのがいちばんです」

「もう一杯もらえますか？」

「いいですが、肝がまだあるかどうか」

「なくてもいいけどね」

「あるといいんだが」

「ぜったいほしいネ」

「さがしてみますかな」

おっさんはうれしそうに微笑してたちあがり、どんぶり鉢をとりあげて、味噌汁の大鍋のほうへ歩いていった。

彼はあたたかくゆたかになった。腹のほうへ落ちていったカジカの肝が舌や、歯ぐきや、くちびるのそこかしこにのこしたものを静かに味わいながらタバコに火をつけた。眼がうるみ、腹が重くなり、何かしら荷をいっぱい呑みこんだ船のような気持ちがする。釧路へついてから運ちゃんと別れてひとりで町を歩いているうちに飲み屋小路にさしかかり、あちらこちらに〝炉ばた〟と看板のでているなかで任意の一軒を選んで入ってみたのだが、いい店だったようである。運ちゃんの話では釧路は人口二十万だが飲み屋やバーは三千軒もあるという。あちらの炉ばたからもこちらの炉ばたからもホッケを焼く匂いがただよってきて路地はもうもうと煙っている。ホッケの匂いは脂っぽくてきついから、サケ、ニシン、シシャモ、キンキン、メンメン、何を焼いても消されてしまいそうである。それら冬の海の匂いが町と路地にまるで熱い濃霧のようにたちこめているのである。この店もとなりの店もけじめがつかない。

その、薄暗くて、あたたかくて、不潔、親密な子宮で――毎度思わせられるのだがお母さんの子宮はこんなにきたなくてとりちらかっていたのだろうか――魚を焼く匂いと熱い酒の匂いにまみれてほのぼのとしていると、今日半日かかって横断してきた広大な浄白と静寂の国の光景がよみがえってくる。羅臼をでたのは正午前で、それから知床半島を海沿いに南下し、尾岱沼《おだいとう》によってハクチョウを眺めたりなどしつつ、わざとゆっくり、半日たっぷりかけて原野をよこぎってきたのである。知床半島の海は沖までギッシリと流氷に埋められていたが、陸の雪原と海の氷原はただただ浄白でまばゆいばかりで、けじめがつかず、ときには空もそのままつづいていると見えることがあった。いつもなら海岸が波で鳴っているのであろうが、いまは大小無数の氷塊がつらなるばかりで、人も見えず、家も見えず、うごくものといってはときたまのカモメ、ときたまのカラス、その羽影と絶叫がこだまするだけであった。原野に入ってからはあちらこちらでシラカバ林が雪の白と照応しあうのを見たが、その雪には靴跡も、獣の足跡もなかった。容赦なくて、徹底し、不毛だが、このうえなく清潔であり、これほど豊饒で華麗な《無》を見るのは、ずいぶん手垢にまみれてしまって正体を失った言葉だが、あらためて《経験……》とつぶやきたくなることであった。あてどもなく彼は拡大され、すみずみまで充塡され、窓にぴったり顔をよせて異相をむさぼりつづけたのだった。うつろさがそれほどの歓びにかわること、それはもう久しく知らないでいたことだった。

「……会長だ！」

とつぜんおっさんが大きな声をだした。おっさんはカジカ汁をそそくさと彼のまえにおくと、そのときガタピシと音たてて入ってきた一群を迎えて歓声をあげた。ふりかえると、釣りの帰りなのであろう、巨大なリュックを背負った六十がらみの大男を先頭に似た姿のが二、三人店へ入ってきて、彼のよこに腰をおろした。〝会長〟と呼ばれたのは先頭の大男であるらしい。六十がらみだが背が高く、筋骨たくましく、赤いベレ帽をかぶっている。この店の常連なのであろう。リュックを土間におろすと、たちまち酒を飲み、ホッケを食べ、にぎやかな大声で煮えはじめた。

「今日は何を釣りに？」

「チカだよ、チカ」

「どこまでおいでで？」

「秘密、秘密」

「わかってますゼ」

「氷の厚いところさ」

「釣れましたか」

「装備は完璧でしたがね、装備は」

「魚のほうはダメでしたか？」

「ホワイトは燃やしたんだがナ」

「ホワイトをね」

「いつも会長はよかったんだ」

「今日は第一礼装だったんだがナ」

赤ベレの大男が店のおっさんと酒を飲みつつ話をしているうちにその側近か、弟子か、若いのがニヤニヤ笑って、何もいわずにリュックをほどきはじめた。そして、中身を一つずつ、短く説明しながらカウンターに並べはじめた。氷を割るためだといってハンマー。氷を切るためだといって鋸。氷に穴をあけるためだといって鉄棒。暖をとるためだといって携帯用プロパン・ボンベ。崖をよじのぼるためだといってロープ。クマがきたときに頭へ一発かますのだといって手斧。枝を切るためだといって大ナイフ。ほかに携帯用腰かけ。ウドン玉二十コ。トリのミンチ五百グラム。醬油。サンドイッチ。おにぎり。ジュース半ダース。酒五合瓶二本。ウィスキー角瓶一本。シールの尻あて。かんじき。ミツ豆の罐詰め三コ。コーンビーフの罐詰め五コ。フライパン一コ。中華鍋一コ。

プラスチック茶碗いくつか。竹箸いくつか。強肝用の清涼飲料水五本。トイレット・ペーパー一巻き。

彼は酒を飲むのをやめて連中のほうに体を向けた。カウンターはたちまちそれらの物量でスポーツ店、うどん屋、酒屋、薬局、そのいずれでもあるがどれでもないという光景になった。赤ベレと側近たちはその山を眺めてニヤニヤ笑い、しきりに声をだしたり、酒を飲んだりしはじめた。連中と店のおっさんが話をしているのを耳をかたむけて聞いていると、これらの物凄い物量は〝会長〟がひとりでかついでいくのであるが、毎度のことなので、おどろくにはあたらない。チカ釣りだろうがヤマメ釣りだろうがおなじ装備である。会長は食慾が凄いんだ。腕力が凄いんだ。そこへもってきてホワイトが凄いんだ。今日は氷を割ってチカの穴釣りをやり、釣りにあいたらチビチビやりながらウドンの野立て風をやるつもりだったのだが、あいにくと雨になったので引き揚げてきた。トリのミンチをこれだけほりこんで煮たてるといいスープがとれて、とてもウドンがうまくなる。そのあとミツ豆やコーンビーフやサンドイッチやおにぎりを食べるつもりだったのだが、雨でおじゃんになった。チカ釣りをやろうと思って氷のうえにこれらいっさいをリュックからだして並べたら、そこへ雨が降ってきたのだ。そこでまた一コずつリュックへつめこんで、ウンウンいって、かついで帰ってきたのだ。ゆるくない。ゆるくない。今日はゆるくない。

「チカって何ですか？」

「ワカサギのことですよ」

「ワカサギを釣るのに？」

「いつも会長はこうなんですよ。この人は福井蕃山、釣号を蕃山といいまして、ほんとの名はべつにあるんですけどね。別名を〝釧路のオドロキ〟ともいわれてる人ですよ。ホワイトのかたまりなんです。蕃山ってのは佐久間蕃山にあやかりたくてそうつけたとおっしゃってるんで、何しろ人物なんです」

「佐久間なら象山じゃないの？」

「でも会長がそうおっしゃるんで」

店のおっさんはニコニコ笑いつつ彼に向かって気さくに説明する。それを聞きながら赤ベレの大男は無邪気に眼を細めている。ワカサギ釣りにもヤマメ釣りにもまるでヒマラヤに登るような意気ごみで毎度こうだとすると、たしかにこれは〝ジンブツ〟といっていいようであった。佐久間象山を〝蕃山〟といい、〝ファイト〟を〝ホワイト〟などといってるあたり、少しあたたかい人物ではないかと思われるが、一座のみんなに心から愛されているらしい気配が濃くて、まことにおおらかであり、壮大である光景であった。〝象山〟が〝蕃山〟だろうが、〝ファイト〟が〝ホワイト〟だろうが、どうでもいいではないか。ワカサギを釣るのにクマの頭へ一発くらわせるための手斧を持っていくあたり、さすが〝大志を抱け〟の国である。ホラをどう吹くかも釣り技のうちの一つかと思われるが、これはとびきり上等である。よくはわからないものの、さすが〝釧路のオドロキ〟と呼ばれるだけのことがある。

不銹《ふしゅうこう》鋼の、ギラギラ光る、重厚かつ鋭断をきわめるらしい手斧の、満々と精力をひそめた刃にそッと指をふれて彼は会長を眺めた。ちょっと今東光を崩したような、どっしりとしたいい顔である。眼が六十歳の皺のなかで腕白小僧のように輝いている。斧の柄が手垢で底光りしているところを見ると、すでにクマを何十頭たおしたのであろうか。

「内地からおいでになりましたか？」

「ええ、東京です」

「珍しいものをあげましょう」

会長がおおらかに目くばせすると、側近がすばやくリュックから広口瓶をとりだしてきた。黄いろくにごった液のなかに何か黒いものが沈んでいる。会長は真摯なまなざしになると、大事そうな、いたわるような手つきで、何重にも巻いたゴム・テープをそろりそろりとはずしにかかった。そしてこれは五十度の薬用アルコールに五年浸した逸品で、めったなことでは門外不出なのであるが、今日は雨と氷でゆるくなかったから一杯飲むことにします。これを飲んだら大丈夫です。スッ裸で雪のなかで眠れるくらいです。アレにきくことはいうまでもありません。東京への土産話にしていただきましょう……

というのであった。〝アレ〟というときだけニヤリとなったが、あとは終始一貫して真摯、そして慎重そのものであった。

グラスにつがれるままにグッと一口やってみると、カッと熱い酒精が炸《はじ》けたのはいいとして、何とも名状にくるしむ脂くさい、ねっとりヌラヌラした異臭が口いっぱいにたちこめて鼻へぬけた。嘔《は》きそうになるのをこらえてのどへグッと繰りこんでから、彼が、ひくい声で、瓶のなかのものを指さし、

「それ、何ですか？」

とたずねると、会長は、ひくい声で、

「オットセイのオチンチンですナ」

と答えた。そして、グラスになみなみと黄いろいのをつぎ、ゆっくりと口にはこぶと、舌つづみをうって飲みほした。

＊

オットセイのエテモノのアルコール漬けという、どちらかといえば強精薬よりは標本に近いものを飲まされてふいに下降し、声が低くなるということはあったが、それでもこの人物の分泌する奇妙な安堵感とおおらかさはたいそう貴重なものに思われた。ゆき

ずりのただの通過者としてはめったに味わえない交差のしかたが人物のどこかとできたという濃い感触があった。そこで、炉ばたのおっさんや側近たちがおもしろがって問わず語りに語ってくれることに耳をかたむけていると、いくつかの言葉がうかびあがってきた。

人物は〝会長〟、〝会長〟と呼ばれているし、見たところ一見紳士風で、その堂々とした顔や、肩や、筋骨から推して、どこか中の上ぐらいの会社の社長だろうかと思われたのだが、よくよく聞いてみると、まったくそうではなかった。『釧路釣り人会』というものの会長なのである。その釣り人会は人物をはじめとして釧路在住の画家、水産学者、会社員、新聞記者など、小さいけれどはなはだ多彩な職種と年齢をふくんでいる。会は挿絵入りの立派な会報を発行し、年に何度か家族ぐるみの懇親会を、原野や海岸でやり、東京から福田蘭童、緒方昇、桂ゆき、渡辺喜恵子などというその道の人びとを誘致していっしょにカジカ鍋などをつついたりする。会員はもちろん釣り狂ばかりだからのべつに釣りにでかけるが、わけても会長は熱心、またしぶとく、日曜という日曜は欠かすことなく家から離脱する。ワカサギ釣り、ヤマメ釣り、イトウ釣り、海であれ、川であれ、突堤、氷原、原野、おかまいなしに物量を背負ってドカドカと前進し、釣れるものは何でも釣っちゃおうと意気ごむのだそうである。

炉ばたのおっさんがいう。

「……何しろこの人のは手荒い。祖来たれば祖を殺し、師さえぎれば師を刺してでもというところです。この年になってそういう気迫を持った人はそうザラにいませんよ。そして、いったさきざきできっと野糞をする、木にのぼって川へおちる、ウドンの野立てをやる、ドカドカ歩く、大声をだすで、ヤマメはおろか、クマまで逃げだしてしまうんです。何しろ広大な人ですからね、ノドがかわいたらミミズを入れた餌箱で水をしゃくって飲む。それも、四杯、五杯、飲む。おかまいなしですナ。げんにこうやってオットセイのオチンチンを飲んでらっしゃいます」

会長はおっさんの言葉を気持ちよさそうに微笑しながら聞いてオチンチン酒を一滴一滴こころから惜しみつつすする。それはほんとうに大事がり、ありがたがっている飲みかたである。おい、どうだ、飲まないかと側近たちに声をかけないではないが、ごくお義理程度の弱い声であって、すぐひっこめてしまう。よほどそれを大事にしていて他人に飲まれたくないと思っているらしい気配である。側近たちは事情を知りぬいているのであろう、誰もニヤニヤするばかりで、くれと手をだすものがない。じっさいそのあぶらくさくヤニっこい、奇怪な異臭と異味を知っていたら、手などだせるものではあるまい。会長は厚いくちびるを鳴らし、舌つづみをうち、まるで永年貯蔵のナポレオン・コニャックをすするような遠いまなざしになっている。一頭のオスが十頭、二十頭のメスをひきつれているオットセイの姿態がそのまなざしのかなたに浮いたり沈んだりしていて、いっぽう頭のなかでは何を考えていることやら。じッと沈思していてからときあってふいにニタリと笑い、それがすむと、また沈思にもどっていくらしい気配。

「……しかし、毎度毎度これだけの物をリュックにつめていくとなると、たいへんなことですね。それだけでも好きの道だとわかりますようですね。きっと釣りのほうはいい腕をしてらっしゃるんでしょうね」

酒をすすりながら彼が眼でカウンターに山積された物量をさしてたずねると、炉ばたのおっさんは謎めいたところのあるつつましやかさで微笑したきり、側近の一人は何か甲《か》ン高く一声、ひきつれたような笑声をだした。もう一人は遠慮なしの大声でおおらかに笑った。もう一人はしめやかに笑いつつ、ひそひそと、

「ええ、もう……」

という。

「そりゃたいしたもんです。何しろこの人は〝釧路のオドロキ〟なんですから。会長は熱い人です。ホットな人です。たいていの魚が根負け、気負けしてしまって釣れちゃうようです。何しろ武士の情けを知っている人ですからナ。あとにくるもののためにのこしておくというこまかい気のくばりようをする。そういう釣りです。会長の通過したあとを攻めてみたらどんな小さな川でもよく釣れるんですナ。おくゆかしい人ですよ」

何やら含むところのあるらしい言葉であるが、それを聞いて、さきにつつましやかに

微笑したのや、甲ン高く一声笑ったのや、遠慮なしの大声で笑ったの、さまざまなのがいっせいに無邪気な、大声をたててふきだした。

「……何しろネ、あなた。あるときわるいやつがいて、会長の耳にふきこんだです。どこそこの海岸へいったら潮のひいたときにタコが磯で手づかみできるというですナ。そうふきこんだのがいた。すると会長は熱いもんですから、もうジッとしていられなくなって、スッとんでいったです。この完全重装備でとんでいったです。そして断崖をピトンやカラビナを使ってロープ一本でおりていったところが、あなた、潮はひくことはひいたけれどガヤ一匹見つからない。リュックをひらきっぱなしにしたままタコをさがしあるいているうちにとうとうカラスにウドン玉をしてやられて野立てもできないという。泣く泣くピトンだ、カラビナだと、またロープで断崖を這いのぼったそうです。えらいもんだ」

「釣りだけじゃないんですよ。会長は知的好奇心が旺盛なんで。あるときウマが草を食べてる画があって、それを見た知りあいのおじいさんが、何だこのヘッポコ絵描きめ、何も知らねえな、ウマは草を食うとき眼をあけてるもんだ、そんなことも見ねエで銭をとろうとは太いぜとこういった。それを聞いてたのが会長で。何しろいまのとおり熱い人でしょう。すっかり感心しちゃってね。そのままバイクにとびのって、何と、大楽毛《おたのしけ》の牧場までとんでいったですよ。そうしたところが、草を食ってるウマを一匹一匹よく見たんだが、眼をあけてるのがいない。こりゃおかしいというんでとんで帰っておじいさんに、この野郎、ウマはみんな眼を閉じてるでないかと食ってかかったです。するとおじいさんはケロッとした顔で、ハレ、おかしいナ、終戦前まではたしか眼をあけてたんだがと答えた。そうですがネ。みんなよってたかって会長をナブるんですナ。それをナブられるままになってやる。そういう腹の大きい人ですよ。だからナブるほうがナブられてるんだという結果になるですが、そこに気のつく人は少ないですナ。会長のほうがえらいんですヨ」

酒を飲んだり、ホッケをつついたりしながら側近たちはかわるがわるに会長のあたたかさを述べるのであるが、その話のすすめかたがよくみがきこまれ、手がこみ、ほのぼのとしたところとチクチク刺すところがたくみに織りまぜられている。何度も何度もこうやって炉ばたで稽古したからだということもあるだろうが、よくよく主題を手ににぎっている自信からでもあるだろう。全体を見ながら細部を忘れず、主人公を批評しながら愛を忘れていない。北の国の人は読書人でもあるが座談の名手でもある。どことなく〝話〟を〝いたわり〟だとわきまえている気配がある。言葉づかいはボキボキと剛直だが、かくし味が深くて、柔らかい。

オチンチン酒をたしなみ終わった会長はごつい手で広口瓶にゴム・テープを貼りなおし、何度もこすってピッタリくっつけ、名残り惜しそうにつくづくと残量を見やってから側近の一人にわたす。側近はかしこまってそれをリュックへしまいこむ。

「いやあ」

会長は大きな声をだし、

「はずかしいことです」

といった。そのはずみにグビッとのどを鳴らしたが、黄濁した異臭がふきかけられそうである。あわてて、けれどそっと、彼は顔をそらすようにする。どうしてオットセイのオチンチンはアルコールにつけるとこうヤニっこい匂いがするのであろうか。

会長は赤ベレをとってよく光るビリケン頭を釣り竿よりは手斧やロープできたえあげたらしい肉厚の手で撫でる。そして大きな声で、真摯そのもののまなざしで、

「はずかしいことです。みなさんにそういって熱いとか、ホットだとか、腹がでかいとか、武士の情けだとかいわれると、穴があったら入ってしまいたい。ほんとです。この年になってもいっこうにあらたまらないです。凡夫のあさましさと申しますか。みなさんにこうしていっしょに遊んでもらって、いろいろと釣りにいって教えられるですが、いっこうにあらたまらんです。こないだも私はベカンベウシ川で釣ってきて家の水槽で大事に飼っていたヤマメが死んだので、そんなに大事にしていたんだから庭のすみにでも埋めてやればいいものを、晩飯のオカズにして食ってしまったです。あさましいことです。凡夫のあさましさです。いけないと知りながらやめられんです。私のなかにはど

うやら一匹のゴリラがいる」

「ミズダコだろう?」

「キングコングでねえか?」

「ゴリラがヤマメを食うかね」

「トドでねえか?」

「このゴリラちゅうもんがあばれる。これがおさえられないです。この年になっても人に笑われるようなことばかりやっとるです。じつはみなさんに今日までかくしてきたが、私はいま、またしてもバカなことを一発やってやろうと思っとるです。近頃流行の二人のりの自転車ね、あれを買ってきて二十三歳の女の子をうしろにのせて別海原野をドライブして、どこかの、あの、何といったべ、そうだ、モーテルか、ああいうところへシケこんでみようと思っとるです。私もそろそろ年なんで、もうさきが見えてるから、ここらで一発、死に花を咲かせてやろうと思うですな。それで自転車はもう買いこんであって市内某所に預けてあるですが、二十三歳の女の子がまだ見つからない。なぜ二十三の女の子というかというと、これがゴリラの註文なんで、とにかく二十三のピリカメノコをさがしてこいとねだるです。ゴリラがそういうですナ。そのゴリラをなだめることが日夜どうしてもできない。凡夫のあさましさです」

「血圧にひびかねえか?」

「糖のほうはもういいのかね」

「やっぱり会長だ」

「ゆるくない」

「キングコングだ」

「トドでねえか？」

「凡夫のあさましさです」

がやがやと側近たちがさわぎたて、口ぐちにひやかすなかで、会長は深く頭をさげ、何度めとしれないが、もう一度、凡夫のあさましさですとつぶやいた。そして皿をじっと眺めていたが、かるく吐息をついて、ホッケの皮を頭も尾も入れてみんなバリバリと音をたてて食べてしまった。〝熱い〟とか〝武士の情け〟とか〝腹が大きい〟とか、側近たちの言葉は、彼のうけとったところでは会長にたいする、善意ある皮肉といったものであるはずだったが、どういうものか会長はそれらことごとくを額面どおりの賛辞とうけとり、そしてほんとに感動しているらしい気配であった。会長の述懐には真摯さと放埒さが等質、等量にまじっていた。飼っていたヤマメが死んだので晩飯のオカズにして食べてしまったというところでは自身の蛮行を恥じながらもとどめられなかったことを恥じていることがありありと感じられたが、二十三歳の娘を自転車にのせて原野を〝ドライブ〟してモーテルにしけこもうという計画を述べるところではちょいとした色悪の横顔を見せ、ほんとに実行しようとたくらんでいるらしいところがあった。そして、それでいてそれを〝凡夫のあさましさ〟というときにはキマリ文句を繰りかえすだけではなくて、本気で恥じているらしいのでもあった。そういうわけで、会長の炉辺談話はトンチンカンのおもしろさと、きまじめさと、図太い野人ぶりとが奇妙な思いがけなさで明滅している。

「どうです、旅のお人」

会長が古めかしい呼称でやさしく呼びかけ、大きな顔を近づけてきた。息がかかりそうになったので彼はあわてて、けれどそッと、顔をそらした。

「釧路にもキャバレーがあるです。いまから繰りこみませんか。今日は雨にたたられてチカ釣りができなかったから、穴釣りは釧路でやるです。ごいっしょにどうです。御招待します。オンナのまたぐらに手をつっこんであそばんですか?」

「つっこむのはいいがこわさないでくれ」

「クマじゃないんだからナ」

「まるで馬喰《ばくろう》だな」

「ゴーだ、ゴーだ」

側近たちは口ぐちにそんなことをいいながらたちあがる。そして、一コ、一コ、ていねいな手つきで、手袋、罐詰め、ウドン玉、角瓶、ジュース、中華鍋、五合瓶、トリ肉、鉄棒、鋸、プロパン・ボンベ、折り畳み椅子、ミミズ箱、大水筒、コッヘル、強肝飲料、醬油瓶、プラスチック皿、箸、バターの箱、タヌキ皮の尻あて、かんじき、オットセイ皮の尻あてを会長のリュックサックのなかへつめこんでいった。それを眺めていると、はるかな少年の日がよみがえり、こころがはずんでくる。取材費を惜しんではいけない。どんどん金を使え。贅沢な取材をしてくれ。

東京をたつときに藤瀬局長にいわれた言葉が閃く。

「いきましょう！」

彼は声をだして胸をたたいた。

「私が持ちます。御招待します」

あまりうきうきと叫んだので、もうちょっとで、税金を無駄使いするのが私の職業なのだ、ジャンジャンやりましょうと、いいそうになった。彼はあわてて粗茶を一口すって口を閉じ、微笑した。

＊

東京へもどった彼は、翌朝さっそく本庁の藤瀬局長のところへ報告にいった。わずかな日数だが、それでも雪は雪である。できたてのひりひりした酸素が陽炎のようにゆらめいているあの知床の冬から東京へもどってみると、羽田空港におりてみると、コンクリートの密林をつらぬく高速道路を走ってみると、たちまち肺が黒くなっていくのが感じられる。インキが白紙にしみてひろがっていくのを見るように、ありありと感じられる。最初にしみがあらわれたときには眼を閉じたくなるような衝動をおぼえる。しかし、じわじわとしみがひろがるにつれて、何かが音もなく、後退し、崩れ、沈み、歪んでいくのにそれと感ずることもできず、眼はあいたまま閉じているのだということも感ずることができなくなる。女は冷めたくて膚が荒廃し、運ちゃんは無愛想で兇暴、水は消毒薬そっくりで、舌も味蕾《みらい》もザラザラになってしまう。

「……知床ではチュといってサケの胃と腸を糀で漬けた塩辛を食べましたが、これは逸品でしたね。漁師が捨てたのをひろってきて飲み屋のオッサンが手なぐさみでつくったものらしいのですが、じつに絶品でした。トバというのは塩をしたサケを干したものですが、カツオ節そっくりの形をしています。それを削り削りして食べるのですが、素朴だけれど嚙みしめているとジワジワ味がでてきます。あとはホッケだとか、キンキンだとか、メンメン。妙な名前の、イヤにあぶらっぽい魚ですが、そういう干し魚類です。炉ばたで知りあいになったのを何人かキャバレーにつれていって散財してみましたが、マ、どうッてことはありません。たいして使うことができなかったと思いますよ。ただし、人間は、男も女も、北海道は東京よりはるかに上等です。あたたかくておおらかです。ボキボキしたもののいいかたをしますけれどネ。慣れたら気になりません。東京がひどすぎるのかもしれませんが、北海道ではホッとしました」

食べたものや会った人たちのことを彼は局長に話したが、話していくうちに〝景気〟のことを何ひとつとして〝調査〟しなかったことに気がついた。相対的にも絶対的にも調査しなかったし、たずねようという気すら起こさなかったことに気がついた。ことに釧路の炉ばたでは海坊主のような男に気を呑まれっぱなしだったことに気がついた。しかし、局長も、茶托つきの茶碗で粗茶をすりすすり彼の話を聞きながら、ひとこともその点をつっこんでこようとしない。もともと〝相対的景気調査〟というのは看板にすぎなくて、とどのつまりは余った予算をひたすら食いつぶすことにあるのだから、いまとなっては〝景気調査〟というのはどうでもよかった。彼は予算のダスト・シュートなのである。ゴミ捨て口であり、下水溝であり、穴であり、底のないバケツなのである。穴は穴である。存在するだけである。あいているだけである。そうだと知覚すれば、むしろ、だまってしまいたくなる。そうしたほうが、いいようである。いい知れぬ徒労をおぼえるが、いったい穴に疲労ということがあり得るだろうか。

局長は茶碗をおいて、

「ごくろうさま」

といった。

そして、彼のさしだした伝票についている釧路のキャバレー『ドンチャン』の請求書をものうげに眺めた。キャバレーとしては妙な名だが、海坊主とその側近たちがゴム長をはいてドカドカと繰り込むにはふさわしい。北海道では率直を旨とした命名法がとられている。ただ〝墓〟とだけきざんだ墓があるし、〝チャラリンコ〟というパチンコ屋がある。〝とれます丸〟という漁船があるし、クマとウシしかいないから〝熊牛原野〟と呼ばれる原野がある。だからキャバレーなら〝ドンチャン〟となる。何しろ〝大志〟の国である。おおらか。むきだし。コセコセしないのである。彼がそういうことを説明すると、局長は優しく微笑した。官庁で出会うにしては稀れな優しさのある微笑である。近頃、彼がこの仕事をするようになってから、心なしか、局長はひどく優しくて、おっとりとしている。魚や、鳥や、獣のような眼ではない。柔らかにたゆたうもののある、あたたかくて感じやすい眼である。恒産あれば恒心ありというところだろうか。よほどのそれがあると察したいまなざしである。

いったいお金というものは不思議な放射能を帯びていて、自分のものでなくても所持していたら、その期間だけは所持者の眼に日頃見られないいろをあらわしてくるものであるらしい。

「……どんどん取材費を使ってくれ。贅沢な取材をしてくれ。取材費を惜しむといい仕事ができない。そういっておいたはずだけれど、羅臼や釧路では無理だったようだね」

「羅臼や釧路だけではありません。これまでの取材で金を使ったという感じがあるのは松江ぐらいでした。あとはタコ焼きだの、オデンだの、煮込みだの、そんなのばかりでしたからね。ドン底からはじめようというのでそうなったわけです。新幹線でタコ焼きを食べにいきましたけれど、新幹線代とホテル代をちょっと使っただけです。相手がタコ焼きではね。贅沢のしようがありませんでした。これから後半はどうなりますか」

「それだ。そこをいおうと思っていたところだ。ちょうどよかった。これまではきみにタコ焼きだの、煮込みだのばかり食べさせて、わるかったと思ってる。けれど、最初からそういう計画だった。これからはエスカレートして、いい店へいってもらおうと思ってる。これも最初からの計画だ。いい店ほど、景気、不景気に敏感だということがあるからね。景気に左右されないいい店もあることはあるけれど、左右されるいい店も多い。そこへいってどんどん取材費を使ってもらおうじゃないか？」

「不景気を景気よく調べろということですね」

「誤解されやすい表現だね」

「贅沢に貧乏を調べようといいますか」

「それも誤解されやすい」

「ちょっといってみただけです」

「表現は、マ、どうでもいいよ。きみがいちばんよく知ってる。いままでどおりでいいのさ。ただし、A級、超A級、超々A級の店へいってもらおうと思う。そうするとハカがいくと思うね。来年度の予算編成までに間にあうように大車輪ではたらいてもらいたいのだよ。そうなると都内の高級料理店や割烹店ということになるだろうが、これまでどおり地方取材もどんどんやってくれたまえ。地方にだってA級、超A級があるんだからね。シッカリ胃散を呑んで食いまくってくれたまえ。やるなら徹底しなければいけないよ」

「ビフテキぐらいいじゃ」

「それでもいい。いいさ。ビフテキもいろいろあるさ。とくに、いいフランスのぶどう酒をつけてやったら、かなりハカがいくだろうよ。たとえばロスチャイルドのぶどう園のやつなんか、こないだちょっとしらべてみたら、六七年物で一万八千円だった。もっと高いのもさがしたらあるかもしれない。それにストラスブールかペリゴールのトリュッフ入りのフォア・グラをつけたり、キャヴィアを前菜にとったりしてごらん。ちょっとハカがいくよ」

「松阪のビフテキにロスチャイルドのぶどう酒、それにカスピ海のキャヴィアやペリゴールのフォア・グラをつけて、私が食べるのですか？」

「そうだよ。取材費を惜しむなというのが私の説だ。どんどんやってくれたまえ。妙な顔をすることはない。フォア・グラの最大のお客さんは日本だというじゃないか。食えるやつがいるからそれだけ輸入するということになるんだろうが、きみは気にすることはないさ。わが局のためなんだから。でも、あれだナ。西洋料理ではいくらガンばったところで知れてるよ。中国料理も知れてる。それに、これは一人ではムリだしね。となると、日本料理だ。これならかなりハカがいく。能率があがると思うね。いままで使わなかった分を一挙に使う方法はないものかときみの留守中に考えてね、四谷の『丸梅』はどうかと思いついた」

「『丸梅』?!」

「知ってるの?」

「名前だけは」

「そうだろうね」

「名前だけは知ってます」

「私もそう何度もいったわけじゃない。しかし、あそこは超々A級だ。まず私の見るところ、そうだね。あそこのおかみさん、井上うめといって、当代の女傑の一人だね。一日に一組しか客をとらない。六人から九人ぐらいまで、その一組。一日にそれだけだ。一カ月も二カ月もまえから予約をしなければいけない。家の客室は六畳の間ひとつ。それきりだ。そのかわり引き受けたとなると、あのおかみさん、まるで命がけというか、斎戒沐浴というか、そんな意気ごみでとりかかる。料理のコンビネーションがじつにたくみで、強弱、濃淡、甘、辛、ピン、それぞれのアクセントを序破急《じょはきゅう》つけて、だしてくる。遅すぎもせず、早すぎもしない。舌をくたびれさせない。こころもくたびれさせない。おだやかに、淡々と、絶妙のリズムでだしてくる。酒は一人一本きり。飲み助はおことわりとくる。酒で舌と料理を乱したり、荒したりしたくないんだね。それでいてきゅうくつな思いはさせないのだよ。私は食通でもないし、あの家にかよいつめたわけでもないし、おかみさんと話しあったわけでもない。しかし、あの味とリズムから察するところ、おかみさんは外柔内剛という気質の人かもしれないな。清淡さをだすには裏に剛がないとだせない。ときどきそういう人がいる。もとはオデンの屋台からはじめた人らしいが、何しろ凝りに凝って、味噌や醬油まで、ことごとく自家製、手製だというんだ。料理の真髄というものじゃないかな。立派だよ」

「わかりました。私がうわさに聞いてるのもだいたいそういうことです。一度そういう家にいってみたいと思ってはいました。思ってはいましたけどネ。木ッぱ役人の身分じゃどうしようもないですよ。タコ焼きやオデンがふさわしいところですよ」

「わかってる。それ以上いいなさんな。きみの留守中に独断でわるかったが、じつは私が予約しておいたよ。きみの舌もタコ焼き、煮込み、オデン、ドテ焼き、シラウオと序破急つけてリズムを追ってきたにちがいない。そのつもりでなくたって舌そのものがリズムをつくりだすだろうよ。それを、こう、いきなり私の独断で乱すことになった。まことに一人合点でわるかった。あやまっておきます」

「ホッケからいきなり『丸梅』とは」

「おもしろいじゃないか」

「飛躍がちょっと極端ですね」

「生《せい》の飛躍だね。何といった。エラン・ヴィタールか。近頃流行らない言葉のようだが、そういうことですよ。生の飛躍。結構だね。大いに結構。やりましょうヨ」

「けれど客数が一組六人から九人というのでは私一人でいくわけにいかないでしょう」

「だから、あらかじめ局長連中に招集をかけておいた。これも私の独断で、きみには失礼したが、各局のえらいさん連に声をかけておいたよ。ウダウダいうのは一人もいなかったナ。みんなその場でOKさ。『丸梅』というだけでよかった。なぜだ、どうしてだ、何をするんだ、何か魂胆があるのか。そんなことを聞くやつは一人もいなかった。さすが『丸梅』だと思いましたね。なぜだ、どうしてだ、何の魂胆だなんて、何もないよ。私はハカをいかせたい。それだけのことでね。透明ですよ。まことに透明そのものですよ」

「わかりました」

「きみもでてくれるね」

「もちろんですよ」

「いつもの㊙で落とそうな」

「そうします」

ひそひそと二人でそういう話をしているところへどこかの部長がやってきて、会議がはじまります、といった。するとそのとたん、局長の眼から優しさ、微笑、たゆたい、おっとり、寛大、ありとあらゆるいろと影が消えてしまった。局長の眼はふいに魚や、鳥や、獣のそれとなった。まるで手品である。毎度のことだけれど、見るたびにあざやかに茫然とさせられてしまう。シャッターが走るのよりも速い。いっさいが一瞬で一掃されるのである。

料理にも不思議な放射能があるようだ。一日に一組しか客をとらず、いっさい化学調味料を使わず、甘、辛、ピンに絶妙の序破急をつけ、味噌、醬油まで自分の手で作るのだというおかみが斎戒沐浴の意気ごみで注意を集中してくれる料理が食べられるのだと思うと、それだけでこころのうちに和敬清寂がほのぼのとひろがっていくようである。ひからびていた苔に水がしみていくようである。靖国神社のよこをとおりかかったらサクラが咲いているだろうかと入ってみたくなった。そしてサクラがまだ全開とまではいかないにしても淡桃色の靄がかったように清艶に枝を蔽いはじめているのを見ると、そのしたを目的のない人の足どりで歩いてみたくなった。その足どりで歩いていると、北の海の氷原に燦《きら》めいていた青と銀の無数の閃光の粉を思いだしたくなった。それを思いだしていると、作家の武田泰淳氏が可愛い奥さんとつれだってゆっくりと歩いているのを見かけ、何となく声をかけてみたくなった。でもそのまま見送って歩いていくと、お濠端《ほりばた》へいってハクチョウが泳いでいるのを見たくなった。そこでお濠端まで歩いていってハクチョウを見たがスモッグですず黒くよごれているので、それを見ていると、どこかひっそりしたところへいって眼をうるおしてくれるような香りをたてるお茶を飲みたくなったので、目的のない人の足どりで歩いていった。

＊

四谷というところは昔は怪談の舞台にされたくらいだから御家人の家などのあるひっそりしたところだったのだろうと思いたいが、いまは排気ガスと騒音のたちこめた、殺人的で凡庸な、東京のどの区とも変わらない一画である。表通りに乳業会社の巨大なビルがある道を折れて入っていくと、マンションとマンションのあいだに、とつぜん古めかしい木の戸の門がある。看板も、表札も、何もでていない。ただ小さな、古風な軒燈があって、それに黒く㊕とあるだけである。うっかりすると――うっかりしなくても――そのまま通りすぎてしまいそうである。

その木の戸をあけると、踏み石をおいた細長い、庭とも通路ともつかない、小さな庭がある。これといって目にたつ趣向も工夫も感じられない。その踏み石をつたっていくと、小さな縁側つきの部屋がある。部屋は六畳である。これもくすんで古めかしいというほかに何の奇も匠もない、ただの六畳である。テーブルが二つよせておいてあり、一辺にざぶとんが二つずつ、合計八人がすわれるようになっている。すわってみると、部屋がせまいから、用にたつ人は体をよこにし、ざぶとんを踏み、ごめん、ごめんといいながら障子と人のあいだをすりぬけていくしかないだろうと思われる。彼がざぶとんにすわって、さしだされるままに浪の華をすすっていると、まもなく、縁側から一人、二人と、局長たちが入ってきた。藤瀬局長をはじめとして池田、背戸、三津木、香座間などの局長である。いずれも彼には親しい名の人びとであるが、何しろみんなエライ人たちなので、本庁の廊下ですれちがったときに目礼するぐらいであり、ほとんど声をかけてもらったこともない。ゴルフをするということのほかにどんな性癖、酒癖、女癖、道楽があるのか、おそらくみんな似たような茶托つき、蓋つきの茶碗でデスクに向かって毎朝おなじ茶をすすっているのであろうと推察するほか、何の見当のつけようもない。こうしてテーブルへ一辺に二人ずつ並んですわったところを見ると、めいめいから気品と圧力と眼光が発するのでうっかりした口もきけなくなる。ただちらちらと見て藤瀬局長の顔は四角いナとか、池田局長は後頭部に少し夕陽が射すのだろうナとか、そんなことがうわずった眼に一瞬とまるぐらいである。こうおそろしくては食事の味がわからなくなるのではあるまいか。

たまたま書店に入ってみると、扇谷正造編『運鈍根』《井上梅女聞き書き》と題した本が見つかったので、この店のおかみさんのことを書いた本とわかり、すぐに一冊買った。それから何日にもなるのだが、彼はまだ読んでいない。読んでいないというよりも、また読もうとしないというよりも、読んだものだろうか、読まないでおいたものだろうかと、迷っているのである。こういう特殊な家の料理になると、その家のことや料理のことなどについて事前に知識を入れておいたほうがいいのか、わるいのか、ちょっと迷いをおぼえる。料理の味が知識の味をしのいでくれるとありがたいのだが、事前の知識で組みたてた味というものは透明であるためにたいそう強力なのである。そのためにかんじんの味がわからなくなって失望することが多いのである。かまえすぎて、それでくたびれ、本番になって失敗するということが起こりやすいのである。だから、まず本番そのものに接することである。頭にツメモノを入れず、舌もきれいに洗っておくことである。それで本番の料理がほんとにみごとであったら、あとでゆっくり本を読めばいい。そうすれば事後だが知識で味を回想しつつ追体験することができる。はずである。むしろこのほうがいいのじゃないか。二回愉しむことができるのだから。そう彼は考えたので、わざと本は読まないで、でてきたのである。ただし、本の題の『運鈍根』から察して、当家のおかみさんはがんばり屋の凝り性、それもよほどの、という想像だけはただよっている。まだ、〝味〟になるほどひろがってもいず、かたまってもいないけれど……。

「これは料亭にしては小さいですナ」

「この六畳一つなんですよ。ここのおかみさんの理想はお客を彼女のほうから選り好みをしたい。わかってくれるお客さんだけに食べさせたいということだそうです」

「たいそう勝ち気だな」

「何しろ一日に一組だけ。酒は一本だけ。飲むのじゃなくて舌を洗うためだ。そういうのです。そのかわり予約をしたらさいご、徹底的にやる。とことん精進してやる。お客の年齢をあらかじめ聞いておいて、四十代には四十代、五十代には五十代、それぞれの好みにあわせてメニューを組むんですからね。えらいもんだ。客のほうが選り好みされても当然だ。おかみさんは抜群の記憶力で、それがまた名物で、一度来た客には何をだしたかちゃんとおぼえておき、二度とおなじものをださないというじゃないですか」

「失礼だが、おとしは？」

「もう九十になるとか」

「…………」

「娘さんが六十になるとか」

「…………」

「その娘さんがまた親ゆずりで」

「…………」

池田局長に藤瀬局長がひそひそ声で説明をつづけるうち、説明されているほうはだんだん口数が少なくなり、やがてだまってしまう。説明しているほうは少し得意気ではあるが、気になるほどではなく、むしろ心服しきっているいろがある。何度かおしのびで遊びにきて、誰かに話したくてたまらなくなっていたのが、やっと公然の機会を見つけて、しあわせに感じている。子供がただ相手をびっくりさせたいだけで打ち明け話をするような、そういう気配もある。その無邪気さに三津木、背戸、香座間の三局長ともだまって耳をかたむけている。部屋はひっそりとし、古い木株を輪切りにした火鉢に入れた炭火が赤く灯をともしている。厚くて白い灰が、ふと崩れると、その音が部屋いっぱいにひびきそうなほどに、澄んできた。

大正生まれかと思われる、髪に白いものの見える、けれど眼のいきいきした仲居頭風の女が入ってきて、ていねいに頭をさげて、挨拶をする。そして気さくにニコニコとわらいつつ、あいにくおかみさんがぐあいがわるくて入院していること、部屋が狭いので皿小鉢をまわすのにめいめいさまにしていただかねばならないことなどを詫びるのだった。〝向〟〝吸い物〟〝和物〟と、ほどよい順を追って出てくるが、女がおしだしてくるのを客がめいめい手にとって仲間に配ってやり、すむとまためいめいが手にとって仲間のを女のところへもどしてやるのだった。台所がすぐよこにあるらしいが、誰がはこんでくるのか、古くてくすんだ屛風にかくれて、手も見えない。いつも気がつくと女が新しい鉢を手品のようにどこからかとりだしてくるかと見える。よく抑制してあって淡々としたリズムだが、一つのものを食べた舌が待ちくたびれることもなく、こだまをのこしているうちにでもなく、いきいきと醒めているところを見てだしてくる。めいめいの客のまえにはいつもできたての一品だけがおいてあるというぐあいである。酒は灘物らしいが、何だろうか。ベタベタと甘ったるくてくどい〝銘品〟ではなくて、サラサラと舌をうるおしてくれ、白身の魚やうしお汁の淡味の邪魔をしないのが、ありがたい。

台所を主宰するおかみさんや娘さんの庭訓《ていきん》をよくうけてであろう。女は料理に満々の自信と歓びをおぼえ、信じきっている気配である。三津木局長が探求心を発動してあれこれとたずねると、うれしそうないろを見せて、まるで自分が材料の選択、仕込み、調理、いっさいを主宰したような口調で答え、教えてくれる。近頃の大半の料亭の女たちは客に料理や酒のことをたずねられても何も答えられない。答えられないことを恥じている気配も見せないのである。それにくらべると、この女にしみこんだ庭訓は全身におよんでいて、ときどき自信の持ちすぎではないかと思われる言葉が洩れても、その意気ごみようの稚《おさな》さがかえって愛敬に見えてくる。

三津木局長は一品消えて一品あらわれるごとに少女のような探求心で女にたずねる。

ほんの少し飲んだだけなのに頬にいい夕焼けが射している。そのよこで香座間局長が昼酒はくどくてだるい酔いかたをするのでいけないな、などと、ひくい声で、彼に話しかける。緊張がつらいのであろう。感じやすい人のようである。

「……この和物は味噌であえたぬたのようですが、何が入っているの。ずいぶんにぎやかそうだね。山菜が多いようだが、もう季節なんだね。どこでとれたのだろう。私の知ってるのは東北だと山形や十和田なんだが」

「新潟でございます。新潟の山菜のとれたてを持ってくるんです。その赤ン坊の指を巻いたようなのがコゴメでございますね。それにアサツキ、ナバナ、キヌサヤ、ギンナン、セリ、タケノコ、キク、ワラビ、いろいろと。お雛祭りのママごとみたいです。アカガイのヒモも入ってるはずでございますよ。それをあえた味噌は自家製です。味噌でも醬油でも、何でも家で作っちゃうんです」

「この八寸は魚の肝らしいがアンコウだろうか」

「ヒラメでございますよ」

「ヒラメ⁉」

「ええ」

「こんな大きなのがまだいるの？」

「ええ。漁師が一本釣りで釣るのでございますが、近頃は少なくなりましたですね。手に入れるのがむつかしくなりました。一番さきにでたのがシラカワという魚ですが、いくらでもこれは市場にでておりますけれど、刺し身に使えるようなのはごく稀れでございます。今日は天の助けで、よろしゅうございました。シラカワの気に入ったのがなければほかのものをさがしますが、家はこの魚が得意なものですから、いいのがない日はさびしい思いをします」

アンコウのかと思いたくなるほどのヒラメの肝が皿に盛られてのっている。淡味に煮含めてあり、豆腐かチーズのようである。肝のまずい魚はまず考えられない。彼はこないだ北海道へいったときに釧路の炉ばたでだされたカジカ汁のことを思いだした。どんぶり鉢のなかで大まかに切ったジャガイモやネギが浮沈している手荒い味噌汁だったが、カジカの肝は絶品であった。カジカは石ころでも五寸釘でも、何にでもとびつく魚だが、その肝の精妙で含みゆたかな滋味のことを考えると、〝貪慾〟で育った魚はむしろ贅沢に育った魚なのだといいたい意見を持ったものである。あの肝はあざやかな橙黄色をしていたが、このヒラメの肝はチーズそっくりのにぶい灰いろである。けれど舌にのせてつぶしてみると、ねっとりとしていながらくどくなくて、しみじみととろけてしまう。肝にえてしてある特有の匂いは、そう、香座間局長がいまやったように、木の芽をそえて口にはこべば、その峻烈なまでの鋭い香りで消えてしまう。残り香は勢いあまって鼻へぬけてでる。〝季節〟の第一撃が鼻へツンとぬけてでる。

香座間局長は女が何かの用を思いだして台所へたったすきに、部屋のなかを見まわし、やくざ口調をちょいとシブくつぶしたような口ぶりで、色悪めいたことをいった。

「オンナの家へきたと思えばいいんだね。そういうことなのさ。土曜日にいくよとコナかけておいたので、オンナがたったりすわったり、いそいそしてますのさ。精魂こめてるんですよ。そういう景色だと見える。いいねえ。サクラの季節に木株の火鉢、佐倉か池田の炭がほどよくいけてあって、昼の日なかからこちらは床柱を背に大あぐらかいて灘をすすってる。私ゃ、ひさしく忘れていましたよ。いいじゃないですか、古い日本。こういうこともあったのですね」

局長はそういって、何やらひくく、フ、フ、フと含みわらいをした。それがいかにも思い入れたっぷりだったので、おやこの人は大蔵省の役人にしては、と、思わず横顔を見なおしたくなった。すると、これをうけたのが池田局長で、奇妙に色の諸《しょ》わけに通じた口ぶりで、

「いまオンナがもどってきますからね。そしたら一杯つがせてですナ、おまえ、おれは指の爪をつんできたよ、今日は土曜日だったと。こういいます」

香座間局長はフ、フ、フとひくくわらい、

「それをいつかいうか、ということだな」

とつぶやいた。

「いつでもいいのですさ」

「そうだね」

「通じてるですよ」

「女が盃のふちでニッとわらうか」

「ちょっとはにかんで」

「けど眼のすみに何やら凄味がある」

「清艶にして清怨ですぞ」

「思いだしちゃうじゃないか」

「ほんと」

「もう何年になります？」

「カマかけちゃいけないね」

「いけねえ」

「どうした？」

「こちらまで思いだしちゃった」

池田局長はちらと何やらいろのあるまなざしをあげて天井を眺め、すぐ顔を伏せて盃を口にはこんだ。香座間局長はそれを見て見ぬふりのようなまなざしで、これまた眼を伏せて、盃を口にはこぶ。もうひくく含みわらいをしていない。ふと二人の眼を鋭いいろが走って消え、黄昏に似たさびしさが深ぶかとあとにのこり、それも人目につくかつかないかに去っていった。三津木局長は屏風を眺め、背戸局長は入ってきたときからだまりこくったきりで、ときどきひきつれたように微笑してはそれを消して、重錘《おもり》のようにひっそりしている。この人にもあの人にもにがりのあるらしき気配が部屋にただよう。

*

食事はとどこおりなくひそひそと進んでいったが、途中で小雨になったようである。雨滴の音らしいものが耳につくようではなく、ただしめやかに、ひっそりと、湿めったもののおだやかな気配が障子のむこうに感じられる。その気配に耳をかたむけていると、豪壮なお座敷でもなければ侘びに凝ったお茶室でもなく、ただの古びた六畳の間にすぎないから、香座間、池田両局長の含みゆたかな女ばなしが奇妙にいきいきしてきて、ほんとに女の家にきているような気がしてくる。

知りあって永くたつ優しい女の家へきて、客用のではなくて常用のざぶとんに腰をすえ、何か口をきく必要をまったくおぼえないで甘口でない酒を、舌を湿めすほどにちびちびとすすっている。何も口をきかなくても、ふと眼をあげるだけで女が察してくれてそッと小物や皿をとってくれる。その白い指さきと、小さな爪に射すほんのりした血のいろを、知りつくしたはずなのにじッと眺めてあきないでいられる。そんな気がしてくる。そんな静寂な親和が射してくる。あたりにしみじみと漂うようである。

とつぜん彼が、

「これはいい」

と声をだした。

それで足りなくて、

「これはうまい」

ともう一度声をだした。

おそらく最後の料理だと思われるが、ウズラの焼いたのが御飯といっしょにでた。ウズラと御飯をべつべつに食べてもいいし、ウズラを御飯にのせて食べる人もいらっしゃいますと仲居がいきいきした眼でいってくれた。いわれるままにそうしてみると、鳥の香ばしいが軽快な脂が御飯にしみて、口いっぱいにひろがるものがある。その御飯がまたよかった。米粒が一粒一粒くっつきすぎずはなれすぎずにほんのりと炊きあげてあり、キラキラと輝いているのである。この家のことである。いずれはどこそこのと名のある米を選びぬいてきたのであろう。じつにゆたかな味のする米だった。嚙みしめたくなってくる。

香座間局長が大きくうなずいた。

「いい米だ。これこそ米の飯というもんだ。じつに久しぶりだね。久しぶりに日本の米に出会ったというものだね。今日は、藤瀬局長のおかげで、日本づくしだ。お礼を申し上げます。あとは女だけだ。思いだすぜ」

そういったあと何かまた眼を伏せ、遠いまなざしになる。テレかくしの意味を匂わせてわざと色悪めいたやくざ口調だが、何年前に何が終わったか、知るすべはないものの、やはり何かあったのだなと感じたくなってくるまなざしと、背のあたりである。

池田局長もうなずいた。

「ほんとだ。ほんとにいい米だ。こんなにいい米を食べると、御飯だけで十分ですな。オカズも何もいりませんな。もともと日本の米はうますぎるのが欠点だといわれてたものですが、こういうものを食べると、しみじみそう思えてくる。もともと日本は水も土も米もめぐまれた国だったのですよ」

藤瀬局長はおおらかに微笑して、

「女もね」

といった。

それをうけて背戸局長が、

「いい女が少なくなりましたね」

しみじみといった口調でつぶやく。池田。香座間。藤瀬。背戸。局長という局長がみなその道の苦労人らしいまなざしになり、顔になっている。御馳走を食べると告白をしたくなるものなのだろうか。それとも日本米の銘品には何か女を思いださせる即効性の酵素でも含まれているというのだろうか。みんないっせいに口をそろえて御飯をうまいといったあとでいっせいにだまりこみ、にんまりした微笑をあとにのこして眼のなかへもぐりこんでしまった。

三津木局長は何もいわず、

「おかわり」

といって茶碗をさしだす。

つられて彼も、

「もう一杯」

といって茶碗をだす。

仲居は御飯をすくいながら自信満々だが愉しげな口調で、よくみんなに聞こえるよう気を配りつつ、

「家のお米は特別なんです。いま説明させていただきます。家じゃお味噌もお醤油もみんな自家製ですが、御飯も昔風にいちいちお釜で炊くんですよ。それもガスや電気じゃございません。ちゃんとカマドにのせて、薪《まき》で炊くんでございます。そうしませんことには火がまったりとまわりませんのでね。せっかくのお米がワヤになります。めんどう

ですけどね。ここがかんじんです。昨日寝たのが二時、今朝の二時でございますけれど、今朝は六時起きでございました」

三津木局長は新しくよそってもらった御飯にウズラをのせ、惜しみ惜しみちびちびと食べている。ウズラを焼いた濃いタレを御飯にまぶして、何もいわないが、はたから見ても見とれたくなるような食べかたで無心に食べている。おそらくそれはこの人の天性の資質かもしれない。上品に礼式にかなった食べかたは訓練でできるけれど、上手に、おいしそうに、見ていてツバがわくような食べかたは誰にでもできることではあるまいと思われる。それはなかなか気のつかないことだけれど、むつかしいことである。ほんとにむつかしいことである。

ときたま、ほんのときたま、小さな子供が、誰に教えられたというわけでもなさそうなのに、いかにも上手にものを食べているのを見かけることがあるが、ハッとさせられる。ハナたれ小僧が貴人のように見える。その逆もまた、いやこちらのほうがはるかに多いことだが、教養もあり、フトコロもゆたかそうで、挙措《きょそ》ことごとく礼式にかなっているのに、じつにまずそうに、いやしそうに食べているのを見かけることがあるが、一目見て眼をそむけたくなってくる。二度と眼をもどしたくなくなる。賤民である。ローデンストックの眼鏡とデュポンのライターが主人を呪って手をとりあって泣く。

彼はつくづくと眺めたあと、

「三津木局長は」

といった。

「ほんとにおいしそうに食べられますね」

局長は茶碗をそッとおき、

「私は色気ぬきですから」

といって気品ある微笑をうかべた。それを聞いて一座に何かの空気がゆれた。池田、香座間、藤瀬、背戸の四局長のうちの誰かが低くわらい、誰かが何かつぶやきを洩らしたようであった。どうしてか、そのわらいも、つぶやきも、品がいいとはいえない気配があるようであった。三津木局長もその道の苦労人なのであろうか？……

今日の献立ては、まず、〝向〟がシラカワであった。つぎに吸い物は〝うしお〟椀であった。つぎに和物として、キク、ワラビ、アサツキ、タケノコ、コゴメ、ナバナ、キヌサヤ、ギンナン、セリなどを味噌であえたものがでた。つぎにヒラメの肝が八寸としてでた。煮物はコイモがでた。つぎの酢のものはキュウリとウドとエビであった。これらの魚も野菜も、それぞれがハッキリ口にだしてどこそこの産といいきれる選抜品ぞろいであった。基調は清淡、茶味といえるもので、でる順によってほのかな強い、弱いの含みある差がただよってリズムをつくっているのである。

しかし、舌をいちいち洗うようにして食べ、耳を澄まして微顫音《びせんおん》を聞きとるようにして食べつづけてきたのだが、さいごのウズラの香ばしく軽快な濃厚に出会ってはじめてはばかることをしらない歓びが声になってでたので、そのときになって、やっと彼は、まだこの家の料理にひたりきるにはおれは若すぎるようだとさとらされた。

おそらくこれから十年か十五年たたないことにはこの家の清淡のリズムに舌とこころをあわせることができないのではあるまいかと思われた。デザートにクリをすりつぶして生クリームとまぜたマロン・シャンティーをスプーンですくいつつ、彼は、まわりの、いまは一人のこらず童顔と化した色事師たちの、いそがしく無心なスプーンのうごきを眺めやった。

みんなみちたりてほのぼのと昇華した顔をしていたが、どうしてか彼は、しきりに、切ると薄く生血のしみだしてくるような大厚々のニューヨーク・カットのビフテキを食べたいと思った。茶懐石風とはいえ、全コースをのこらず食べたのに、さいごになってそんな強烈なものを食べたいなどと思いたくなるのは、若さからだろうか。この家の包丁の冴えからだろうか？……

「今日のお米はおいしいね」

「ありがとうございます」

「いずれ米どころの名品なんだろうね」

「おわかりになりますか？」

「名品とだけはわかるさ」

「どこの産でございましょう」

「新潟かな」

「あたりました」

「越光《こしひかり》か」

「鐘三つでございます」

「しかし、越光にもいろいろあるそうだ。そういうじゃないか。新潟県人の米通にいわせると平野でとれたのよりも山の水田でとれた越光のほうがいいというんだ。そういう説もあるんだよ。水と土との関係かな。山と平野じゃ温度、湿度、いろいろとちがう。その相違がでるという」

「おくわしくていらっしゃいます」

「なに、耳学問さ。きみには負ける」

「ちょっとお待ちくださいまし」

仲居は池田局長にそう声をかけておいて部屋をでた。しばらくすると、六十がらみの、背の高い、眼の大きい女がひっそりと入ってきてすわる。この家の女主人が九十歳近いと聞けばこのひとがお嬢さんだと聞いてもおかしくない。六十歳のお嬢さんである。母が病院に入院中でございますので、といんぎんに頭をさげる。その手を、ふと見ると、骨張って厚く、しっかりしている。多年台所で火と水にさらされぬいてきた手のようである。たくましく、こまかく、正確に、勤勉にはたらきつづけてきたと思いたくなる手である。

六十歳のお嬢さんは池田局長や香座間局長の質問に答えてひそひそと大阪訛りで話してくれる。

「……お米は今年はひどいめに会うたことです。毎年、金沢から、九月に送ってもらうことにきめてございまして、今年もそうしてもろうたんでございます。さて、お米がついたので、新米ですから水を一割ひいてといでおきましたら、御飯になったところを見ると、バラバラなんですね。私の水かげんがちごうたのかしら、この年になってもまだわかってないのかと、くやしゅう思うていたところ、そうじゃないんですね。いままではお米をとり入れしてから農家でゴザに干し、そこで乾燥させて出荷するということだったのですが、今年からは乾燥機にかけ、古古古古古米（一同笑う）になるほどおいても大丈夫というくらい乾燥しないと出荷の許可がでないんだそうでございます。だからお米がまずくなったんでございますね。こんなに時代がよくなってもお米がまずいんでは、世も末でございます（一同、そうだ、そうだとつぶやく）」

「失礼ですが、あなたもおなじこのお米を毎日食べていらっしゃる？」

「いいええ。えらい苦労して手に入れたお米ですよってに、私たちはお客さまの食べるお米はぜったいにいただきません。私たちは麦を三割入れたのでなければいただきませんです（一同、りっぱだという）」

「いままでにずいぶんたくさんのお客を扱いなさった。何万という数字でしょう。なかには変わったのもいたでしょう？」

「ええ、そりゃもう、いろいろでした。けれど、〝ここの家は包丁がきいてるね〟といった方が三人いらっしゃいます。ほんとにこの方はわかってくだすったんだと思うと、うれしゅうて、うれしゅうて……世のなかには万が一という言葉がございます。何万人のうちで一人でも〝包丁がきいてる〟というお方がいらっしゃると思うと、どなたにたいしてもうかつなことができなくなってしまいます」

「たいへんなことですね」

「死ぬまで勉強だと申しておるんでございます。家《うち》の母の願いはお客さまを私どもが選り好みをしたいということなんで、口はばったいいいかたのようで恐縮でございますが、そういう気持ちなんです。お客さまには、座敷を召しあがるお客さま、お庭を召しあがるお客さま、べっぴんさんを召しあがるお客さま（一同、ひくくざわめく）……いろいろといらっしゃいますんですが、家では、やはり、あれです。料理で勝負したいと思うておりますです」

「ここの家ぐらい有名になればもう立派なものですね。一生死ぬまで勉強だということはそのとおりで、これまた口でいうほどなかなか簡単じゃないことですが、これまでにするのがさぞたいへんだったろうと思いますすな」

「母がよく申すんでございますが、家にいらっしゃるお客さまはしあわせにしてあげなければいけない。そう申すんでございます。天皇陛下さまでもこんなに気の使ったお料理は召しあがっていらっしゃらないのではありませんでしょうか（一同、声を呑む）

……」

「…………」

「…………」

香座間局長と池田局長はだまりこんでしまい、何となくうやうやしく頭をさげた。六十歳のお嬢さんは自信満々だけれど真情あふれるまなざしで、頭をさげている二人の局長をひっそりと眺め、いんぎんに礼をし、母の庭訓がそのまま体にしみた姿で静かに部屋をでていった。その後ろ姿を見送って一同は眼を見かわしあったが、何故かしら声らしい声がだせずに眼をそらしあった。

香座間局長は何となく、

「…………」

気弱そうにわらった。

池田局長はもぞもぞして、

「…………」

デュポンのライターをいじった。

＊

何日かして勘定書が郵便で送られてきたので彼は経理へ持っていくとちゅう、藤瀬局長のところへサインをもらいにたちよった。これまでいっさいの経費は藤瀬局長のサインなりハンコなりで落とすという習慣になっている。たいてい局長は請求書なり伝票なり、ろくに細目を見ることなく、右から左へとおしてくれる。

「……あの『丸梅』という家は、あとで聞いたんだが、魚を焼くのに銀の串と銀の網を使うそうだ。鉄だと錆びがでる。その匂いが魚にうつるし、妙な焦げ目もつく。だから、わざわざ純銀の串と網を作らせて、それを使ってるというんだ。たしかに天皇陛下でもこれだけ気を使った食事はしていないだろうナ。そういわれてもしかたあるまい。たいへんな家だよ」

局長は粗茶をすすりつつ眼を細めた。その澄んだ、優しいような眼を見ていると、あのときの食事のこだまとでもいうべきものがそこはかとなく漂っているようである。朝の六時に起きて、手で何度となくといで、釜に入れ、カマドにかけ、わざわざ薪でたいた、あの越光《こしひかり》のふっくらとした香りがいまでも漂っているようである。

「しかし、安い。六人でこれだけじゃ、安い。まずまずの値段というところだろうけれど、それはよその高級料亭の話でね。あれだけの気の使いようをしてくれてこれでは何といったたって安いよ。金というものは使うとなると意外に使えないものだね。ハワード・ヒューズが億万長者になったらすっかり人間嫌いになって世間に顔をださなくなったというが、わかるような気がするネ。もっと、どんどん、旺盛に使ってくれたまえ。使ってくれなきゃ困るんだ。いいかげんなところでヘコたれてはいけないんだ。どんどん好きなものを好きなだけ食べて、金をふんだんに使ってくれなきゃ、わが局の来年にひびくんだよ」

「いくらぐらい使えばいいんです？」

「それは私がいう。目標を完遂したら私がサインをだすよ。ストップという。それまではだネ、きみは何も気にすることないんだ。どんどんやってくれたまえ。つぎはどこにする。吉兆あたりかな」

「いや。松阪の『和田金』の本店へいかせてください。丸梅もわるくないけれど、ちょっとものたりなかったです。私があそこの味にとけこむようになるにはあと十年はかかるようです。さいごにウズラの焼いたのがでて、ちょっとホッとしましたが、ムラムラとビフテキの大厚切りを食べたくなりましたよ。和田金牛もほんとにうまいところは一頭で五キロぐらいしかとれないそうですが、そこの部分をですネ、バンドがプツッと切れるくらい」

「結構だ」

「いっていいですか?」

「いいもわるいもないよ」

「ありがとうございます」

「御意のままにやってくれたまえ。松阪牛、神戸牛、近江牛、米沢牛、何でも結構。ベルトが切れたら何本でも買いかえなさい。それもツケに入れて請求してくれたらいい。きみは若い。丸梅じゃものたりないだろう。わかるよ。うらやましいようなものだ」

「一人じゃもったいないと思うんですが」

「何をいってる。そんなことをもったいないなんていってたらいい仕事ができないよ。今度は局長連中、みないそがしいんだ。丸梅は六人を一組にしていかなければならないからこのあいだはみんなに御出馬願ったのさ。今度はきみ一人でいってくれたまえ。五キロでも十キロでも、好きなだけやってくれたまえ。消化薬ならタカヂアスターゼがい い。古風だけど確実だよ」

「ありがとうございます」

「お礼をいわれる筋合いはない。みんなのためだ。しっかり仕事してくれたまえ。取材費を惜しんじゃいけないよ。精神が貧寒になる。いまの日本の小説家の小説がつまらないのは、私にいわせれば、作家が浪費をしないからだよ。私の見るところ、そうだね。浪費しない作家なんておよそ存在理由がない。おわかりだろう。だから、ひとつ、がんばってやってくれたまえ。いちいち礼をいうことはないんだよ」

「ありが」

「それがいけない」

局長はおっとりと、けれどすばやいしぐさで手をふり、礼をいいかける彼の口を封じた。そしていつもの優しい微笑で、かるく肩をたたいてくれた。それ以上ぐずぐずしていると会議の呼び出しがきて眼が一変してしまう。それを見るのがいやだったので、彼はそそくさとはなれた。局の予算、国民の血税、他人の金を浪費していることなのに、この頃の局長の顔には、ふとしたはずみに、以前に見かけなかったいろがあらわれるようになった。玲瓏をめざしている酷薄、または、まだ玲瓏になっていないがそれをあきらかに含んでいることのわかる酷薄、といおうか、一種の、磨かれた澄みである。《極道をすると年をとってからいい顔になる男がいる》ということを教えてくれたのは大阪の『たこ梅』の主人だが、局長のは〝極道〟でも何でもないし、自身を何ひとつとして切ったり、削ったり、売ったり、血をにじませたりしているわけでもないのだが、この澄みは何なのだろう。他人の金でも金は金だというのなら、金にはそれほど広大で遠い放射能がひそんでいる。ということなのだろうか……。

松阪へいくには東京から新幹線で名古屋までいき、そこで近鉄にのりかえたらいい。彼は新幹線も近鉄もグリーン車の席をとり、松阪には肉を食べにいくだけなのだから宿をとる必要はなく、むしろとるなら名古屋、奈良、吉野、大阪、どこかそちらのほうを選んだほうがおもしろいと思えたのだが、松阪に宿をとった。一泊して、ゆっくり体調をととのえ、おなかをカラカラに干してからのりこもうと思ったのである。なおそのうえ宿の附近にサウナかトルコがあるかないかをたずねたところ、うまいぐあいに両方兼備の家が一軒あるとわかったので、思わず微笑がうかんだ。そうなればいよいよいい。宿でゆっくりと昼寝をし、眼がさめたらサウナにでかけて全身を蒸しあげ、それから和田金へいくことにしよう。それともサウナは肉のあとのほうがいいだろうか。蒸してから食べるか。食べてから蒸すか。『クォ・ヴァディス』ではどうなっていたか。あれには明けても暮れても大宴会のつづく高原としての爛熟文化の描写があったが、最深の官能人であるゆえに最大の知性人でもあったペトロニウスはどうしていただろうか。蒸したあとでヌビア人の奴隷に全身をマッサージさせてオリーヴ油をぬりこんでから饗宴にでかけたのだったか。それとも蒸すのは饗宴のあとだったろうか。いや。あれだけ毎日とめどなく食べて蒸してを繰りかえしていたら、あとも、さきも、けじめがつかなかったかもしれないナ……。

かすかに唸ってふるえながら疾走する清潔な鋼鉄の箱のなかでウトウトしながらそんなことを考えていると、ひとつうしろの席にすわった男女のひそひそした笑い声が耳に入る。成熟期にある年齢の声である。女は男を呼ぶときにオカベさんと呼び、男は女をセトウチさんと呼んでいる。シートのすきまからそれとなくうかがってみると、オカベさんは漫画家でアッちゃんの岡部冬彦氏によく似ているけれどまったくちがうし、セトウチさんは女流作家の瀬戸内晴美女史にそっくりだけれど全然ちがっている。彼はお二人を写真でしか知らないのだが、記憶にある岡部冬彦氏は育ちのいい腕白小僧という印象であって、こんなドップリとしかかった紳士ではないし、瀬戸内晴美女子は凄艶なところのある美女で、こんなコロコロと愉しげな笑い声をあげるオバサンではない。世のなかには同姓が多い。それに、同姓でなくても、そっくりの顔をしたのが誰にも七人はいるという諺がある。きっとこの二人は何かのまちがいである。

二人は恋仲ではないらしいけれど、たいそう親しげに話しあって品よく笑っている。よほど仲がいいらしい。その〝仲〟になまめかしかったりなまぐさかったりするいろめいたものがなくて、御両所ともそんなに健康で成熟した男女なのに、爽やかな友情だけを維持していられるのは、よほど珍しい関係のように思われた。男と女のあいだに〝友情〟だけがあっていろがかった野心がチラとも顔をださないというのはめったにないことである。ましてやこういう当今の発情時代である。この稀れはどうしたことであろうか。ひょっとすると二人とも、年である。そろそろ糖がでかかっているのであろうかと、いささか考えたくなる。

男が話している。

「セトウチさん。こんな話知ってるかな。朝鮮戦争のときのことさ。北鮮軍が三十八度線をこえてなだれこんできたので国連軍で迎えうつことになり、アメリカみたいな金持ち国もトルコみたいな貧乏国も、みんな泣く泣く出兵した。ところがブラジルは出兵すべきか、出兵すべきでないか。国論まっ二つにわかれて大論争の、ゲバゲバのということになった。そこでニューヨークの国連本部に派遣してある大使に現場の空気を見たうえでの判断を仰ごうということになる」

「ふん、ふん。それで？」

「ニューヨークから電報がきたのでワッとかけつけてひらいてみたら何も書いてなくて、たったひとこと、〝キンタマ〟と書いてあったという。これはどういうことなのだろうと乱数表を繰ったり、暗号表を繰ったりしたけれど、さっぱりわからない。大臣連中、頭をヒネって考えるけれど、さっぱり見当がつかない。すると廊下を掃除していたおじいさんが通りがかりにひょいとのぞいて、何だ、こんなことがわからないのか、人間、教育すればするだけバカになるとおれがいうとおりだなといって、即座に、その場で、一言で謎をといてみせたという。わかる？」

「わからないわ」

「キンタマだよ」

「Kintama ねえ」

「あなたならわかりますよ」

「何のことでしょう」

「いいましょうか？」

「ええ」

「その謎は」

「何？」

「協力はすれども介入はせずです」

「…………」

「…………」

女は爆発するような声をたててわらった。大きく口をあけ、眼も、眉もひらいて、ところから笑っているらしい気配である。それがあまりに爽やかで愉しそうなので、男もひくい声で含みわらいをしている。

「……じゃ、オカベさん」

女はしばらくして笑いやめ、

「こんな話、ごぞんじかしら」

と話をはじめる。

「一人の年とったイギリス紳士がコルシカを旅行してたというの。すると、ある日の夕暮れ、暗い森のある谷間に迷いこんじゃったの。これは物騒だな、ヤバイなと心配してるところへ果たせるかな、夜のようなヒゲを顔いっぱいに生やした山賊があらわれて、ピストルをつきつけて、ズボンをぬげというのよ。それで紳士がズボンをぬいだら、つぎはパンツもぬげというのよ。いわれるままにパンツをとったら、今度はアレをしろっていうの」

「アレって？」

「アレじゃない」

「わからないナ」

「お水取りですヨ」

「お水取りって」

「くどいわね。お水取りですよ。お水取り。そこで紳士がウンウンいいながらお水取りをすると山賊が、もう一回やれ、というの。またまた紳士はウンツク、ウンツクいいながら、昔の女のことなど必死に思いだして、お水をぬく。もう汗びっしょりです。めまいもします。たってられません。そしたら山賊がもう一回というの。やらなければ殺すというのよ。そこで紳士はまたべつの昔の女のことを必死に思いだしてシゴイたり、くすぐったり、ツネったりしてウンック、ウンックいいながらやったところ、バッタリと道にたおれてしまいます。山賊がそれを見て、もうダメかと聞きます。紳士は息たえだえにノー、サーと答えます。ほんとにダメか、もうひとったらしものこってないかと山賊がしつこくたずねます。紳士は、もうダメです、ひとったらしものこってませんといいます。すると山賊がパチッと指を鳴らす。森かげから絶世の美女がひとり、はずかしそうにでてくる。それをさして山賊が紳士にいったというのです」

「何ていった？」

「これはおれの妹だ、町まで送っていってくれ。そういいましたとサ。おしまい」

今度は男が大きな、ほがらかな声をたててわらいだした。たくましいのどをそらせ、眼を細くしてのけぞっているところが見えるようである。女はそれを見て満足し、ネコがのどを鳴らすようにひくく含みわらいをしている。二人ともいささか品がわるいけれど栄養たっぷりの、そんな艶笑小話を交換しあって、むつみあっているといいたくなるくらいの瞬間が花ひらいているのに、それでもやっぱり爽やかさと、あたたかさがあって、友情があるきりである。オカベさんも、セトウチさんも、よほどそれぞれの過去で熟練、苦労、精錬されたことのあるらしい気配である。よほどの〝おとな〟同士かと察せられる。いったい二人は何者なのだろうか。

「今朝、私、何も食べてこなかったの」

「おれは食べた。ミソ汁と生卵と御飯」

「そんなことして大丈夫？」

「ちょっと入ってたほうがいいのさ」

「でも、惜しいじゃない」

「入ってたほうが食べられるのさ」

「そうかなァ。あれだけのものがさきに待ってるというのに朝御飯を食べるなんて。わからないわ。私なんか、モリモリ食べてやろうと思って完全にぬき飯ですよ。今日はね、親の仇でもとるつもりで、でてきたの」

「マ、それもいいでしょう」

小話のあとで二人は、何のことか、ひそひそとそんな会話をやりとりしている。出場前の運動選手みたいである。口ぶりはおだやかだが、そのうらに満々たる活性のものが渦動しているらしき気配である。

*

本居宣長氏と現在の松阪市民諸賢に怨まれることになりそうなのを百も承知のうえで

書くのであるけれど、松阪はどこがどうということのない市である。日本のどこにでもありそうな地方市である。いくらか静かな、凡庸で、とりとめのない市である。駅があって、駅前商店街があって、ゴタゴタと小さな家がまとまりなくひしめき、旅行者はあわただしくやってきて去っていく。一泊した翌朝、電車にのって名古屋か大阪かへ去っていくが、二、三日たってからこの市のことを思いだそうとしても、ある目的のために一泊した、その目的のほかには、ほとんど何も思いだすことができないのを発見することであろう。無数のわが国の同規模の地方市とおなじ不幸である。この市には顔がない。旅行者の一泊の目的は牛肉である。それも『和田金』の本店のお座敷にあがって食べることである。北海道の、札幌のレストランの看板に、〝松阪牛〟と書いてあったのが思い出されるし、東京、大阪、その他どこでも、近頃ではいたるところで〝松阪牛〟と書いた看板を見ることができる。以前はそれが〝神戸牛〟だったと思うのだが、いつの頃からか、ことごとく〝松阪牛〟と変わってしまったような気がする。その看板の数のことを考え、それだけの数の店に牛肉を配らなければならないとすると、というぐあいに素朴に考えていけば、松阪市、または松阪市の郊外か近郷には、よほど広大な牧場と、牧舎があって、おびただしい数の牛が飼われていなければならないのである。

けれど、『和田金』の専務氏に彼が直接に会って聞いたところでは、そんなものはテンから存在しない。『和田金』の牧場と牧舎があるだけである。東京の有名なビフテキ屋がおなじことをやろうとしたけれど、まもなくソロバンがあわなくなってやめた。そして、である。〝松阪牛〟とは事実において〝和田金牛〟のことにほかならないということになりそうだが、松阪以外にその肉が送られているのは東京の『夕霧』『はせ甚』『岡半』の三軒だけである。その三軒の店のほかにはどこにも送っていない。ほんとにどこにも送っていないのである。一軒の店でそんなにたくさんの牛が飼えるわけではないのである。わが国はアメリカではないのである……ということになるのであった。

「すると、松阪牛とは和田金牛だということになり、あっちこっちで〝松阪牛〟〝松阪牛〟と看板やメニューに書きたてられている。めったやたらに宣伝されている。となると、つまり、和田金さんは、タダで全国に宣伝してもらっているということになるわけですか？」

「そういうことでしょうかな」

「莫大なものですな？」

「ありがたいことでございます」

「恐れ入りましたね」

「ほんとにありがたいことでして」

メッツラーかローデンストックか、金ぶちの上品な眼鏡をかけた、年配の専務氏は、酸っぱいがうれしそうに口を細め、いんぎんに会釈し、優しい、丁重な口調で感動をあらわすのであった。柔らかくてソツのない、けれど苛烈をひそめた満々の自信を体のそこかしこにただよわせている関西人である。

「いつ頃からこうなったのでしょう？」

「私どももよくわからないんでございますが、何ですか、あれは昭和三十九年ですね。オリンピックのあった年。あの年から以降、急速に〝神戸牛〟の看板が〝松阪牛〟と変わったようでございます。アレヨ、アレヨというまに変わってしまいまして。どういうもんですか……」

　専務氏は得意をおしかくして眼を細め、いんぎんに微笑して、会釈する。そして、やおら、特設肥育の牧舎に御案内申し上げましょうかとおっしゃる。

　牧場は市の郊外にあって、そこで兵庫県から買ってきた牛を飼っているのだが、松阪市内にも牧舎がひとつある。たいそう清潔な牧舎なので、市内にありながら、牛の御叱呼や雲古の匂いは舎外に流れないのである。五〇〇キロ、六〇〇キロ、七〇〇キロという、みごとな黒い牛が、もぐもぐと口をうごかし、うるんだ眼をあげて人を眺める。これらの牛は専務氏の説明によると、ことごとく黒部牛という和牛で、わが国では最高の肉牛であり、牝ばかりである。俗に但馬牛と呼ばれている。兵庫県の美方《みかた》、城崎《きのさき》、津名《つな》、養父《やぶ》の諸郡が産地である。毎月そこで競《せ》りがあって、よくニラんで買いこみ、『和田金』にひきとってくると、濃厚飼料をあたえて育てる。カロリーが高くて消化にいい麦、麦糠、大豆粕、米糠、〝配合飼料〟などだそうである。すべて牝牛ばかりである。牡牛は扱わない。牝牛もことごとく処女牛である。交尾させたり、出産させたりすると肉質が変わってしまうので、そういうことはさせないのだそうである。フリー・セックスやワイルド・パーティーやスワッピングなど、もってのほかだそうである。

「……どうしてですか？」

「ああいうことをいたしますとですネ、体温が上昇します。カッカッと燃えるです。すると、脂肪は融点が低いので、たちまちとけてしまいます。つまり肉質がバサバサになるんですね。えらい熱であぶりたてるようなもんですから。子を生ましたり、オッパイを吸わしたりすると、親の肉の養分が流れてしまいまして、脂肪の型も、質も変わってしまいます。脂肪が変わるだけじゃありません。体の型も変わってしまいますんでね」

「えらい消耗でしょうからね」

「そういうことでございます。セックスで脂肪がとけるばかりか、やたらに歩かせるのも考えもんでして、あたえるカロリーと消費するカロリーのバランスを考えませんことには、えらいことになります。五、六年ぐらい以前のことですが、『ライフ』の記者とカメラマンの人がお見えになりましてナ。世界的に有名なビヤ・ドリンキング・カウの写真をとりたいとおっしゃいますんで一頭、だしたんですが、冬のまっさいちゅうにあっちこっちひっぱりまわして、歩かせたもんですから、それであなた、せっかく太らしてあったのが、いっぺんに目方が減ってしまいました。ワヤですわ。牛の肉ちゅうもんは、とどのつまり、赤身と脂身の配分ぐあいですからね。脂の減ることは警戒せんといかんのです。運動もホドホドにしとかんと。限度を守らんと」

いろいろとたずねていくうちに、ビールの話になる。ここの牛は焼酎を吹きかけてマッサージをしたり、ビールを飲ませたりというので有名である。〝ワダキン・ビーフ!〟と誰か外人がいえば、〝ビヤ・ドリンキング!〟とべつの外人がうけることになっている。専務氏の説明によると、牛にビールを飲ませるのは餌としてではなく、どちらかといえば薬としてである。便通をよくし、腸をととのえるためなのだそうである。牛の健康状態は便秘をしているかいないかを見て判断するのがいちばん手ッ取り早い道だけれど、それには糞を見るのが何よりである。おかしな糞をしている牛にビールを飲ませると黄いろい、いい糞になる。黄いろい、というのは世間の言葉である。私たちにいわせれば、山吹色、ですがね。アルコールの高い飲みものは弊害があって、何でも飲ませればいいというわけのものではない。ビールならいい。何ビールでもいい。冷やしてもいいし、冷やさなくてもいいけれど、ここでは冷やしたのを飲ませる。牛はよろこんで飲むようである。

こういうやりかたはもう四十年ぐらい以前からやっているので、おばあさんの思いついたことなのであるが、もとは客の飲みのこしたのを飲ませるようにしていた。いまではこれがいい牛飼法なのだということが経験だけでなしに学理的にも証明されている。それにアルコールには胃のなかにある消化酵素を肉質によい影響をあたえる酵素にかえるはたらきがあるといわれている。

「……すると、何ですか。但馬牛のいいのを買ってきて、濃厚飼料を食べさせて、おなかのぐあいがわるくなるとビールを飲ませる。という和田金方式を忠実にやっていたら、誰が飼ってもおなじ肉になるのですか?」

「そうですなあ。そういうことはいえましょうね。宝クジではございませんからね。そういう意味での当たりハズレはないですよ。ただし、もとの牛がシッカリしたものでないといけないし、有形無形さまざまなもの、たとえば飼う人の愛情といったようなことですね。それがないことにはいけません。これは口でいうのは簡単ですが、誰にもオイソレとできることじゃないです。むつかしいものでございますよ。資本関係もたいへんなことでございまして。マ、やれる人はどんどんおやりになったらよろしいと、よく私どもも、口でいうことはいうておりますけれど、これはなかなか。なかなかのことでは」

すむものじゃないといいきらないで、口を閉じる。おっとりとした口調だが、うらにはきびしい、痛烈な気迫がこもっている。やれるものならやってみろと、いいはなっている。日本全国、諸外国の、食通、牛通、うるさがた、貴顕、専門家、無数をこなしてきたらしい人物らしく専務氏はまことに人あたりの柔らかい、よくこなれた口のききかたをするが、自信は満潮時の潮のうねりのように冷酷なまでに広く、深くて、かくしてはいてもどうかしたはずみに、ふとそれがかいま見られるような気がする。愛想よく牧舎にまで案内してもらうという破格の光栄を賜ったが、どうやらこのあたりでひきかえし、おとなしく肉を食べて感動でだまりこんでしまうのがいいように思える。

柵につないであった牛に、ためしに、ビールが提供される。牛はビール瓶をよこぐわえ気味にくわえこみ、黒い舌をちらちら見せながら、ごくりごくりと飲んだ。飲みながら大きな、うるんだ眼をぎょろり、ぎょろりとさせて、こちらを眺めている。

「飲ませかたにもコツがあります。これがまたちょっとむつかしい。いっぺんに飲ませないで、チビチビ、チビチビとやることです。いっぺんにやると、気管に入ります。そうなると、コトです」

飲みおわった牛は黒い舌で口のまわりをぺろぺろと舐めまわし、たしかに満足したようなと思いたくなる横顔であったが、しばらくすると、しっぽを持ちあげにかかり、ヤ、と思ううちに御叱呼をじゃあじゃあ、雲古をべたりぼたぼた、まことに盛大、率直な行動にでた。しぶきがとびちり、匂いがたちこめる。しかし、専務氏は身じろぎもせず、眼をにこやかに細めて雲古に見とれ、満足げに、

「いい色ですなあ」

といった。

そして、もう一度、

「山吹色ですなあ」

といった。

あるイギリス人の食通が牧場を通りかかり、みごとな肉づきの牛を見て、ローストビーフを思いだし、それの焼きたてのところ、おつゆのたぷたぷしたところ、そのいいところの薔薇色に輝くやつへヨークシャー・プディングをつけ、クレソンを添え、ホース・ラディッシュのおろしたのに酢を和えたのをたっぷりつけて、などと考えていくうちに超越的状態に達し、とうとう牛ではなくてクローバーを見てもツバがわくようになったというハナシがあるが、どうやらここでは牛の雲古を見ただけで、あの霜ふりの、鹿の子の、赤と白の精緻に織りこまれた肉を思いだすことなくゴクンとくるようでないといけない。ということになりそうである。そのようなぐあいである。

そうか。やっぱりそうであるか。これほどまでにこまかく努力を傾注するものであるか。軟らかくて、よくこなれていて、ねっとりと緻密な堆積物を眺めているうちに彼はとつぜん実感としてくるものをおぼえ、サウナへいく決心をした。東京をでるときに、サウナへ入ってから『和田金』へいくか、それとも和田金のあとでサウナへいくか、『クォ・ヴァディス』のペトロニウス、『トリマルキオの饗宴』の作者、あの最深の官能者にしてそれゆえ最大の知性者であり得た人物はどうしていただろうかと迷ったものであったが、ここできまる。サウナをさがして、まず、体を蒸すことである。蒸して、蒸して、全身の毛孔から、汗やら、垢やら、毒やら、腐敗やら、沈澱やらをことごとく、一滴のこらずしぼりだしてしまう。すると、のどが砂漠のようにかわき、全身が胃となり、膚がビールも果汁もいっさいけじめをつけず海綿のように貪婪にむさぼり、吸収してくれることであろう。それはそうにきまっている。きっと、もう、そうである。これほどまでの完成品である。眼や、歯や、舌や、鼻だけではいけない。全身を再生させて、のぞまねばならない。

「……では、のちほど」

「おいで頂けますか？」

「一時間半ほどして参上いたします」

「ありがたいことで」

「いいところをたっぷりと頂きます」

「結構でございますな」

にこやかな専務氏とかるく握手してわかれた彼は、表通りへでて、流しのタクシーをひろい、〝お水取り〟をしてくれてもいい、してくれなくてもいい、トルコでもいい、サウナでもいい、大急ぎで、とたのんだ。

その風呂屋へつれていかれ、蒸して、蒸して、ぬらぬらの汗をかき、それを湯で洗いおとしたあと、ビニール・レザー張りのベッドによこたえられる。よこのベッドでやせこけた年配のおっさんが、気楽そうにタバコをふかし、うっとりと眼を細めて、揉まれるままになっている。揉み子はおっさんとなじみらしく、放埒、爽快な口ぶりで悪口をいいつつ、勤勉に仕事にはげんでいる。

「おっさん」

揉み子がそそのかすように、蔑むように、

「息子、介抱してほしいねんやろ」

という。

おっさんは、あくびしながら、

「息子?」

という。

「もう十年も会うてへんワイ」

おっさんはわらう。

「息子、東京へいったきりや」

＊

白色、黄色を問わぬ他のあらゆる民族とおなじように日本人も自然を改変するたわむれに没頭して数々の異種を生みだしてきた。朝顔。万年青《おもと》。菊。尾長ドリ。金魚。錦ゴイ。ヘラブナ。珍種。奇種。変種。ことに江戸時代の三百年は外界からまったく遮断された高原状文化であったので、その太平洋のなかに孤立する高原のなかで人びとは遺伝因子の順列と組み合わせを変えること、見ることもできずさわることもできないもののクロスワード・パズルに熱中し、耽溺《たんでき》し、競いあったのである。あえかに美しいもの、怪異に美しいもの、異相として美しいもの、新鮮で実用的でそして美しいもの、一代きりの美しいもの、後続世代にうけつがれる美しいもの、さまざまな、考えられるかぎりの美を考えて、自然のいたずらとたわむれることに寝食を忘れた一群の人びとがいた。男もいたし、女もいたが、数からいうなら男たちであった。男たちがほんとに夢中になれるのは遊びと危機だけだとニーチェがいったが、遊びを追っていけばきっと危機が登場するし、危機と対峙するこころのなかにはきっとどこかで遊びが顔を明滅させる。

『和田金』は世界一の美肉を誇っているのに、本店のお座敷は、鉄筋三階建ての新館の〝貴賓室〟をのぞけば、どのお座敷もざっくばらんな、どこにでもあるすきやき屋のお座敷であって、ネクタイをはずそうが、あぐらをかこうが、ざぶとんを枕に大の字になろうが、いっこう気にならない。親和が食事の第一の条件だとすると、まさにそのとおりであって、これくらいの店がこれくらいざっかけにかまえているのは、やはり、勝って傲らず、ということか。それとも、また、見栄やお体裁よりも実質が第一だという関西流のぞんざいで優しいこころくばりからだろうか。あくまでも美肉そのものをたのしんでいただきたいというこころくばりだとすると、玄関、廊下、お座敷、どこで見る仲居さんも、ことごとく叔母上、祖母上と呼びたくなるような女ばかりで、しかもみな世の辛酸をかいくぐってきたらしい不屈のおもむきが顔にまざまざときざまれているうえに頑健そのものといいたい体軀の持ち主ばかり。ウッカリ冗談をいうとギロリとにらみすえられそう。夫婦喧嘩するならまず三尺とびすさってからと思いたくなるほど。〝庭を食べにくるお客、器を食べにくるお客、べっぴんさんを食べにくるお客〟と『丸梅』のお嬢さんが指折って数えたが、ここには庭、器、べっぴんさん、何にもないので、なるほど、いよいよこれは肉そのものにこころを集中させたい工夫のあらわれかと、身のうちが何となくしまってくる。

ぞんざいな、薄暗いような、女中部屋のような部屋にすわって待っていると、しばらくして、不屈、頑健な叔母上が肉、大皿、ザクの大皿、何やかやをのせた大盆を平然とかついであらわれる。まず網焼きからはじめようと思ったのでそう註文したら、叔母上は見るからに眼の冴えそうな、木目のよくつまった上炭を丸テーブルのまんなかのくりぬき火鉢の灰へ静かにつむ。近頃こんな上等の堅炭というものを見たことがない。近頃だけではない。ずいぶん久しく、見たことがない。ずいぶん久しく、すきやきであれ、寄せ鍋であれ、何であれ、いちいち炭をいれて料理してもらうなどということを味わったことがないのである。ましてやこれほどの、チンチン、カンカンと音のしそうな炭で、となると、いったい忘れてからどれくらいになるだろう……。

なつかしくなって、つい、

「いい炭だねえ」

感嘆の声を洩らす。

叔母上は、ぶすッとしたまま、

「……へぇ」

という。

その立派な炭が赤熱して歓呼のような輝きをおびてくると、金網をかけ、そこへいよいよ逸品をのせる。さすがにみごとな名作である。濡れ濡れとした血紅色の薔薇のなかに白い脂肪が無数に精妙に枝わかれして走り、くねり、しみこみ、ふるえ、すみずみまで、核心まで、あますところなくレース模様を編んでいる。それは繁茂した樹を眺めるようであり、大河の河口地帯を上空から眺めるようであり、葉脈図を眺めるようであり、血管図を眺めるようである。ちょっとあぶって色が変わるだけにとどめたところを金網からとって生醤油にひたして食べると、口いっぱいにミルク、バターの香り、豊満なかぎりの柔らかく、あたたかい香りと滋味がひろがる。何しろ箸で切れるほどの精妙さ、柔らかさ、豊熟、素直さなのである。

夢中でひときれのみこみ、ツバをのみのみ、

「すばらしいなあ」

つくづくと感嘆する。

叔母上は、やっぱりぶすッとしたきり、

「……へぇ」

という。

こころにくい庭訓ぶり。

ためしに、

「この醤油も特製なんだろうね」

と聞くと、

「へぇ」

といって、

「自家製ちゅうんでっしゃろか」

とつぶやいている。

「どこで作ってるの?」

とたずねると、

「……へぇ。まァ」

つぶやいたきり、だまっている。

何をいってもはじまらないとわかったのでいよいよ肉そのものに熱中するしかないとすわりなおす。焼いてもらう。箸で切る。舌にのせる。とける。味わうすきもない。焼いてもらう。箸で切る。舌にのせる。ちょっととどまる。とける。消える。網焼きは炭の直火《じかび》で焼くので脂肪がとけるので、くどさが消え、あらゆる種類のステーキのうちで最高のものと思いたいが、ここのは脂肪がとけるというほど焼くまでもない。ここの肉を焦げ目がつくほど焼くのは蛮行といっていいだろう。フランスの食いしん坊哲学の碩《せき》学《がく》、ブリアー゠サヴァランは、『美味礼讃』のなかで、たしか《焼き肉には天才を必要とする》という意味のことを書いていたと、おぼろに思いだされるのであるが、ここでは先天性の才も、後天性の才も、食いこむすきがない。はじめに牛がある。つぎに叔母上がいる。それきりである。はじめにいっさいが生体のなかで、遺伝因子のなかで雲古のなかで完成され、予定され、調和され、料理されてあるのだ。人と自然のいたずらのしあい、たわむれあいは、この部屋のずっと遠くで、とっくに終わってしまっているのである。ここではほとんど何も加工、工夫されることがないし、される必要もないし、できないのである。だから叔母上はぶすッとしたきり、何をいわれても、へぇ、といっていればいいのである。ほかに何がいえるだろう?……

「うまい。さすがだ。絶品だ!」

ふいにとなりの部屋で男の声がした。壁ごしにありありと聞きとれた。手放しで感嘆している。どうやら、一頭の背骨の両側から五キロぐらいしかとれないとされている、こちらとおなじ最上肉を、おなじく網焼きでやっているらしい気配である。やっぱりどこかの官庁が予算を食いつぶすためにきているのであろうか。

「うまい。何度きてもうまい。何枚でも食える。イタリアでバスの運転手に恋か、食か、歌か——これ、アモーレ、マンジャーレ、カンターレっていうんだけどね——どれがいちばんさきかと聞いたことがある。すると運ちゃんがだね、時速六〇キロで走っているのにハンドルから両手をはなして、クルッとこちらをむきなおって、アモーレだ、アモーレだ、アモーレがいちばんだって答えた。時速六〇キロで、ですよ。こういうあたりがイタリアさ。しかし、おれは今日は答えがきまっています。いま、きまりましたよ。食ですよ。マンジャーレですよ」

男は大きな晴朗な声でわらった。

しばらくして女の声が、

「私なら……」

いった。

「食べてから恋するわヨ」

そういって晴朗な声でわらった。

男があやしむように、ひくく、

「まだ現役なの、セトウチさん」

とたずねた。

女はひくくわらったきりである。

わかった。となりの二人組はセトウチさんとオカベさんである。女がセトウチさんで、男がオカベさんである。東京から新幹線にのって車中ずっと艶笑小話や食談だけをし、しかもなまぐさいところのちっとも感じられない、成熟した年齢の不思議な二人組がいたが、それがここへきているらしい。どうやら彼とおなじようにこのお二人も『和田金』本店で食べたい一心で新幹線にのったものらしい。名古屋で近鉄に乗り換えるときに姿を見失ったし、こちらはそのあと松阪へついてから牧舎で雲古を観察したり、サウナへ入ったりしたものだから、すっかり二人のことを忘れていたのだが、はからずもここで壁ごしに再会する。なつかしさがしみだしてくる。おたがい食徒だなという親しさもこみあげてくる。二人の声だけが聞こえて、肉を焼いているはずの仲居の声が聞こえないところを見ると、やっぱりおなじような不屈、頑健の、へェとしか答えない叔母上をあてがわれたのであろう。それも、また、ほほえましい。

しばらく声が聞こえなくなる。おそらく二人は夢中で食べているのであろう。新幹線のなかで二人が食談にふけっているのをつぶさに洩れ聞いたが、オカべさんは朝食に味噌汁と生卵と御飯を食べたといい、セトウチさんは何も食べなかったと、いってたと思う。二人とも夕食にここの超越的美肉を食べるためにそれぞれの思う方式で体調、胃調をととのえて列車にのりこんだのであろう。オカべさんは長距離を走るのにはちょっと事前に助走をしておいたほうがいいと考え、セトウチさんはひたむきに走ったほうがいいと考えたのであろう。なかなかの食徒ぶり。これまたほほえましくなる。

べつの女のぼそぼそした声がする。

「……大阪ですかいなァ、名古屋ですかいなァ。どこやらにおなじ『和田金』という看板の店ができたといいますねン。うちにそういうハナシがきてへんもんやさかい、こら商標侵害やちゅうて、専務さんが抗議にいきはりましたんや。へェ。もう。そらァ。そしたところがね、ちょっとアクセントのちがう大きなお人がでてきやはりまして、オレの名前が金で、女房の里の名前が和田だから和田金とつけたが、それがなぜいけないと、いやはりましたんや。ハァッというたはずみに、専務さんは人がええもんやよってに、それもそうやなあちゅうことになってしもて、そのままもどってきたと。こういうことですねン。へぇ。もう」

オカベさんとセトウチさんが声をだしてわらい、仲居のわらう声がしない。やっぱり不屈、頑健に、そんな頓狂な話をしながらもぶすッとした顔つきで炭をたしたり、肉をあぶったりしているのであろう。

しばらくしてオカベさんの声がした。さっきのように昂揚して、とびたつばかりの、いきいきした歓声ではなく、みちたりて、おっとりとした、いろいろと考えをめぐらすことができるようになった声である。

「……完璧すぎる。ここの肉は完璧だが、しいて欠点をあげれば、完璧すぎるということだね。私にいわせるとそうだ。完璧はあっぱれだが、すぎてはいけないよ。セトウチさん。ゾリンゲンの刃物はよく切れるけど切れすぎないように仕上げてあるというのが永年のスローガンさ。ここの肉は完璧すぎちゃったね。肉であって肉でない。そこまでいった。あまりに御馳走すぎて、常食にできないよ。常食にする肉ならもうちょっとこんなにクリーミーでないほうがいいんじゃないかな。これは、そうだな、いうなれば最高頂上のお菓子だよ。スフレとか、クレープ・シュゼットとか、ああいうたぐいのものだ。そうなんだよ。これは肉でつくった菓子、動物性蛋白質でつくったクレープ・シュゼットですよ」

「オカベちゃんは何でもよく知ってるわね。ほんとに感心しちゃうわ。私のところで飼っている犬の名がチャチャで、その犬が子を生んだから、その子にチャチャノコちゃんて名をつけたら、そんなことまで知ってるんだもン。いつまでも忘れないんだもン。こわいみたいだわ、あなた」

「おひゃらかしちゃいけないナ。私は完璧はいいが、完璧すぎるのはいけないといっているのですよ。ここのは肉をとおりこして動物性蛋白のお菓子みたいになっちゃったと。そういうことをいってるのですよ。チャチャノコちゃんなんて知らないな」

「そのクレープ・シュゼットのおいしいところ、教えて。私、食べてみたいな。大阪のホテルならあるんじゃないかしら。ここでメイン・コースを終わって、これから腹ごなしに大阪までいって、どこかのホテルでデザートのクレープ・シュゼットだけ食べるなんて、シャレてるじゃない。それから京都の私の家へいって風鈴の音聞きながら水菓子にしましょうよ。岡山の『初平《はつへい》』の白桃があるわよ」

「たまらねえ」

「いきましょうか」

「たまらねえ」

しばらくしてから、席をたつ気配があって、二人は部屋をでていった。となりの部屋はそれきりひっそりとなってしまった。呆れた男女である。松阪の『和田金』で網焼きを食べ、大阪までいってデザートにクレープ・シュゼットを食べ、それから京都へいって岡山の白桃を食べるという。風鈴の音を聞きながらときた。ほっておけば枯山水の庭の苔に掛け樋の水の飛沫がほどよくうるおってなどといいだすのではあるまいか。いいところでたってくれた。何だか壁ごしに聞いているのにむらむらしてくるものがある。ジッとしていられなくなった。これだけ超越的に食べたのにいらいらしてきた。

「……お勘定」

というと、仲居は、

「へぇ」

といってたった。

＊

全身が肉と化したかと思うほど食べてから彼は近鉄線にのって大阪へいった。ホテルの部屋に入ってから浴槽に湯をなみなみとついで浸ってみると、腹がイモムシのようにコロコロにふくれ、青みがかった湯のなかでおヘソがわびしそうな、あくびしたような顔をしてこちらを見あげているのが眼に入った。近頃しばらく聞いていないが、わが国の文壇には作品にヘソがあるとかないとかで論争がおこなわれる習慣がある。ヘソのない作品とは、どこかシマっていないとか、何のために書いたのかがわからないと感じさせられるとか、竜を画に描きながら眼を描きこんでいないようだとか、そういう気持を起こさせられるような作品のことである。

そういう作品を書くとヘソがないといって叱られるのである。比喩としてヘソがないというのである。比喩は比喩なのだから一段階切りかえられた抽象としてとらなければならないのだが、事物そのものに根を半ば浸しているという特長がある。そこで湯のなかに漂うヘソを眺めると、ぶざまで、親しげで、わびしそうでもあり、あくびしているような顔にも見える。真摯というよりはとぼけているし、何事か、または何者かを嘲っているような顔にも見える。顔つきはちょっと肛門に似ているが、あれには親しさのほかに真摯と嘲笑があるようなのに、これにあるのは、むしろ、ぶざまでおおらかな親しさである。

こういうものがどこかに感じられない作品はダメだとなると、作品そのものの、文学そのものの質がたいそう限定されてくることになるが、いいのだろうか。いっさいの自由と多様を許されているはずの文学を、そこに何かを求めるのはいいとしても、そんなふうに限定してしまっていいのだろうか。作品はヘソを持たねばならぬとすると、不可避的にゴマもなければならぬということになりそうであるが、あれはヤニっこく、ねばっこくて、妙な匂いのするものであるが、どの文学も趾《ゆび》の湿めった匂いを持たねばならぬとなると、顔をそむけたいようなはなしだが、いいのであろうか……。

ヘソのことはどうでもいい。湯からでて浴衣を羽織り、ベッドにころがり、灯を暗くして、タバコをくゆらしながら窓外の夜景を眺めていると、虚無がそこはかとなく漂いはじめる。このところ、しばしば気づいていることであるが、御馳走のあとによく虚無が漂うのである。それが、どんなものでも、御馳走でありさえすればそのあとで虚無がでてくるのかとなると、疑いがある。虚無のでる美食と、虚無のでない美食とがあるように思われる。では、何によってそれが決定されるのか。そこのところは、これからの研究に待つよりほかないのだが、虚無はしばしば過剰な情熱の分泌物なのであり、この生に求めすぎるところのある人がおぼえるものなのだから、その原則から推察していいのなら、虚無をおぼえさせる御馳走とは、素材、料理法、雰囲気、量、何でもいいが、つくる人なり、食べる人なり、双方ともが求めすぎた御馳走のことではあるまいか。求めすぎたそしてそれが稀れに実現された、しかもそれをおびただしく一度にむさぼりすぎた、これらのために虚無がはからずも《交媾《まぐわい》のあとのかなしみ》としてにじみでてくるのであろうか。和田金牛の、豊満、潤味、滋味、精巧、緻密をくまなくちりばめたような、あの霜降りの、赤と白の、肉と脂線の、葉脈さながらの織り目のことを思うと、その牛がどうしたヒトと自然の執拗なたわむれあいのうちにできたのか、考えるよりさきに、いまけだるい虚無を闇のなかでおぼえる。壁ごしに聞いたオカベさんの潑剌《はつらつ》とした、ややせかせかとした、追いたてられるような声が思いだされる。ここの肉の欠点は完璧すぎるということだ。完璧はあっぱれだが、すぎては不満がでる。ここのは完璧すぎるのだ。ゾリンゲンの刃物はよく切れるけれど、ただし、わざと切れすぎないように仕上げてあるというのが永年の名声の原因なのだよ、セトウチさん。あの声はせかせかとそういう一節をのべたてていたと思うが、いまにして思えば、すでにオカベさんはひときれか、ふたきれ食べただけで、副産として感じなければならない虚無を本質としてそのとき早くも感知していたのではあるまいか。鋭い知力である。深い洞察である。声がせかせかしているのが惜しまれるが、漫画家にはあまり期待できない資質である。やっぱりあのオカベさんはアッちゃんの岡部冬彦氏ではないのであろう。

オカベさんとセトウチさんはいまごろ大阪でデザートのクレープ・シュゼットを食べ終わって京都のセトウチさんの家へいき、風鈴の音を聞きながら、ボヘミアン・カットのクリスタルの硝子器に岡山の『初平』の白桃を切って盛りあげ、飽満の果ての虚無の優しい荒寥《こうりよう》にもてあそばれつつ漂っているのであろうか。そうであれば、そのあとお二人は廊下の暗がりにたってちょっと微笑をかわしたままべつべつの部屋にひきとるのではあるまいか。オカベさんは二階に、セトウチさんは廊下に、ひっそりとひきとって、すやすやと眠りこんでしまうのではないだろうか。こちらはそうはいかないので、虚無をにじむ美食とは何であろうか、虚無をにじむような美食は果たして美食といえるのだろうかと考えこんでいる。御馳走を食べたあとで文句を並べにかかるのは幼稚なことと

ろだよ。得月楼だね。バンバンやってくれ。たのむ」

承知のうえだが、国民の血税を使ったのだからといいかげんな弁解をひとことだけ前置きしておいてから、やっぱりあれは完璧すぎた、無残なところがあると、つぶやいてみる。虚無は求めすぎたことを実現しすぎたものを全身にいきわたらせたことからにじみでてくるらしい。さびしい知恵が、何の役にもたたないはずの知恵が、タバコの糸のような煙と窓の夜景との中間に漂うものをとらえようとしてそんな理屈をこねたがる。観念をなぶりたがる。言葉をさがしたがる。どうして虚無を恐れるのか。なぜそのまま体をゆだねて漂っていこうとしないのか。それこそは《自由》であるはずなのに、どうして限界したがり、切りすてたがり、収縮したがるのか。

「……栄養疲れということがある。きみは運動もしないで御馳走ばかり食べている。それも、マ、大きな声ではいえないが、身銭で食べているのじゃない。だからあたえられるばかりなので、そのため消耗してきたんじゃないかな。苦労して血眼になって稼いだ金で御馳走を食べたなら、そんなニヒルにはならないはずだよ。きみのニヒルは無為徒食のニヒルさ。官僚主義の腋臭《わきが》さ。しかしだネ。いつもいうように、これはどうしてもやってもらわなければならないことなのだよ。何としてでも予算の余りはきみに食いつぶしてもらわなければならないのさ。ニヒルも結構だ。それに耐えるのは一修行だ。大阪からそのまま土佐の高知あたりへ飛んでみてはどうかね。カツオのたたきがうまいころだよ。得月楼だね。バンバンやってくれ。たのむ」

翌朝、東京の本庁へ電話をしてみると、藤瀬局長はからかいともなぐさめともつかない口調でそんなことをいった。和田金牛のあとでカツオか。飽満の虚無がまだ優しさを失わずに耳のうしろあたりに濃く漂っていたので彼は思わず受話器をたたきつけたくなったが、かろうじてこらえ、そッとおいてから、ベッドによこたわった。新しい荒廖が朝の日光のなかで壁、床、スタンド、窓、テーブル、いっさいの事物からしみだし、わきたち、からまりあってのしかかってきた。

局長が『得月楼』へいけとすら名ざしたのも不思議ではない。どこそこの、あの家……と屋号を口にするだけで東京はもちろん全国の、その道の通や半可通がうなずくという家がわが国には何軒かあるが、土佐の、高知のといいだせば、つぎは得月楼ということになるであろう。全国にある何軒かのうちでも一か二に指を折られる家である。『得月楼』という名そのものは谷干城《たてき》将軍の命名によるが、その後、板垣退助をはじめとする明治の自由民権運動の、いまの言葉でいう〝原点〟となったのでこの家は明治、大正、昭和の三代を通じてかわることない名声の第一歩を踏みだすことになった。政客、論客、文学者、画家、有名、無名、無数の人がきてここで酒を飲み、皿鉢《さわち》料理を食べ、春は二百年、三百年という古稀の樹齢の梅の盆栽を嘆賞することになる。ここで靴をぬいだ著名人の名をかぞえればキリがないが、板垣退助、植木枝盛、中江兆民、犬飼毅、浜口雄幸、床次《とこなみ》竹二郎、後藤新平、徳富蘇峰、小室翠雲、菊池幽芳、大町桂月、原敬、永井柳太郎……土地産のや、外来産のを入れて、とめどない。〝得月芸者〟とわざわざ呼ばれるようになるくらいのものをたたきこまれ、選びぬかれた芸者もたくさんいたことだし、九谷焼の巨大な皿いっぱいに盛りあげる皿鉢料理の豪壮があることだし、梅の盆栽と庭の景観もあることだしするから、『丸梅』流にいえばべっぴんさんを食べにくる客も、器を食べにくる客も、庭を食べにくる客も、料理を食べにくる客も、その上、政治を食べにくる客、国を食べにくる客、時代を食べにくる客が加わって上へ上へと昇るいっぽうの繁昌がこの家のたどった線であった。

みんながみんな彼のようにカツオを食べたくて高知へいくわけでもあるまいが、飛行機がどの便もこの便も満席で、やっと遅いのに一席見つけることができたが、高知へついて旅館に入ってから『得月楼』へいったときは、すっかり夜になっていた。だから彼はせっかくの機会なのにこの家の全貌を見ることができず、ただ豪壮な玄関、豪奢な廊下、大広間や何かを通りがかりにかいま見るときの豪宕《ごうとう》な筆勢の掛け軸、豪華ならしい庭園の灯にうかぶ一部といったぐあいに眼が走ったにすぎなかった。どの要素にも〝豪〟の字をつけたいのはやっぱり土地の気風をまざまざと分泌しているからと思われる。それは一瞥しただけで心身をいっきょに更新し、代謝してくれるような、いきいきと華のあふれたものなので、さァ食ってやるぞ、さァ飲んでやるぞ、今夜は何かありそうだぞと、虚無にむしばまれかけたこころにもはずみがついてくる。しかし、小さな座敷に通されてみてから教えられたことだが、本場中の本場、本物のなかの本物といいたくなるほど、海内無双《かいだいむそう》といいたくなるような皿鉢料理は多人数の宴会でないとだされないものだとのことであった。これはうかつなことであった。北欧のスモールガスボール（ヴァイキング料理）の方式を日本風に生鮮魚だけでやるのが皿鉢なのだから、一人客ではむりなのである。お気の毒ですが。むりですね。どうして多人数でおいでになりませんでしたか。今度からはきっとそうなさってくださいまし。百戦錬磨の年配の仲居になぐさめられながら、やむを得ない、とりあえずカツオを持っておいで、何人前でもつぎつぎと切れるあとから持っておいでと註文して食べにかかる。とれたてのいきいきした、たっぷりと黒潮で成熟したカツオにニンニクをそえてみたり、ショウガをそえてみたり、ネギをそえてみたりして、ひときれ、ひときれ、嚙みしめる。鮮度はさすがといいたいし、熟度はみごとといいたくなる。けれど、いつも、これを乾燥させた、樫の木のようなカツオ節からとったスープ、深さ、厚さ、柔らかさ、優しさ、まろみで輝きわたるような、あのお澄ましのことばかりを想いたくなるのは、どうしてだろうか。深沈とした黒の重厚な漆塗りの椀のなかにあのさんざめくような澄明のスープをみたして、香りに眼を洗われるような想いをしながら、ひとくち、ひとくち、ゆっくりとすすりたいと想いつめたくなるのは、どうしてだろうか。

ふいに男の大きな声が、

「眼の玉くりぬくぞ！」

と走る。

ワッと笑い声が炸ける。

べつの女の声が、発止とばかりに、

「ヘソに指つっこむぞ！」

さけびたてる。

それだけがきれぎれに聞きとれ、あとは方言で何やらワッワッと鉄火場じみた気合いと歓声の混沌である。あちらの部屋でも、こちらの部屋でも、壁が雪崩れおちそうな叫喚でわいてくる。聞けば、これは、土佐名物の、〝箸拳〟の声だとのこと。男と女がさし向かいにすわって三本ずつの赤い箸をかくし持って、だしたり、入れたり、間髪を入れず挑発、威迫、誘惑、恫喝、あらゆるさけびかたで勝負を争う〝拳〟である。ほとんどが方言なので何が何やらさっぱりわからないが、たえまなしに笑い声がわくので喧嘩ではないらしいと見当はつくものの、壁ごしに聞いたのではただもう叫喚、罵倒の血の雨のさわぎである。なるほどこれではどれだけ豪奢な皿鉢料理を食べても虚無の這いこむすきはあるまいと、感心させられる。それに、どうだろう。刺し身はどれだけ食べても虚無を分泌するだろうか。

「……昔、山内容堂さんの頃、毎年、青柳橋のうえで、殿様の命令で、マラくらべをやったといいます。六十七間と申しますから一二二メートルだそうですが、その長い橋をマラにヤカンをかけてわたりきれるかどうかという競争でございますよ。たいていまんなかあたりでグニャチンになったそうでございますが、やっと一人、どうやらゴールインしそうな気配。それも見ればいまにもガクッとなりそうなんで、女房が赤い腰巻をパッとめくって、『おまん、ちゃがまりなよ、ここぜよ、ここぜよ』とはげましたら、とたんに亭主がむっくりとなってめでたくゴールインできたそうでございます。ほんとの婦唱夫随とはこういうことでございますよ。このときの『おまん、ここぜよ』がつまって土佐では以来、おまんこということになったそうですよ、お客さん。しょう、まっこと、やちもないことを、いわされちゃがまった」

「何のこと？」

「ほんとにつまらないことをいわされてしまったと申しているんでございます。土佐は、そういう土地柄でございますから、お客さん、気をおつけにならないと」

あとはなにやらたくましいのどをそらして、ワッ、ハッ、ハッ、ハ、一切合財へいちゃら、くそくらえとばかりに、肚の底からの哄笑。これが女のわらいかたかと眼を瞠りたくなるような鮮烈の思いでふりかえると、百戦錬磨の仲居は、何やら、ヤッ、とか、ハッ、とか、気合い声を一声発してたちあがり、廊下に陽動する南国の夜に去った。

あとで〝発荷峠《はっか》〟と呼ぶのだと旅館で教えられるが、秋田県の大館からやとったタクシーでその峠についたとき、彼は口のなかで思わず声をたてた。その気配で運転手は静かに車をとめ、実直だが満足した声で、

「ちょっとおりてみますか、お客さん」

といった。

「うん。おりてみよう」

「もう夜です」

「気持ちがいいね」

「ここからの眺めが最高ですよ」

夜のなかに巨大な鏡が光っている。

十和田湖である。

黄昏《たそがれ》の光耀《こうよう》は消えて空の乱雲がふちだけおぼろに光っているが、それも一瞬一瞬に昏《くら》んでいく。眼をまばたくたびに、それにつれて昏んでいくのがまぶたに感じられそうである。あちらこちらに最後の一滴としての光りがのこっている。空、森、峰、すべてが

*

静まり、鳥の声もないし、人の声もない。太古の静寂のなかにほの白い霧がわきたってキラキラ輝く鏡をひっそりと蔽っていく。この湖は、いま、静けさと深さと、どちらがまさっているのであろうか。摩周湖をはじめて見たときイギリスの詩人のE・ブランデンが、いま私は何を見ているのであろう、何かまったく新しいものを見たようだという意味の嘆声をあげたとつたえられているような記憶がある。巨大な鏡は空も森も峰も、いっさいを映すうちに消化してしまい、それぞれの意志と力を満々とひそめて、ただ顔《もの》だけを見せている。あまりに深くて顔だけしか見えない、そういう、まったく新しい顔を見ているような気がする。乱雲は戦場さながらだけれど、一瞬ごとに夜へ併呑《へいどん》されていき、荒れすさぶ激情は声もなく闇に広大な後ろ姿を見せて去っていく。光りの一滴、一滴が消えるたびに鏡は広がり、無辺際へとけこみ、はるかな下方からゆっくり浮揚してきて空へ、彼のたたずむまわりへ、容赦なさをひそめた優しさで暗い澄明をみたしていくようである。爽やかな微風が額を切り、深い森の息づかいがそこにも、あそこにもひっそりと感じられる。幹の大きな息。無数の葉の無数の小さな息。誰かが拍手しているっせいに歓声をあげているようである。発生したばかりのみずみずしさが血管のなかにしのびこみ、肉や、骨や、脂肪を気化してしまう。この清澄さは稀れである。何も飲みたくない。何も食べたくない。喋りたくない。笑いたくもない。緊迫がひしひしとあるけれどまったく自由である。闇のなかにこのまままたたずんでひとりで微笑していたい。

知床半島で流氷群を眺めて渚にたたずんでいたときにもいっさいの飲・食を不浄と感じたことを彼は思いだした。

運転手がひそひそとつぶやいている。よく語り慣れたことを、よく語り慣れたままに、ただし調子づかぬように細心にこころを配っているらしい気配がある。

「……この湖は東西が十キロあります。南北が八キロです。カルデラ湖ですね。水の澄みかたはたいへんなもので、世界でも指折りだそうです。けれど、水清くして魚棲まずで、和井内貞行さんが悪戦苦闘のあげくにヒメマスを定住させた話は有名ですが、プランクトンがわかないものですから、魚の数は現在が限度で、これ以上は繁殖できないそうですよ。いわば旅行客にはやさしいけれど、住民にはむごい湖です。和井内さんもたいへんな苦闘だったと聞いてます。いまからその旅館にいきますから、何か話してくれますよ」

「湖を見ればそれで十分ですよ。これだけの湖はそう忘れられるものじゃない。話は東京へもどってからいい本をさがして読みましょう。私は今晩はあまり口をきかないことにします。話してもらえるなら結構だが、話してもらえなくても満足だよ。だまってひっそりと山菜をさかなに辛口の酒でも飲むことにする。そのためにきたのだから。ヒメマスをだしてもらえたらそれで十分です。苦労話はたのしいけれど、もう飽いてらっしゃるだろうからね。だまってお酒を飲むというのもめったにできないことだ。私はそれで満足だ」

「そうかもしれませんね。東京からおいでの人ならそうでしょうね。山菜はここにはいろいろありますが、いまはちょっと季節がすぎて、アイコ、ボンナ、シドケなどは無理でしょうが、タケノコ、ワラビ、コゴメ、木の芽などはあるでしょう」

「ヒメマスがあるよ」

「あれはいい魚ですね」

「舌にとけるようだね」

「ベニザケの子だそうです」

「子が子のままで一種属になったのでしょう。ベニザケというのは上流に湖のある川にかぎって海からあがってくるそうだけれど、それがなぜなのか。どうやってその川を選ぶのか。嗅ぎあてるのか。おぼえているのか。あいかわらず何もわからないらしいね」

「よく知ってますね、お客さん」

「耳学問ですよ。ウロおぼえもいいところです。とれたて、焼きたてのヒメマスが食べられたらそれでいいんです。私はだまりにきたんだから」

「あれはガスやレンジで焼いたのじゃいけないんで、薪でやるのがいちばんだといいますよ。和井内さんのとこじゃいまでもそうやってるそうです。だからコックがイヤがって逃げる。家族でやるしかないそうで、事実、そうやっているそうですよ」

「そう聞いただけでありがたくなります」

「では、だまりにいきますか」

「いいね」

すっかり闇のなかに陥没してしまって、ただ尨大な量の沈黙と広大があるだけなのに、どうしてか、車が走りだすと、背にありありと晴朗に閃きわたる鏡が感じられた。そのふちの森のなかを走るのではなくて、鏡の底なしの核心へ走りこんでいくようであった。『和井内ホテル』はひっそりと暗い湖岸にあった。〝ホテル〟とは名のるものの、ちょっと大きな東北風の二階建ての民家であって、飾らず、気どらず、素朴、剛健、ざっくばらん、そしてどこかにほのぼのとした人肌のあたたかさが感じられる。小さな部屋に通され、チャブ台に向かってすわっていると、古い壁ごしに背には広大な夜の湖がひろがっているのが感じられ、額には家のうしろにあるらしい深い木立ちのたたずまいがつたわってくる。湖も、森も、湖であり、森であり、ネオンやジューク・ボックスや自動車などに髪一本ほどの傷もつけられていない気配である。

夜がしんしんと降って家のまわりを、壁のすぐ向こうを潮のようにひそひそとめぐり歩いているのが、手にとるようにわかる。古くて暗い廊下は夜にどっぷり浸されているが、台所か居間であろう、どこか遠くで人の笑う声がする。その声のゆれる気配に耳をかたむけていると、明るい灯がまたたくようである。しばらくして立派な、古風な顔だちのおばさんがやってきて、チャブ台に皿や徳利などを並べはじめる。問わず語りのようにおばさんが話すのを聞いていると、おばさんはこの家の家族ではないけれど、家族同様なのであり、大事なお客はみな彼女が接待する。家は何と、横浜にある。春、十和田湖がひらくと、横浜からここまでやってくる。そして十月ごろまでいて、湖が閉じると、また横浜へもどっていく。そういう暮らしを繰りかえして、もう二十年にはなろうかとのことである。

東北から横浜へでかけるというのならわかるが、おばさんはあべこべに、横浜から東北へ出稼ぎにくるのであるらしい。何か故あってのことかとたずねたいところであるが、今夜はだんまりをさかなにしたいと思うので、彼は微笑しながらタバコをくゆらしていた。おばさんは歯切れよく話し、気さくにわらい、あたたかくて、透明である。いい体格をしているけれど、透明で、のびのびしたところがある。

「ここは昔は何もなかったので、十和田湖字生出《おいで》無番地っていうんですよ。番地がないんです。だから無番地。無番地という番地なんですよ。北海道でいう番外地とおなじですよ。オイデといっておいてそのあとから無番地だというんだから人を食った住所です。東北流のユーモアというんでしょうかね」

「和井内さんはいまは何代めになります？」

「代は三代めですが、四代めがもうお嫁さんをもらいました。一代めが貞行、二代めが貞時、三代めが貞一郎です。二代めの貞時じいさんは五、六年まえになくなったんですけれど、これがまた一代めゆずりの頑固な人で風呂はヒノキでなきゃいけない、タイル張りなんかにしちゃいけない、鉄筋コンクリの新館なんか建てちゃいけない、ヒメマスはいちいち薪で焼かなきゃいけないと、ないないづくしの人でした。一代めも二代めも頑固のお化けだったんですが、三代めになってやっと憑きがおちて常人なみになったんですよ。気ちがいを治すのに三代かかったというわけです。手間のかかる血筋なんですネ」

「何だか、来しなの峠でタクシーの運ちゃんが、ここの家ではコックをおかないで、家族の手だけでやってるんだとか、いってた」

「そうなんです。二代めの頑固じいさんがコックと喧嘩ばかりしましてね。ヒメマスは薪で焼かなきゃいけない、それも薪を焚きおとしにしたところで余熱でジンワリとやらなきゃいけないんだといい張ってきかないもんですから、コックがいやがりまして、みんな逃げだしちゃうんですよ。だから、いまヒメマスの田楽と塩焼きがきますが、三代めの奥さんが手料理で、教えられたままにやるんです。四代めの奥さんもそうやっておぼえるでしょう。何しろ手間のかかる血筋だといま申しあげたとおりです」

おばさんは皿や小鉢をならべながらそういって声をたててわらった。この家の代々の厄介と気質をよくよくわきまえ、その古風な頑固さと偏屈ぶりをこころから信愛しているらしい様子である。テキパキと気さくに話しながら、爽やかにわらうが、眼じりのあたりに苦笑のようなものが漂いながらも、それはあたたかい。

それにしても、日本全国に知れわたったこの家が十和田湖という屈指の観光地にありながらいまだに家族だけで切りまわしていようとは思いもかけないことである。稀なものに出会ったような気がする。眼を瞠りたいようである。ブランデンの口ぶりを真似て、旅館というよりは何かまるで、まったく新しいものに入りこんだような気がするといいたくなる。何かまるで、まったく新しいもの。森のなかでふいに遠くに灯を見たような、そのようなあざやかさのもの。

おばさんが優しく教えてくれる。

「これはタケノコ、根曲がりタケノコです」

「……」

「これはワラビです」

「……」

「これはミズ」

「……」

「それはコゴメ」

「……」

「それはアケビの芽です」
「……」
「ヤマミツバ、ヤマウドです」
「……」

いずれも山菜だからしちくどく煮たり、味つけしたりしない。せいぜい凝っておひたしである。淡白な、消えやすい、あえかな、匂いともいえない匂い、味ともいえない味を鉢にとどめておこうと、廊下をいそいで小走りに走るようにして持ってきたといいたくなるようなものがある。ヤマウドはみずみずしくて強健な茎をしているが、大豆のブツブツとのこっている、塩辛い田舎味噌をつけて嚙むと、歯のあいだで清水がほとばしる。山の不屈の純潔が口いっぱいにほとばしる。そして峻烈の気迫をひそめたホロにがさがひっそりと舌にひろがってくる。あらゆる味のなかでもっともひめやかだがもっとも気品高いホロにがさがひろがっていく。舌が洗われる。ひきしめられる。小さいが鋭い弦楽器が凜と正面を直視して音楽を奏で、いきいきと二つ、三つ飛躍し、批評の言葉を考えるひまもあたえずにふいに消える。高貴なつつましやかさがその苦みにこめられているようである。

「……さあ、きました」
おばさんの声で顔をあげる。

「薪で焼いたヒメマスです」

雪をかぶったように塩をふられたヒメマスの姿焼きである。焦げすぎてもいず、生すぎてもいない。もちろん魚と皿のあいだに露ができるというような冷淡は影ほどもない。その熱い身を頬ばると、舌のうえでほかほかとくずれて、清純なのにゆたかな滋味がしみだしてくる。

「うまい！」

そうとしかいえないか？……

「絶品だ、とろけるようだ！」

ぶざまさがはずかしくもない。

「……」

おばさんは静かにわらう。

「秋だとキリタンポをさしあげるところなんですが、あれはとれたての新米でないといけません。秋田杉の串に巻きまして、そのままイロリであぶってもいいし、サンショ味噌をつけて焼いてもいいものですよ」

話を聞きながら、大きくて深くて広い夜がひそひそと家のまわりを足音しのばせてさまよい歩く気配に耳を澄ませる。ヒメマスは舌にとけつづける。ヤマウドは清水をはじきつづける。舌はひろがってはひきしめられ、ひきしめられてはひろがっていく。素朴で豪快な南国小話を聞かされ、仲居がのどをそらせて哄笑し、壁も崩れよとばかりに罵り、かつ笑いたてる箸拳の狂瀾怒濤、あの土佐の得月楼のことを考えるとここは振り子が端から端までゆれて、ただ静寂と深沈と謙虚。

土佐から東京へ帰りついて、羽田空港の廊下を歩いているうちにふいに両極端をのぞいてみたくなり、むらむらとなったまま上野駅へかけつけたのだったが、これでよかったのである。まだ〝日本〟があった。ここにはまだのこっていた。山も、水も、夜も、のこっていた。かろうじて、けれど、けなげに、踏みとどまっていた。

＊

十和田湖から盛岡へいくには湖畔の宿をでて道のたどるままに山と森のなかをいく。山の湖の宿でマグロの刺し身だの、トンカツだのというようなありきたりのしろものを食べなかったおかげで眼が澄んでいたのだということにしておこうか。流れていく水、木、峰などがずいぶんあざやかに感じられた。道ばたや森かげなどに背負い籠を負ったモンペ姿の女がちらほらとかぞえられたが、宿のおばさんが教えてくれたので、これが根曲がりのタケノコをとる人びとであることがすぐそれと知れる。おばさんの話ではこのタケノコはこのあたりでは誰がとってもいいということになっているそうであるが、タケノコだけでなく、ワラビなどもこのあたりではとれ、ときどき山奥に入りすぎたひとが遭難してでてこれなくなることがあるという。救助にいってみると遭難するのは女が多く、それも慾ばって体力以上に採集してでてこれなくなるというのが多いそうである。自分でかつげないほどたくさん採集して、歩けなくなり、そのうち道に迷って、飲むものもなくなって死んでしまうということになるのである。それほど女は女である。それほどこのあたりは山が深く、森が深いということであるらしい。

盛岡は凡庸な、どこにでもある地方市であった。駅があり、駅前広場があり、タクシーがいて、駅前商店街があり、ビルもたくさんあり、そのうえに空がある。空は晴れているときは明るく、曇っているときは暗いであろう。雨が降れば濡れ、シグナルが赤のときに道をわたれば車にはねられるであろう。何か個性があるだろうか、変わったところがあるだろうか、いかにもここらしいというところがあるだろうかと眼を凝らすよりさきにはずしたくなっておおざっぱにそんなことをいってしまいたくなる、任意に列車からおりたらどこにでもある、といいたくなるような市であった。日本全国の地方市という地方市がことごとくこういうふうになってしまい、べつに政府に指令されたわけでもないのにことごとく右へナラエになってしまうのはどうしたことだろうか。いつも見るたびに、ああ、またかというよりさきに眼も注意も衰えてしまうが、誰にもわかりすぎるほどわかるようでありながら、それでいて、ちょっと考えれば、たちまちわからなくなってしまう。人間は同じものを際限なく見せつけられていくとそのうちどこかで根負けしてなにがしかの感銘をおぼえたくなるものなのであるが、こうしてさまよい歩いていてハンコでおしたようなのをつぎからつぎへと見せつけられながら、こればかりは感銘も根負けも起こらないし、起こりそうにもない。根負けというような関心すらないのであるらしい。無関心以上の不幸はないのだ。とすれば、わが国はひどい不幸に蔽われている。

駅前で車の窓から、通りすがりの人に、

「わんこソバ屋はどこでしょう？」

とたずねると、すぐ指をあげて、微笑をたたえ、ていねいに教えられた。あたたかくて親切である。町は顔を失ったが、人はまだそこなわれていないらしい。

教えられたままにいくと駅からまっすぐに大通りをいき、『光ビル』というこれまた全国に無数にありそうな名前のビルを右に曲がり、すぐ左へ折れると『直利庵《ちよくりあん》』と看板をあげたソバ屋がある。白い壁に黒い柱をあしらった、〝民芸風〟とすぐそこらの誰かがいいそうな、けれどいかにもソバ屋らしい二階建ての家である。戸をあけて入ると、何やらにぎやかな女の声がとびかい、たいそうな繁昌ぶりと見られた。

おばさんがしきりに、

「はい、がんばって！」

とか、

「ドッコイジャンジャン！」

などと叫んで、いったりきたりしている。およそソバ屋らしくない掛け声である。まるで魚河岸の兄さんのようなはずんだ声である。よくよく眼を凝らすとおばさんはソバを盛りあげた盆を片手にいったりきたりして客の肩ごしに威勢よい手つきで、まるで投げるようにしてソバをほりこんでまわっている。ソバを入れる、というよりは、ほりこむという手つきである。それも眼にもとまらぬ早業である。ひょいひょいポイポイ、つぎからつぎへ、ほりこんでまわっている。

盛岡のソバ屋はこうなのである。そう教えられて興味を起こしてやってきたのであるが、教えられたとおりである。席につくとべつのおばさんがいろいろとはこんでくる。大きな椀、小さな蓋つきの椀、マッチ箱、薬味の椀などである。客が小さな椀の蓋をとったと見るとおばさんがめざとく見つけてやってきて威勢のいい声をかけてソバをほりこむ。おつゆがすでにかかっているので客はそのまますすりこめばいい。ほんのひとつまみのソバなので一口ですすりこめる。すると、つぎのを待つというすきもあたえずにおばさんがほりこむ。すする。ほりこむ。すする。ほりこむ。すする。ほりこむ。これでもか、これでもかとほりこむ。すする。ほりこむ。すする。ほりこむ。客はまるでソバと格闘しているようである。薬味の椀にはきざみネギ、ノリ、モミジオロシ、花ガツオ、その他、これは全国どこのソバ屋で見るのとかわりはないが、ほりこまれたソバにそれらをいちいち吟味してかけているすきもないほどせっせとおばさんが仕事にはげむ。気さくな男の胴間声ではげますようなかけ声をかけてくれるのだが、ちょっと聞いてもこころが浮いてきそうなにぎやかさである。一口するたびにマッチを一本おいて、客は何杯食べたか、かぞえあい、競いあって、あちらこちらで声たててわらっている。何杯食べても値段はおなじというところが気前がいい。ふつうの薬味だと一人前が五百エン、特別のだと一人前が六百五十エンだが、ソバはおなじである。だまっているとおばさんはいつまでもとめどなくほりこみつづけるので油断がならない。パッと蓋をするか、〝降参！……〟とさけぶかしないことにはとまらない。おばさんは小さな眼をいきいきと光らせて、客が蓋をしかけると見ると、わざとすかさずほりこむのである。客が蓋をするのが早いか、おばさんがソバをほりこむのが早いか。電光の早業、石火のせりあいである。

おばさんはいったりきたりしながら、

「ハイ。がんばって。ホレ。元気がないヨ。ドッコイジャンジャン。四十ぐれえ食べねば男じゃないヨ。四十も五十も食べねば男じゃないヨ。ドッコイジャンジャン！」

たえまなくわらって、叫んで、ソバをほりこんでまわっている。はげまし、おどかし、おだて、浮かし、いきいきワッッワッとやる。

「バンドゆるめて！」

「……」

「そうもう一杯、ドッコイジャンジャン！」

「……」

「ホイ、がんばって、ドッコイジャンジャン！」

客はわらいながらもおばさんの声のしたで必死になってかっこんでいる。すすっている。おつゆがかからないようにとくばってもらったエプロンを首からかけて、眼を白黒させながらすすっている。それを見て仲間がわらっている。冗談をいってるすきもない。一息つくすきもない。箸をおいているすきもない。ドッコイジャンジャン。ドッコイジャンジャン。

いったりきたりしながらおばさんがソバをほりこむすきますきまにせかせかと彼がたずねるのに答えてくれる。このソバが八杯で、ふつうのモリソバの一杯になるのだそうである。何杯食べても値段はかわらないが、ふつう男で四十杯、女で三十五杯だそうであるけれど、男では最高百四十七杯、女では九十六杯という記録がある。今年になって百二十杯というのがすでに二人いた。〝ソバ食い大会〟をやると、とくに用意してやってくるので、二百二十二杯という超記録がでることもある。今年のある大会では百六十二杯がでたそうである。こういうのは何といっても本人の胃袋がモノをいうのであるが、しいてコツといえば水を飲まないこと、おつゆをすすりこまないことだろうか。ソバをほりこまれたらなるべくおつゆをすすりこまないようにし、あまったらつぎつぎと大椀にすてていくことである。そうしたほうがたくさん食べられるということのほかにソバそのものもおいしく食べられるのである。死ぬまでに一度たっぷりとおつゆにソバをつけて食ってみてえやという落語があるが、マ、このあたり、東京も東北もかわらない。

ここでは〝わんこソバ〟という。〝わんこ〟は〝椀子〟であろう。松江へシラウオを食べにでかけたときに〝出雲ソバ〟を食べたが、あれは〝割子〟といって、浅いお椀を五つかさねて一人前としていた。横綱の鏡里がこれを五十杯食べたという記録をどこかで読んだようなおぼえがあるが、一杯の〝割子〟は一杯の〝椀子〟よりずっとたくさんあるから、ここの勘定法でいけばマッチが何本ならぶことになるだろうか。〝出雲ソバ〟というのは見たところまッ黒で、いかにも田舎ソバらしい素朴の風味があり、ゴワゴワもくもくと歯ごたえがある。ソバの実を外皮も核心もまぜこぜにして粉にするからあのような色と味になるのだろうか。どうすればそのようなことができるのかわからないけれど東京の老舗で食べる〝さらしな〟とか〝御前ソバ〟と呼ばれるのはソバの実の核心だけをひいて粉にしたもので、あらゆる麵類のうちで最高の純白と軽快さを持っている。これが一番粉である。つぎに二番粉というのは核心といっしょにその外側の甘皮もいっしょにひきこんだもので、やや浅黒く、かすかな辛味があり、ふつう〝やぶ〟と呼んでいる。この盛岡のは、おそらく、その粉である。純白ではなく、やや浅黒く、やや重いのである。けれど駅前ソバのような、どこにソバが入っているのかわからないメリケン粉ソバでないことはよくよくわかる。そうでなければ二百二十二杯というようなとてつもないことはできないことである。東京では一茶以来か、信州だけがソバの名産地のように思われがちであるが、ここへきてドッコイジャンジャン、ドッコイジャンジャンとはげまされながら食べてみると、〝南部ソバ〟というのだろうか、これまた淡白の風格、なかなかのものがうかがえるようである。

瀬戸内海の名物である伝八笠にくるんだ〝タイの浜焼き〟のタイはほとんどがアフリカ産やオーストラリア産で、東京には輸入したタイに〝桜ダイ〟の色をつけることを職業にしているやつがいるという。油断も警戒もどうにもしようのない話を聞かされる。ソバも同様であって、出雲だ、信州だ、南部だ、蝦夷だと議論をしてもはなはだ不安である。なにしろわが国で食べるソバは中国、カナダ、アフリカ、ブラジルなどの産なのであって、信州ソバで喧伝される〝霧下粉〟というのはあの地方のある高原のとくに霧の多いところでとれる名品だとされている。寒冷と、霧と、標高がソバを名品にするのだとすると、アフリカ産ならキリマンジャロがいいということになりはしまいか。ソバをすすりながら、これはキリマンジャロの生粉だナとか、ブルーマウンテンの一番挽きではあるまいかとか、ブラジルの甘皮まじりもわるくないぜ、などとやらねばならないのである。そういうことになってしまっているのである。コーヒー店だかソバ屋だか、ちょっと見当のつけようがない。これは、もうどうしようもない。ののしってもはじまらず、わびしがってもはじまらず、うなだれたっておっつかない。こうなればすわりなおすだけだ。すわりなおして、ソバはソバなのだとよくよくいい聞かせ、鋭く舌を澄ませ、高く鼻を研いで、キリマンジャロにモカにジャバにブラジルにと、ひたすら探求あるのみ。そういえばソバのおつゆはコーヒー色をしていたようだなどと茶にしないで、ひたすら研修あるのみ。そしてその精進のあげく、コーヒー通とガッチリ握手せられよ。諸兄姉。よろしいか。ドッコイジャンジャンと、いたされよ……。

「九州からきんたすとでぼく日本ソバきらいんだ、きらいんだっていっていたったんだよね。それ、まんず、まんず、おあげんしい、いっぱい食べてみなんしいっていってつぎからつぎへ入れるんしい。しらずしらず、そのすと、食んべるわ、食んべるわ、なんとマッチかぞえてみたら九十ぱいも食べたでねか。私、あや、あなた、ソバきらいだっていってたんにって」

おばさんは気さくに、爽快にそんなことをいって説明していたが、うむ、うむとうなずいている彼のお椀がからっぽになったと見るや、いきなり声高く、

「ホラ。もう一杯がんばって！」

びっくりするような気合いをこめ、

「ソレ。ドッコイジャンジャン！」

ハッと気づいて蓋をしようとあせるその瞬間をねらい、パッとソバをほりこんだ。手練の早業である。彼が蓋をしたときにはもうソバがおさまっていた。

「おみごと！」

うめくように、

「さすがだ！」

感嘆をもらす。

おばさんはそれを耳にして肩ごしにふりかえり、皮一枚をのこして敵の首を切った名人が鍔音《つばおと》高く剣をもどすときはこうかと思いたくなるような微笑をうかべた。それほど自信と安心にみたされた微笑はちょっと見られまい。たくましい腕をふりふり声高く叫んで去っていくその後ろ姿を見送って彼は箸をおき、ちゃんとかぞえておいたが五十二本めのマッチ棒をそっとおくと、うごけなくなってしまった。

*

「ダメだね」

藤瀬局長は彼のさしだした勘定書をチラと見ただけでテーブルのはしにおいた。勘定書の内容は高知と十和田湖と盛岡での飲食費、交通費、その他である。巨大なガラス窓から陽が川のように明るく射しこみ、手入れのよい局長の銀髪がキラキラと輝いている。

「使いかたが足りない。金の使いかたが足りない。君はまじめすぎるようだね。まじめなのはいいけれど、すぎるのは困る。ちょっとは使えるようになったかと思っていたのにまだダメだ。松阪の『和田金』や高知の『得月楼』へいって一人で金を使えといっても、それはムリというものだ。これはわかっている。牛肉はいくら張りきったところで一人で食えるヴォリュームはたかが知れている。皿鉢は皿鉢で、これは宴会料理だ。君がよくがんばったらしいことはわかるけれど、ターゲットを誤った。標的の選びかたがまずかったというわけだ。高知から一足とびに東京を通過して十和田へいき、それからタクシーで盛岡までいったのはよかった。交通費を使ってくれたからね。しかし、標的が山菜とソバでは、使いようがないだろう」

「和田金牛をしこたまつめこんだんですが、味は世界に冠たるものなんですが、何といいますか、グッタリしてしまいました。虚無を感じちゃったんです。近頃読んだ小説のなかになかなかいい一行がありましてね、御馳走を食べたあとで倦怠をおぼえることを、〝飽満は仮死だ〟といってる。まさにそれですよ。私は和田金牛で仮死したんです。精液を洩らさないで失神したんです。そのあと高知でカツオを食べてみたんですが、どうもバランスがとれないので、ではいっそ両極端をやってみるかと思い、十和田へいって山菜をやってみました。盛岡へソバを食べにいったのもそれです。豊満のあとくちなおしに淡白をやってみたわけです」

「それで虚無は消えたの？」

「ええ、どうやら」

「新しいファイトがでてきたってわけだ」

「まあね」

「それじゃ、こうしたらどうだろう。いま思いついたばかりなんだがね。一回の旅行で一つの標的だけをねらうのも結構だが、いくつもの標的を一回でねらってみてはどうだろう。たとえば中国料理のコースでいえばだ、東京のある店で冷菜を食べ、横浜のある店でフカのヒレかツバメの巣のスープをやる。それから神戸へとんで肉か魚をやり、長崎へとんでデザートの杏仁豆腐といったぐあいさ。それぞれの土地の一流、または超一流の店を選ぶのさ。この超一流は味も超一流だが値段も超一流でなきゃ困る。味は超一流だけれど値は安いというのはこの際避けよう。金が使えないからね」

「わるくないですね。イヤ。しゃれてます。局長とおなじことをやってるのを見かけたことがありますよ。新幹線ですけどね。オカベさん、セトウチさんと呼びあってましたが、中年男女の一組ですが、それがやってました。東京から松阪へ肉を食べにいき、それから大阪のホテルへデザートにクレープ・シュゼットを食べにいき、そのあと京都へまわってフルーツを食べようって相談してるのを『和田金』で壁ごしに聞きました。岡山の『初平』の白桃を京都の家で風鈴の音を聞きながら食べましょうよ、って女が男を誘ってるんです。男はそれを聞いて、タマラネエっていってたようです」

「オカべさんが？」

「ええ」

「セトウチさんがオカべさんを誘惑してるのか。あの人はもう現役じゃないと思ってたが、あいかわらず華麗なものだね。あの道は井戸とおなじでかいだせばかいだすだけわいてくる。女はメンスがあがってもやれると聞くが、立派だね。乱調。立派です」

「いや、局長。それはちょっとちがいます。男はオカべ、女はセトウチですが、どうも同姓異人のようでした。あの二人が漫画家と女流小説家だったら、二人とも詐欺のような写真をマスコミに流してるということになります。詐欺ではないまでも、十年前、二十年前の写真をいまだに使っているということになります。なぜかわかりませんけれど」

「そんなにちがうのかい？」

「詐欺といいたくなると、いまいいました。ちょっといってみただけですけどネ。それくらいです。えらいちがいでしたよ。どえらいちがいです」

「マ、いいや。それは御本人にまかせておこう。こちらは金を使いさえすればいいのさ。

セトウチ組のアイデアをいただこうじゃないか。その方式でいこう。岡山の『初平』の名がでたついでだ。京都の『大市』でスッポンをやる。これがスープだ。つぎに鹿児島へとんで酒ずしはどうだ。そのあと岡山へもどって『初平』だ。もうマスカットがそろそろ盛りだろう。あそこのはカラスミやコノワタを肥料にまぜて木にやるんだと聞いたことがある。カラスミを果物が食べるんだそうだ。やるじゃないか」

「ブドウやモモがカラスミを食べるんですか？」

「そうらしい。事実らしいよ。もう二十年も三十年もそういうことをつづけてるらしい。岡山じゃ誰もおどろかないそうだ。これがほんとの〝金肥〟というものだろうな。宝石を植物にしたようなものだ。和田金牛と双璧さ。いってきてくれよ。お土産に持って帰ってはいけない。とことん金を使い、とことん食べてくれ。現場で消費する以外に金は使っちゃいけない」

「どうしてです？」

「汚職になる」

「………」

温厚の紳士といった局長の顔に峻厳ないろが走って消えた。彼は虚をつかれたはずみに感嘆に似たものをおぼえて局長をまじまじと眺めた。峻厳はすぐに消えたが、かすかなこだまが眼や口のあたりに漂っている。近頃の局長の顔には以前見かけなかった〝いい顔〟のきざしがそこかしこに見られるようになり、きっとそれはこの仕事をはじめるようになってからのことだと思われるのだが、おそらく他人の金ではあるにせよ、莫大な金を湯水のように使うからそうなってきたのだ。洗練は浪費から生まれるのだ。ただし、その玲瓏が鉱物質ではなくて植物質なのは使うのが自分の金ではなくて他人の金だからであろうか。

旅行からもどって勘定書を出張報告書がわりに提出しようと局長に会いにくるたびに彼はそう感じていたのだが、いま珍しく峻厳を目撃したので、日頃の玲瓏に新鮮な、強固な形相《すがた》があらわれた。樫の木の、壮齢の樫の木の形相と、それはなった。予算の余りは使ってしまえ。有効にか、無効にか。知ったこっちゃない。国民の血税か、涙税か。知ったこっちゃない。そんなことはどうでもええ。ただ食い、浪費、どんちゃん騒ぎ、大盤振る舞い、めちゃくちゃ、そんなことはどうでもええ。十和田湖のヒメマスか、カスピ海のキャヴィアか。それまたどうでもええ。とにかく使え。使うのだ。使えば使うほどいいのだ。ただし現場でだ。一粒のブドウでもいけない。お土産を持って帰ってはならない。それは汚職だ。こういいはなつ局長には不動のもの、不抜のもの、さながら岩壁のようにそそりたつものが感じられた。〝正義〟を信じている人にだけあらわれる稀薄が局長の顔にあらわれているではないか。

「いいね。京都の『大市』でスッポン。鹿児島で酒ずし。デザートに岡山の『初平』か。

あそこにはママカリというものもある。イワシに似た内海の小魚だが、あんまりうまいので御飯が足りなくなってとなりへ借りに走るというんだよ。今度はちょっと使えるようだね。安心したよ。虚無も消えたそうだし、仮死も治ったそうで、ドンドンがんばってやってほしいね」

「ありがとうございます」

「中座してわるいんだが、私はこれから」

「会議でございますね」

「水を飲みにいくんだよ」

「ミネラル・ウォーターか何かでしょうか?」

「ただの水道の水さ」

「………」

はげますように軽く優しく彼の肩をたたいて局長は部屋をでていった。彼はそれを見送りながらポケットからよれよれのタバコをとりだして火をつけた。煙をたっぷり吸いこむと、しばらく忘れていたようだが、口をとがらして頰を指で軽くトントンとついた。つぎつぎと口から小さな煙の輪がとびだしてきて、くるくると回転しながら、さきへ走った大きな輪のなかをくぐりぬけていった。

『大市』でスッポンを食べるのはいいが、あれは肉や甲羅も食べることは食べるけれど、スープが生命である。冬のものである。よく脂ののった冬のスッポンのスープは金色に輝き、まばゆいばかりになっていて、その豊かさ、まろやかさ、滋味、潤味、まさに逸品である。いまは初夏だから、シュンではないけれど、けれど、スッポンはやっぱりスッポンだといえるだけのことはあるにちがいない。『大市』だってスッポンだけをだすわけではなくて何か前菜、おつまみ、口よごしのようなものをだしてくれるだろう。しかし、局長のよろこぶセトウチ方式、またはオカベ方式でいくなら、どこかでべつにやったほうがいい。スッポンのスープは強いものなのだから口よごしは淡白なものがいいだろうか。それとも強い同士で張りあわせるのも一興だから、何か強いものをやってみるか。

さっそく京都へきて『都ホテル』に入ったが、迷路のような廊下を歩きつつ彼は前菜の品選びにあれこれと迷った。京都の味は言葉も料理も〝はんなり〟に代表されるとはよくいわれるところで、たとえば初夏のいまならハモ料理がよだれものであろう。ハモは大阪でもやっぱりよだれものであるが、湯引き、照り焼き、皮とキュウリのザクザク、どれを食べても、京都と大阪とでは仕上げかたが異なるようである。ハモの肉は小骨が多いから包丁で千にきざみこんでいかなければならないが、それを湯引きにしたり、照り焼きにしたり、どう料《りょう》っても、京都では柔らかくおとなしくおだやかにと仕上げていくのに大阪ではブリブリと包丁の筋目がたって舌にあたるように仕上げていく。どちらがいいかはお好みである。

京都学派は大阪のを何というかわからない。大阪学派は大阪学派で京都のを何というかわからない。けれど両派とも東京のやつらは夏のハモの味も知らんといて何いうてけつかるというようなハナシをさせればたちまちに皿ごしに手をのばして固く握手しあうことであろうと思われる。それを聞いて東京学派はカッとなることであろう。けれど、そのあとで、おとなげないことだと反省し、チラと頭のスミで、なるほど昔、『鱧の皮』という名作があったことはあったけれど、それが出版されたのは東京だったじゃないか、などと考えるかもしれない。

それからいそいで、もっとも強く濃く、待て、待て、ここは一番おおらかにうってでて、京都のやつと大阪のやつ、両者をおだてほめあげておごらせてやろうじゃないか、両方を一方ずつほめあげてその結果として両方におごらせるように仕向けてやろうじゃないか、政治でも《分割シ、ソシテ、治メヨ》というじゃないかと、考えるのじゃないか。どこの店がいいかナ。さしあたり京都なら木屋町の『南一』と聞くが。本年とって七十八歳のこの店の主人が死んだら京都のハモもそれきりだなと伏見の増田徳兵衛が力んでいるそうであるが……。

淡くて爽やかな純白の魚肉に梅肉をちょっとつけ、クリスタルの切り子のガラスの鉢に氷が鳴って、どこかでネズミ花火のはじける音がひびき、夏祭りを見にウチワ片手にかけだす浴衣姿の子供たちの潑溂とした歓声、乾いた下駄の音が路地いっぱいにこだましてなどと考えてホテルの廊下を歩いていたのに、ロビーをぬけて回転ドアから外へでたら、とつぜん気が変わってしまったのはどういうわけか。待ちかまえていたタクシーにのりこむと、一瞬でむやみに肉の刺し身が食べたくなった。

そこへいったら食べられるかどうか、何もわからないが、しゃぶしゃぶ屋へいってみようと、運ちゃんに『十二段屋』という。

「どこですねン？」

「花見小路やったわ。たしか」

「上ルんでっか、下ルんでっか」

「そのあたりへいってみたらわかるやろ」

「何の店です？」

「肉やネ」

「ギュウでっか、バでっか？」

「ギュウやね」

「スキでっか？」

「しゃぶしゃぶ屋やネ」

「ニクイもんを食べはるネ」

「にくさげな口のききかたやネ」

「皮肉やないんですけどネ」

「肉離れして聞こえるでエ」

「ニクイ、ニクイ」

「しゃれはええけどぶつからんといてや」

「皮を切らして肉を切りまっか」

「何のこっちゃね、それは」

「あ、パンクや」

「肉離れしたかいな」

「ほんまにパンクや」

「皮を切ったか」

「いや。しゃれやない。ほんまにパンクや。パンク。パンク。お客さん。パンクですわ。こら、あかんね。どうしゃはるウ?……」

タクシー、ダンプ、トラック、バス、ライトバンなどギシギシぎゅうぎゅうとつまって身うごきもならない交叉点のまんなかでその中年男の運ちゃんは車をとめると、ドアをあけておりていき、しばらくしてもどってくると、汗まじりの困惑顔で詫び、何度となく、申し訳ありません、申し訳ありませんとあやまる。いまのいままでの駄洒落、語呂あわせの軽快さはすっかり消えてしまった。

「どうしゃはるウ?」

「ニクんでもはじまらんネ」

「ほんまのパンクですねンけど」

「おりましょう」

*

谷崎潤一郎に『陰翳礼讃』という高名なエッセイがある。日本美の最たるものの一つは陰翳にあるのだとして家、什器、料理、その他さまざまなもののはしばしにひそむ陰翳の質や価値を問うたエッセイである。蛍光灯にデコラにプラスタイルという現在のわが国の家は全国どこへいっても、ただもうピカピカと明るく、ツルツルと薄っぺらで、〝便利〟だけをめざしたものであるが、これをがまんならない安っぽさと感ずる諸兄姉はせめてこのエッセイでも読んで不満を晴らされるがよろしい。

影がなければ光りは知ることのできないものであるし、光りはかならず影を分泌せずにはいられず、両者の声なきたわむれあい、もつれあいこそ興味の深い、含みに富んだものであるはずであるが、蛍光灯のしたではすべてが蒼白くて病んで衰えて見え、どこにも暗所、秘所がなくて、まるで無影灯のしたで食事をするようである。そこへもってきてデコラにプラスタイルだ。しみ、垢、傷などがどこにもつかず、サッと拭えばそれまでである。木目を眺める愉しみは視線がじんわりとやわらかく吸いとられて芯の部分までインキが紙にしみこむように浸透していき、はじかれることも、こばまれることもないひそやかさにあるが、デコラだと見ただけで終わってしまって、眼をそむけたくなる。そこへ皿をのせる。ためしにトンカツをのせてみる。キャベツのきざんだのをのせてみる。トンカツはプラスチックの標本のように見えるし、キャベツは紙細工のように見える。そこへソースでもかけてごらん。蛍光灯を浴びたソースはカエルの血のように見えはしまいか。とても食慾など起こりようもないのではあるまいか。

京都・北野・六番町の『大市』は表通りからちょっと折れて入ったところにある。京都のちょっと大きい民家や、ちょっと大きくて古い料亭などを見慣れた眼の持ち主ならうっかり見すごしてしまいそうな、とりたててどうッてことの何もない、ひっそりとした門口がある。それをくぐって家のなかに入っていくと、すでに陰翳である。いたるところにさりげないが深い陰翳が配ってある。柱のかげ。欄間のすみ。部屋のはずれ。灯のついた仏壇の細部。あちらにもこちらにもしっとりとした陰翳があり、そのたたずまいは〝影がよどんでいる〟というよりは、もうちょっと古びさせて、〝影がおどんでいる〟といいたくなるようである。これらの影の群れはおそらく家霊としてこの家に永らく棲みついてきたのであって、一匹のイワナが一つの岩かげをかたくなに定住地として守るようにそれぞれの凹みに棲みついている。だから、どれでもいい、それらの群れのうちの一つをとりだして、どこかへ移そうとするか、なくしてしまおうとするかしたら、家全体をどうかしなければならなくなってしまうであろう。一つの影のために家全体があり、家全体がその一つの影を分泌している。影が家を支配し、家が影に声なく何事かをたずねている。

夏のことなので爽やかな浴衣に紺の厚司《アツシ》を前垂れに腰からかけた、無口な娘さんがでてきて、奥の小座敷に案内してくれる。小ギツネが化けてでたような鋭い顔だちをしていて、何をうらんでいるのか、ひどい無口である。テキパキとした口調で用件をたずねるが、ただそれだけのことで、説明を求めても、ひどくそっけなく答える。こちらの言葉のはしに何か興味をひくものがあるとそれには鋭く反応して微笑してくれるが、それもひきつれたような微笑であって、オヤ、笑うのかと思って眼を凝らしたときにはもう消えてしまっている。つきだしをはこんできたり、雑巾でテーブルを拭いたり、皿を配ったり、スッポンのスープで煮えくりかえる土鍋を捧げていそぎ足で廊下をわたってゆったりする動作を見ていると有能で勤勉そうなのだが、声をかけるとまるで何か執念でもあるかのようにツンケンしていて、とりつくしまもないのである。かわいいけれど鋭すぎるところのあるこの女中さんは、〝オツンちゃん〟と呼ぶのだと、ちょっとあとになって教えられる。なるほどとうなずけた。

つきだしにフナずしが二切れ、皿にのってでる。大津のフナずしであろう。産卵期のゲンゴロウブナがむっちりとふとった腹をかかえて岸に寄ってくるのを網でとらえ、卵ごと漬けて、醱酵させたものである。肉にはさほどの魅力がないけれど、まったりと醱酵のいきわたった卵には悩殺的な魔味がある。辛口のさらりと舌を洗う日本酒のサカナにしたらとめどなくなっちまうようなしろものである。しょっつる、くさや、塩辛、すべて蛋白質の分解をめざした逸品たちとおなじ、あの匂いがぷんと鼻にくる。ナポレオンがうたた寝をしているときにジョゼフィーヌがやってきて鼻さきでチーズのひときれを——おそらくロックフォールかゴルゴンゾラと思いたいが——ちらちらとうごかしたら、ナポレオンが眼を閉じたまま手をふり、寝言のように、

「ジョゼフィーヌ、今宵はもうたくさんじゃ」

といったという小話が有名であるけれど、おなじ匂いである。大津のフナずしも、しょっつるも、くさやも、ロックフォールも、いちばんひどいリンバーガー・チーズも、ことごとく、これ、蛋白質の分解する匂いであって、広く精密な旅人ならば、ヒトの体が腐るときもある段階では似たような匂いがするとつぶやくことであろう。艶っぽい疲労のためについ手入れを怠った女陰のあのそそりたてるような、野卑なところのある、それゆえ根源的なもののあるあの匂い、と思いこんでいる人は、そう聞いて、愛の匂い

が死の匂いと共通している事実を思い知らされることであろう。そう聞けば何かの啓示、何人か知れるもののそっとさしだす暗示を感じはしまいか。諸兄姉。愛が果てたたあとにたちのぼる匂いは、くずれかかってとけかけた死体の匂いと、ほぼ同じなのである。そのことについての洞察と覚悟は、おありかな。

何百度という数字なのだろうか。それとも、千何百度、または何千度という数字なのだろうか。百戦錬磨の焦げ跡やひび目の見える楽焼の土鍋にグラグラとスッポンのスープがそれこそ音たてて煮えくりかえってオツンちゃんの白い手ではこばれてくる。あちらこちらに濁りのついた白い泡が浮かんでいるが、深い金色のスープである。それがわきたち、煮えかえり、小泡をたててつぶやき、なかに浮かんだスッポンの手、首、肉、甲羅のべろべろなどをあちらへやったりこちらへやったりしている。この金色のスープは見るからに強壮、豊潤、まろやかであるが、酒の香りがたち、ショウガのピリッとした匂いがたつ。酒を入れるのはまろみをひきたてるため、ショウガを入れるのはスッポンの生臭さを消すためかと思われるが、それらが澄んでいるのに混沌となって鼻さきにあたたかくやわらかい霧としてせりあがってくると、全身がいきいきとなってくる。サア、やったるゾとスタートラインにつくような闘志がむらむらとわきたってくる。

金色のスープの熱くて濃い潤味がチリレンゲのひとしゃくいごとにのど、食道、胃、落ちていく道筋それぞれからひろがって全身にしみていく。スッポンは冬がいちばんおいしくて、クマのように秋のうちにさんざんたらふく食べ貯めたところで、あたたかい泥のなかにもぐりこみ、輝かしい夏と金色の秋のしたたかな思い出をウトウト消化している、そこを馬鍬《まぐわ》でグサリ、グサリ、泥のなかから一枚一枚掘り起こしてくる。それを料《りょう》るのがいちばんだとされていて、たしかに脂肪からくる潤味の点で見ればまさにそのとおりであると思えるのだが、骨まで凍えそうな冷房機の箱にガンガン吹かれつつ、いっこうそれがひびかずに、熱い深皿をフウフウ吹いてすすっていると、夏もまたええのではないかと、人間は勝手な冷酷にわれを忘れたがるのである。すだれごしに見る小さな庭の羊歯《しだ》、万年青《おもと》、それらの葉の一枚一枚のかげ、小さな部屋の床の間の、何やら得体の知れない香壺、廊下ごしに向かいの部屋で聞こえる京都訛りのさんざめきや、お世辞や、見えすいたお愛想の言葉のやりとりの、ふとした息を吸われる瞬間にこめられているやわらかい闇。いたるところからたちのぼって包囲してやんわりと、けれどしたたかな鍛錬のある底深さも匂わせて迫ってくる。それら〝陰翳〟の群れの気配を感じながら、スープをすすり、甲羅の〝縁〟を噛む。ベロベロしているのにムッチリしたところもあって、魔味ではないが妙味である。

オツンちゃんにつれられて調理場にいってみる。白木の木目もあざやかな調理台があり、そのすみにちょうど長州風呂のような白木の清潔な槽がある。そこに中型よりやや小さめのスッポンが何匹も威勢よく首を長くのばして泳ぎまわっている。鋭く研ぎあげた出刃包丁を持ったおじさんはヒョイとその一匹をつまみとると、白木の調理台のところへ持ってくる。そして首すじにあたる甲羅へいきなりグサグサと包丁を入れる。つぎに甲羅のふちの柔らかいところをザクザクと切りとる。ある年齢のスッポンの甲羅のふちは柔らかくてベロベロしてムッチリと歯ごたえがあってうまいのである。それからひっくりかえして腹の甲の柔らかいところをブスブスと切る。切れもしなければ食えもしない角質部は背も腹もその一部にすぎないので、あとは全部切って、裂いて、コマぎれにしてしまい、一人前を一つの皿に盛り、つぎつぎと処理していく。

「……スッポンは噛みついたら雷さんが鳴るまで放してくれへんというこっちゃ。そやさかいに、スッポン料理するときは、ポンとマナ板のうえにひっくりかえしておく。スッポンがそろそろと首をのばして、そっくりかえり、くちばしのはしをテコにしてひっくりかえろうとする。その首の、のびきったところを狙《ねろ》て、ヤッと、包丁で一気に切りおとす。これがコツや。朝鮮ではスッポンを縄に食いつかせ、それに夢中になって首をのばしきる。そのすきを狙て、ヤッと、一発で切りおとすそうや」

昔、彼が内界も外界もけじめのつかない少年時代に、冬の寒い夜に祖父が道頓堀のスッポン屋へつれていってくれて、土鍋がくるまでのあいだ、そんな話を手真似まじりで教えてくれたように思う。その頃、祖父の口ぶりでは、スッポンは恰好が丸いから〝マル〟と呼び、一匹、二匹とはかぞえないで、一枚、二枚とかぞえるのだとも教えられた。

そしてスッポンは商店の小僧さんや日雇い労働者などの食べる、ごくざっかけなものなのだということであった。

主人がつぎからつぎへとあざやかに甲羅に包丁を入れ、解体し、甲羅から膜を剝がし、血をグラスにうけてブドウ酒をつぐ。それをオツンちゃんにわたしつつ、おっとりとした口調でいう。

「スッポンはこうして料るんですが、何しろこいつは気が強いので、ちょっと油断したら、たちまち指に食いつきよるです。そうするとスッポンごと指を水に入れて、放してくれるまで待つんです」

「雷が鳴るまでは放してくれないと子供のときに聞かされたことがありますけれど、どうなんでしょう」

「そんなに待ってたらキリがありません。水のなかに入れてしばらくジッとしてたら、すぐ放してくれますワ。こいつは浜名湖あたりで養魚池で養殖するんですが、家ではべつに池を持っていて、京都へ持ってくるまでにちょっとのあいだ、べつの餌を食わしてやるんです」

「何を食わすの？」

「マ、白身の魚ですね」

「白身の魚はたくさんあるよ」

「マ、キスとか、カレイとか」

「………」

岡山の『初平』の果物がカラスミや塩辛を食べさせられているのだと局長に教えられてうろたえたのはついこないだのことだが、スッポンはキスやカレイを食べていると、ここではいう。白身の魚を餌にするというのはおそらくスッポンの肉にヘンな匂いがつかないようにという配慮からではあるまいかと思われるが、それにしても。キスやカレイが食べられるなら、何もスッポンでなくたって。おれだって……。

甲羅の首の根っこをかたくおさえているとスッポンは首も手もおとなしくちぢめているが、ちょっと指をゆるめると、たちまち手をだし、首をだしてくる。長い首を反らせ、いきいきと指をさがし、小さな目を光らせ、カッ、カッと口を全開して噛みつきにかかる。カメは臆病でのろまの代名詞になっているけれど、この種族だけはちがうらしい。

「スッポンは東南アジアにタイマイくらいもある大きなのがいますけれど、あれは身も甲羅も固いので、いけません。これくらいのが柔らかくてちょうどいいんですよ。これは浜名湖界隈で養殖したものですが、大分県の安心院《あじむ》の川のがいいと昔から評判です。ここのは、川を金網でふさいでおきましてね、そこへスッポンを放すんです。スッポンそのものは人間の手にかかったものですが、育つのは野育ちで、自然の餌を食って大きくなるんです。けれど、養殖ものは自然も人工も、カメでもウナギでも、餌ひとつで味がどうにでもなるということがありますからね。自然より養殖のがマズイということはいちがいにいえないんですよ。いい餌さえやれば養殖のほうがはるかにうまくなる。そういうことがあるんです。ウナギの天然でも川の上流の水の澄んだところは餌が少ないから味が落ちます。けれど下流では小アユや何やかやがあるから脂がのってきていいのです。そこを人間が手だすけしてやるかやらないかの話です。けれど、人間が手助けしてやっても、マ、ホッケじゃどうですか」

あらわに非難はしないが、そこはあくまでも京都調で〝はんなり〟であるが、主人の口ぶりは自信満々である。家《うち》のスッポンはホッケなど食べないで純白なキスやカレイを食べているのだ、だから……口にはださないが、ありありと、そういいたいようであった。ほんとにキスやカレイを食べさせているかどうかは誰にも判断できないことであるが、主人のおっとりとした口ぶりにこめられている自信は満々としていて、柔らかく、広く、深かった。さまざまな陰翳の深くしとやかで優しい気配にとりかこまれて主人は灯のしたでにこにこと微笑した。

グラグラ煮立つ土鍋を捧げてオツンちゃんが口をとがらし、だまりこくってあたふたと暗い廊下をわたっていくのとすれちがう。部屋にもどって、ゆったりとあぐらをかき、床柱にもたれる。京名物の酸茎《すぐき》と柴漬けをさかなにしてちびちびと残った酒をすする。漬け物ぐらい日本酒とぴったりあうものはないが、このような陰翳の多い家ではことさらに舌がじわじわとほどけ、なじむようである。スッポンのスープが金色の泡をたてて手、足、腹、胸、頬、全身にしみわたり、膚のうえにすでに輝きとして浸出してきたようで、ゆたかにあてどなく漂うようである。

*

スッポンは一匹からたいへんスープがとれる。三十人分のスープがとれる、という説があるくらいである。濃くて強くて深いスープなのである。だからそのままするったのでは舌にきつすぎるし、鼻へくる匂いも強すぎるので、薄めなければならないが、そのあたりにこの料理の秘訣がひそんでいそうな気がする。そこで薄めたあと、酒を入れ、ショウガを入れして化粧していくのだが、それを思いついたのは北大路魯山人だという説がある。

スッポンの肉は柔らかくて淡白であり、トリと魚の中間のトリに近いあたりにありそうだが、そのあたりにはカエルもいる。けれどスッポンはカエルよりはもう少しトリに近いあたりにいるような気がする。カメもカエルも水と陸をいったりきたりしているが、スッポンがカエルよりも水っぽくないのは、やはり甲羅や皮が厚くて水に浸透されることが少ないからだろうかと、素人は気ままな想像をもてあそびたくなる。その甲羅のふちが柔らかくてベロベロしていて、これをグラグラ煮えたつスープのなかからつまみあげてモチモチと歯あたりをたのしみつつ食べるのは妙味である。この甲羅のふちのことを『大市』で聞いたところでは〝縁〟と呼ぶそうであるが、ヒラメも〝縁側〟がおいしいのだから、美質が中心よりも周辺にあらわれる生物が少なくないのはおもしろいことである。人間についても似たことがいえそうで、ある種の人びとについてはその人格を〝核心〟とか、〝原点〟とか〝根源〟とかでまさぐろうとすると美質よりは貧寒しか得られないことがある。そういう人びとは多いのである。それはその人びとがわるいのではなくて、どこに眼をつけるか、その眼の持ち主の責任である。

『大市』は料亭というよりも古くから京都にあるしもた家のちょっと大きい、ちょっと凝った作りといった程度の家だから、気さくで親密な人声があちらこちらの小部屋から聞こえてくる。欄間、床の間、部屋のすみ、部屋のすぐ外にある小さな小さな庭のあちらこちら、そうしたところにおどんでいる陰翳の独立ぶりや群がりぶりを眺めていると、にぎやかな談笑の声や煮えくりかえる楽《らく》の土鍋の歓声にもかかわらず、しっとりとしたわびしさが沁みてくる。沸騰する泡にもてあそばれて浮沈している〝縁〟を食べ、頭を食べ、肉を食べ、手を食べ、小さな小さな爪をくちびるへおしだしてきてガラ入れの皿にそっと落とす。金色に輝く、濃くてまろみのある、潤味にみちた、強壮なスープは、二日でも三日でものどにのこって、どんな固体、液体、粘体が通過していっても、何がしか、金色の膜を張って輝いていそうである。京都からタクシーで伊丹空港へいき、そこから鹿児島行きの飛行機にのりこみ、果てしなくひろがる雲海を眺めながら彼はハイジャックと墜落よりは陰翳と金色の泡のことを思っていた。

鹿児島空港は完成してからまだ日が浅いので、壁、廊下、売店、天井、どこもかしこもういういしく清潔である。病院のように清潔で白い。そこでロビーをぬけて外へでてみると南国の青い空のしたにフェニックスの木がずらりと並んでいるのが見えるので、ニースの空港か、それとも海岸沿いのどこかアフリカの国の空港に来たようである。

タクシーにのる。

「『おりはし旅館』って知ってる？」

「ええ、知ってます」

「妙見温泉とかいったと思う」

「妙見温泉です。天降川《あもりがわ》の妙見温泉です」

「いってください」

「お客さん。二ついきかたがあります。隼人温泉をぬけていく道と、ずっと手前で左へ折れていく道です。さきのだとちょっと時間を食いますが広くてゆったりとしていて安全です。あとのだと狭くて細くてカーブが多く、前方がよく見えないので、すれちがいに衝突することが多いんです。どちらをおとりになりますか。ちょっとした時間のちがいだけなんですが」

「べつにいそぐわけじゃないからね。広くてゆったりとしていて前方がよく見えて対向車にコスられないのがいいね。私は酒ずしを食べにきたんだよ。まだオダブツしたくないね」

「よろしゅうございます」

若いのに老成した口ぶりの運転手は微笑してハンドルをとりなおすと、いかにも命を預けていただきましたといわんばかりの横顔を見せ、ゆるゆると走りにかかる。

藤瀬局長がスープを『大市』でとったあと鹿児島へとんでメイン・コースとして〝酒ずし〟をやれといいだしたのはなぜなのか、よくわからない。飛行機を使えば経費がかかるので、どうして予算を浪費するかということばかりを日頃考えているものだからチカッと〝鹿児島〟といい、つづいてそれが連想をさそってチカッと〝酒ずし〟といった。それだけのことなのかもしれない。いずれにしてもそういう命令なのであるから、交通公社の食べ歩きガイド・ブックや二、三の食道楽書などを調べたあと、一、二軒の東京にある郷土料理店へいって、本場の、本物の、古式伝法の〝酒ずし〟はどこへいったら食べられるかとたずねて歩いたのである。

ふつう鹿児島の名物料理とされているのはキビナゴ、さつま汁、豚骨、春寒などである。酒は焼酎をお湯で割ったのをチビチビとやるのがここの左派の気風であるが、豪快奔放を旗印にしたお国柄のはずなのに鬼殺し、熊倒しを湯で割ってすするあたり、優にやさしいところもうかがえる。キビナゴは小魚であるが、錦江湾でとれた生きのいいのを剝いでひらいて青と銀と黒がキラキラ輝くポケットナイフの刃のようなのを辛子酢味噌でいただく。さつま汁はよくごぞんじのものだが、シャモを使ったのがいちばんうまいとされてはいるものの、この軽薄な時代にいまどき地場のシャモが手に入るかどうか。豚骨は骨つきの豚肉（あばら肉・あばら骨）を〝角煮〟中華菜の〝東坡肉〟風にトロトロと二時間も三時間も煮こんだもので、骨ごと食べられるということと、地場の黒豚が何といってもいちばんなのだということがおいどんたちの力む点である。〝春寒〟はきれいな文字だが、内容は剛健なもので、イノシシの肉を春さきのフキやタケノコや大根などといっしょに塩味で煮こんだ、淡白なすまし汁、すまし汁風寄せ鍋ともいえるものである。

それから鹿児島で不当に知られていないのはソバがなかなかの名品だということと、〝さつま揚げ〟がひどく誤解されていることであろうか。これは東京あたりだと屋台のオデン鍋のすみっこで得体も知れず煮くたびれてノビきっているが、本場物は白身の魚肉をすりこんだうえに極上品はエソという顔は醜いけれどすり身にして練製品に使うとみごとに生きかえるという奇妙な魚のすり身をまぜて揚げるのである。香り、気品、歯あたり、こなれ、肌理《きめ》のこまやかさ、青畳の目がキリキリと立っていそうなお座敷のテーブルにうやうやしくだされてこそふさわしいような名品である。おいどんたちは女色、男色ともに貪婪で、かつ好みがきびしいが、舌もまたなかなかうるさいのである。下部構造は上部構造によって導かれ、上部構造はまた下部構造によって支えられ、影をうけるといわれるとおりである。

さて。

さいごに〝酒ずし〟である。日本はすしの百家争鳴、百花斉放した国であるが、いったい全国で何種類あることだろうか。江戸前にぎりずしは歴史が浅いくせに評判ばかり高くなりすぎてしまったきらいがあるが、大阪の箱ずし、バッテラ、穴子のちらしずし、蒸しずし、京都のサバずし、ハモずし、和歌山のめばりずし、小ダイずし、富山のマスずし、全国の清流のあるところならアユずし、ヤマメずし、近頃とくに進出してきた山菜ずし、いささか異様で豊満な大津のつけずし、清淡すぎるきらいのある山陰のカニずし、ソバ処の老舗でだすちょっとしたたわむれとしてのソバずし、あれ、これ、なお、あれ、なお、これ……。

鹿児島の〝酒ずし〟は関西方面でいう五目ずしを地酒でお茶漬けにしたようなものだといえば西日本の人にはいくらか想像をつけていただけるだろうか。もともとは五目ずしとおなじように家庭で発明、工夫されてマイホーム宴会に活躍したものである。年中いつでもできるが、やはり春さきがいちばんということになるだろうか。簡樸、剛健だが華麗でもある琉球塗りの桶に御飯を入れ、さまざまな具を散らし、三段にして重石でおし、すでに酒をじゃぶじゃぶとかけて浸してあるやつを〝醱酵〟とまではいかないが具と御飯と酒が三者たがいに歩みよってやわらかくなったところをとりだしてきて供すのである。その家の奥さんがすし桶のまま座敷へもちだしてきてグイグイと三者をかきまぜ、大きなシャモジで客めいめいの茶碗なり、皿なりに配るのである。白身の魚の淡く酢でしめたのを御飯のなかにほどよく配るのが特色で、もしそれがタイならば、のこった頭と骨ですまし汁、つまり、うしおを作って添えてだすのが正統だとされている。

しかし、五目の具は、その季節その季節の最良のもの、ありふれたもの、ちょっとした思いつき、何を散らしてもいいのであって、その思いつきぶりに当家の奥さんの機智や洞察がどれだけ季節とより添ってとけあっているかをオトコどもはあたたかなお世辞のかげで冷めたくひそかに観察し、評価して、めいめい胸のうちで点をつけるのを愉しみにした。さつま汁も春寒も、それからある種の〝つけ揚げ〟、つまりさつま揚げも、みなゴタマゼの魅力であるが、酒ずしもまたそうである。おいどんたちは何事によらずマゼるのが好きなのであろうか。史上つたえられているところではおいどんたちの先輩には女色と男色を同時に愉しみ、〝前〟も〝後〟もけじめなく愛し、昼の道も夜の道もなく、混沌未分、その探求心はさながら頭と肛門が一心同体となった腔腸動物のそれかと思われるような異才がおびただしいのである。この点を見れば、さきの上部構造⇅下部構造理論が〝酒ずし〟の趣向にまざまざとあらわれても、何の不思議もない。

天降川という川を岸に沿ってくねくねと上っていくと、たいへん細心に気を配って植林してあることのまざまざとわかる深い杉林が両岸にそびえて、さやぎたつ川にいい影を落としている。おそらくこの川の左右の岸とその背後の山には虫、鳥、花、魚、山菜、小獣が多いのではあるまいか。近頃どこへいってもめったに感じたことのない、〝蓄積〟というような、わが国では文化界でも産業界でも稀語から廃語になりかかっている言葉が、ふと、薄暗い頭のそこかしこに明滅しはじめるほどである。

「この川のアユは天然遡上です」

「ほう」

「ハヤもたくさんいます」

「ほう」

「ウナギも大きいんです」

「ほう」

「スズキが海からこのへんまできます」

「ほう」

「大物は少ないですけれども、それでも釣り師が鈎をかけてから二十分も三十分も格闘しなければならないようなのが、ときたまかかるんです」

「いい川なんだね」

「ときどき暴れますけどいい川ですよ」

運転手が用心深く右に左にハンドルを切りながら、自慢でもなく、観先案内でもない口調で、淵や瀬、岩や河原のほどよく配られた川を説明してくれる。おそらく彼としては思いつくままに見聞を淡々と話しているだけなのであろう。アユが天然遡上するということを何の註釈もなく事実のままとして語れるということはほとんど奇蹟に近いことのように感じられる。それだけで彼は、もう何もいらない、あとは何もなくてもいい、それ以上何もいってくれるな、という気持ちになる。どれほど心なごむ巨匠の名随筆よりも、この、何の留意もしていない運転手の一言のほうが、骨に沁みてくるようである。『おりはし旅館』はその天降川をかなり上って両岸の杉林がこんもりと深い影を水に射しているようなあたりにあるが、ただの古風な田舎の旅館である。昔から湧きつづけている温泉があって、それは卵を食べすぎたあとにでる御鳴楽のような匂いがムンと鼻にくることがないから、炭酸分か、鉄分かの湯なのであろう。

こないだ鉄砲水がでたときに湯殿が一掃されたので新しく作りなおしたばかりだという湯殿につれていかれると、サッシのできあいの窓がはめこんであって、むきだしのコンクリの浴槽があり、どろんとにごった湯がたたえられ、ぶざまにつきだした鉄管から湯だけがたわわにとびだしている。湯口に吼えるライオンだの、小便小僧だの、得体の知れないヴィーナスだのがなくて、ただの赤錆びた鉄管からトウトウとありのままに湯がふんだんにそそがれている、それだけである。

湯からでて二階の座敷にあがると、虫がこないし風がいいからということで、三面の障子と戸がことごとくあけっぱなしになったままで、川、杉林、峰、山畑、すべてすわったまま眼に入る。爽快な親密な風景である。七十歳ももうとっくに後半期に入っていると思われる、清潔な老女がでてきて、指をそろえて挨拶する。こんな山家でとおどろきたくなる、いや、東京のオフィス街のどまんなかで聞いてもオヤと耳をたてたくなるほど品のいい山手言葉である。東京の山手言葉は蓄積も鍛錬もない、ただの虚栄でデッチあげられた、バカバカしくも奇怪な人造語だとばかり彼は思いこんでいたのだが、その老女にかかると、いつのまにこんな含みや、ゆとりや、翳りのあるものに熟していたのだろうか。そのことに愕《おど》ろかされるのだった。

老女は遠くからわざわざ酒ずしを食べるためにだけでかけてきた彼をやさしくねぎらい、小アユ、山菜、さつま揚げの自家製、手あたり次第のものをそのままだしますが、かんじんの酒ずしは私自身が昨日から一昨日からああもしよう、こうもしようと考えぬいたのをおだしいたします。近頃の流儀はすっかり変わってしまいましたし、若いひとは興味を失ったしで、これもすたれるいっぽうですから、腕によりをおかけいたしましたと、述べる。口調は自信満々、眼は微笑し、微笑は爽やかでおおらかである。

*

虫が入ってこないからいいんですということだったが、三方の廊下を三方とも、ふすま、障子、雨戸、すだれ、何もかもとりはらってあっけらかんに開放してあるので、峰の風も、谷の風も、自由に気ままに座敷に入ってくる。ぬけていく。そこにすわって浴衣をひっかけ、いま入ってきたばかりのお湯が膚にのこした、あるかないか、はかないばかりの鉄分の匂いを感じつつ、汗の流れるまま、いろいろの山菜や小アユをどうかしたのなどをさかなにビールを飲んでいると、老女が女中さんにすし桶を捧げ持たせて入ってくる。食卓にドンとおかれたすし桶は塗りがすっかり剝げおちて赤も黒もわからないほどになっているが、材が厚く、タガが太く、見るからに頑固一式の剛健な器である。洗いざらし、使いこんで、どこもかしこも人の手ですり減らされた気配である。

器がこれだけ使いこんであるなら中身もさぞや熟練の作、と思いたい。それはのぞきこんでみると、関西でいう五目ずしであるが、御飯のなかには山のタケノコ、山のフキ、シイタケ、カンピョー、さつま揚げ、それぞれこまかくきざんだのがくまなく混ぜてあり、そのうえに、高菜、錦糸卵、紅ショウガなどひとつまみずつあちらこちらへのせてある。それらを大きな、頑強な木のしゃもじでさっさとかきまぜる。すると下からびちょびちょに濡れそぼった御飯があがってきてまざりあう。白い魚のきり身が出没する。

老女が教えてくれる。

「……タイがあればいちばんなんですが、今回はあいにくいいのが見つかりませんでしたので、イサキでいたしました。白身の魚なら何でもいいのでございます。白身の魚をお刺し身のように薄く切りましてね、それをお酢につけます。三十分ぐらいつけておいて、また冷やした御飯をすり鉢に入れて四合ぐらいの地酒をかけます。塩と砂糖を少し入れ、すり鉢でまぜあわせます。そしてさきの魚もまぜあわせるのでございます。そうやって具と御飯をまぜあわせたのをかれこれ四、五時間おきますと、お酒と御飯と具がうまくとけあってくれるのでございます。具と御飯を三段にして重石をかける人もいらっしゃるようですが、そこは好きずきですね、酒ずしはめいめいの流儀で自由にやってよろしいんです」

ちょっと深めの皿に老女がよそってくれる。プンと酒のいい香りがする。イサキをつまみだして口に入れてみると、ほのかに酢がまわっていて、しっとりとしめられている。素朴と華麗がとけあっている。そしてけっして料亭のお座敷料理ではなくて、おいどんたちが家庭で節句、雛祭り、祝いごとに、親類、知人などを呼びあつめ、男風を吹かして食べあうものだということがよくわかる。一杯、二杯をいそいそと食べる。三杯目ぐらいになってゆとりがでてくると、酒で御飯がびしょびしょに濡れるのはいいけれど、醗酵してちょっとおかゆみたいになりかかったような御飯に何やらかやらのきざんだのがまじったところは、見たところ、ネコのげろのようであるナと見えてくる。老女は彼がいそいそと食べるのを見て、眼を細くしてよろこんでいる。満々の自信で誇らしげに眼を細め、わざわざ東京からこんな山奥まで、よくおいでになりました、それも酒ずし食べたさだけで、よくおいでになりましたとよろこんでいる。問わず語りに話してくれたところでは、このひとの父は海軍軍人で口がとてもうるさかったそうである。海軍軍人には洒落者の美食家や趣味人が多かったが、そういう気質の一人であったのだろう。そこでこのひとの母はしじゅう鹿児島料理やフランス料理などの講習会があると研究にでかけたもので、娘時代のこのひとはそのそばで自然とならいおぼえることとなったそうである。

酒ずしは手間とひまとお金がかかるので近頃はすたれるいっぽうで、家庭でもあまりやらなくなり、むしろ鹿児島の高級料亭あたりで呼びもの料理としてだされるようになってきた。けれど、これはやっぱり家にいるおかあさんやおくさんの手の味が御飯にしみこまなければならないものなのである。だから今日は、私、鹿児島の宣伝をするのでございます。どんどん召し上がっていただきとうございます。え。私の年。そうでございますね。もうこの年になれば掛け値なしに申し上げられましょう。本年とって七十七歳でございます。ガッカリなさいましたか？……

「この酒ずし、なかなかのものですが、食べのこしたらどうなるのでしょう。家庭で多人数で食べるものだとしても、たくさんつくればあまるということもあるでしょう？」

「ええ、そうなればそうなったで、翌日、そうでございますね、なるべく朝の早いうち、あまり醱酵しすぎないうちに召し上がればいいんです。一晩おきますとまた変わった風味になりまして、よござんすよ。お酒の好きな人にはそれをさかなにお飲みになる方もあるぐらいで」

「ここへ来しなに運ちゃんがそこの川ではアユが天然遡上するんだとかいってました。さきほどオツマミに食べた小アユがそれかと思いますが、アユが天然遡上する川は近頃めっきり減って、むしろ稀れといいたいくらいなんだそうです。ほんとに稚魚を放流しないで、アユがここでは天然遡上するんですか？」

「ええ。ええ。天然でございますよ。稚魚を放流したなど、聞いたことございません。ここは川魚も鳥も山菜も豊かなところで、ウグイス、コマドリ、コジュケイなど、しょっちゅう鳴きます。ときにはムササビもとびます」

「ムササビ?!」

「ええ。ええ。そこに大きな樟《くすのき》が見えましょう。ムササビはその木が好きでよくくるんです。夜になると懐中電燈でパッと照らして眼がくらんでいるところを空気銃で射ったりする人がありますが、あれはやさしい声で鳴きます。夕方になると、よく木の梢から梢へこう手足をひろげまして、昔の財布みたいな恰好をして飛んでいくのが見られますよ」

「ムササビを空気銃で射つなんて」

「ええ。むごいことに思いますね。ただ、あれはどういうものか、杉の芽が大好物でござんしてね。このあたりの山にせっかく植えた杉の木の芽をかたっぱしからかじって歩くもんでございますから、いたずらがあんまりすぎるとお仕置きされるようです」

「川にはアユ、山には山菜、峰には鳥、家には酒ずしということですか。それに、樟にはムササビと。いいところだな。聞いただけでホッとしてくる」

「まだございますよ。冬になるとこのあたりの山にイノシシがでます。あの肉は春寒にしてもおいしいものですが、お刺身もいいものです。それにキジのお刺し身とか、ヤマバトやコジュケイの照り焼きとか、そりゃ、もう、よろこばれます。十一月が解禁ですからその頃おいでになりますと別天地でございます。今夜はカジカの声などきいてぐっすりおやすみなさいまし」

「カジカもいますか？」

「ええ。ええ」

「あんなかよわいカエルはもうとっくに絶滅したと思ってた。子供のときに山へ遊びにいったときに谷川で聞いたぐらいで、もう二十年も、三十年も、聞いたことがありません。忘れてしまいました。聞いても思いだせないかもしれません。これはたいへんな御馳走です」

「どうぞごゆるり」

老女は品よくわらって、たっていく。

酒ずしでおなかがふくれてきたので、ネコのげろのようなのをあちらこちら、イサキの身をひろい、さつま揚げのかけらをひろいして、じわじわと酒を飲む。ここには京都のような陰翳もなく、東京のようなネオンもない。風のみずみずしい純潔さが十和田湖をひしひしと思いおこさせてくれるが、湖畔と山峡とではおなじ純粋にもたたずまいのちがいがある。わずかな時間のあいだにずいぶん新鮮な単語を耳にした。アユ。スズキ。カジカ。ムササビ。キジ。ヤマバト。コジュケイ。ウグイス。コマドリ。飲むのにも食べるのにもあいて肘枕で、よこになる。そこの深い杉林で発生したばかりの酸素をのせて風が谷をわたり、川をのぼりして吹いてくる。足のうらをそよそよとくすぐり、趾《ゆび》と趾のあいだをいきいきとしたお茶目さんの獣の舌のように舐めてくれる。体内のそこかしこに飽満はあるが、虚無はない。うとうとと音なくまどろめそうだが、仮死ではない。肘枕にした浴衣の袖の皺と皺のあいだからまぶただけうごかして眺めるともなく眺めると、いつのまにか黄昏が霧のようにただよいはじめている。空、峰、稜線をしっとりひたし、杉林と杉林のあいだをひそやかにしのび歩き、一瞬ごとに水のようなものにかわっていく。

（…………！）

（…………鳴きだした）

谷川のさほど遠くない対岸のどこかで、きっと岩と岩とのあいだ、倒木のかげ、岸のわずかな草むらの根のあたりで、ふいに澄んだ、無邪気な、いたずらで鈴をふるような声が起こった。おずおずしているがどこかに奔放をひそめていて、鳴きはじめてしばらくすると、たちまちそれが前面に登場し、臆病と警戒をおしやっていきいき跳躍をはじめた。あちらでもこちらでも呼応、照応がはじまった。たちまち独奏が交響になった。夜は若くて、やせ、鋭く、感じやすい。レモンの匂いのする広大な一瞬がありそう。どこにでもありそうだ。一瞥でチラと見るしかないのも、たちどまってまじまじと眺めても消えようとしないのもありそうである。

酒ずしは一晩おいてもいい。おもしろい風味になる。けれど朝は早いめに食べたほうがいい。ということだったので、翌朝早く起き、雨戸を繰って食卓に向かった。丈夫一式のたのもしい桶に窓から朝の峡谷の渓流のような日光がキラキラと射し、ふきんをとってみると、たちまち豊満にむれた酒の香りが鼻さきへくる。そこまではよかったが、しゃもじでかきまぜてみると、底にはまだ酒がびしゃびしゃとたまり、そこに浸っていた御飯は一夜のうちに醱酵しておかゆのように柔らかくなり、ぐずぐずにとけかかり、米粒の形を失いかかっている。いけないと思ってそいつをザワザワかきまぜると、全体がいよいよネコのげろみたいになった。

チラと見ても、まじまじと見てもそうである。どう見てもネコのげろとしか見えないのである。ちょっと胸にきそうである。けれど、オトコだ。おいどんだ。視覚だけで全感官がマヒするようではイケナイ。と思いきめ、眼をつむるようにして口へ入れる。一口、二口いそいで入れ、すばやく箸で茶碗をかっこみ、まるで肝油の生のやつをのみくだすようにしてのみこむ。つづいて二杯め。腐敗はしていないけれど醱酵はすでにたっぷりまわっている。むれ。熱。菌の口臭。すっぱ味。ビチョビチョ。ぬらぬら。

「お客さん。ほんとにお好きで」

「……」

ふと見ると食卓のよこへ、いつのまにきたのか、老女がしなやかだが凛とした姿ですわり、眼を細めてこちらを見ている。

彼は茶碗をおいた。

「今日はこれから飛行機で岡山へいきます。すみませんがこれの残りをプラスチックか何かの箱につめていただけませんか。もう二度と食べられるかどうかわかりませんからね。おかげで珍しい味を知りました。それも本場物の本場物を、昔流に、手作りで、というやつです。だから、岡山まで持っていきたいのです。残すのはもったいないですよ」

老女はかるく、うやうやしく頭をさげ、

「おほめいただいて、ありがとうございます。知らないかただからどうかと心配だったんでございますが、たいそうお気に召されたようで。私も作り甲斐がございました。近頃じゃ地元でもあまり註文する人がいないもんですからさびしい思いをしていたところだったんですが」

ほんとにこころからよろこんでいる顔であった。老女は食卓からすし桶を、そんな細い腕でと思うのにヨイショと声も洩らさないで持ちあげたが、そのはずみに品のいい鼻が桶からむらむらあがってくる呼気にふれた。

老女は眼をしかめて顔をそむけ、

「これはひどい」

とつぶやいた。

「でも、よござんす」

「………」

「こういうこともあろうかと思って、今朝ほど早く起きて、新しいのをつけておきました。それをお土産にお持ちくださいまし。ただいまつくってまいります」

「………」

そういいつつ老女は七十七歳とも見えない達者さでスタスタと廊下へぬけ、階段をおりていった。その足音をじッと聞きながら、彼は妙なおくびをこらえつつ、安堵をおぼえていた。老女は自信と誇りを深めたことと思われる。腕はたしかだ。味もたしかだ。宣伝も何もしていないのに東京から食べにくる人がいる。そう思うことと思われる。まだ役に立つのだ。まだまだ役に立つのだ。わたしは求められているのだ。この世に必要なのだ。老女はそう信じてくれるのではあるまいか。これはさしでがましいお餞別かもしれないが、そのためにもう四年、六年、老女は顔をあげて生きていけるかもしれない。そのよすがとなるかもしれない。永生きしていいかわるいかは議論のわかれるところだが、カジカの鳴くこの谷なら、ムササビの飛ぶこの樟のかげでなら……

＊

論文も、日常家具も、文学作品も、料理も、あらゆる分野がちょっと見たところの盛大さにもかかわらず枯渇していて、含みや蓄積の、深さとか広さとかいうことになると、元禄時代のそれにくらべて現代はお話にならない浅薄さである。しかし、東京から眼をそむけて、地方をまさぐってみると、有名無名にかかわらず、〝一芸の達人〟、プロ中のプロが、まだいくらかはいるものである。そういう人たちは仕事にぞっこん惚れこんでいて、たいていは寡黙で偏屈であるが、うまく話をひきだすことができて粗茶か粗酒を片手に話をしていると、どうかしたはずみに子供のような眼になるものである。一生をかけてひとつの道にうちこんできたその末に男がたどりつくのはやっぱりこの眼かとさとらされる。

ためしに味覚の分野で地方在住の名匠をさぐるとなると、これまたAはあの人だとい い、Bはこの男だと力み、百家争鳴のさわがしさになることと思われるが、牛肉に松阪の和田金氏があることをまさぐったついでにいくと、果物では岡山の初平氏である。青森のリンゴとか、長崎のビワとか、それぞれに名品があることだから、これもあまり大きな、鋭い声で力みすぎると困るのであるが、初平氏の特長はブドウ、白桃、柿、何でも手がけ、何でも出世させてしまう妙技の持ち主だということにあるだろうか。岡山の白桃はその名声、知らぬものがないが、わけても初平氏のは独立排除的に知れわたっている。

カラスミや塩辛を肥料にして一本一本の木についてその食慾を検討しつつ育てるからだ、ということになっているが、マ、とにかく一コ、食べてごらん。素人が生半可に育てかたの秘訣を聞いたところでどうなる。どえらい苦心をしているらしいゾということ自体が朦朧と知覚されていればそれでいいことなので、名匠の苦心は何も知らずにただその一コにかぶりついて、うまい、うまいとうめいていたらそれでいいのだ。それが素人にできる最大の表現なのだ。わたす側とわたされる側についていえば、わたされた側が、舌にのせられた一片をめぐって無数にわきたつ言葉を煮つめていけば、とどのつまり、『いい』か『わるい』かの二語があるだけである。あとはこの原子単位の言葉をめぐる言葉のまやかしにすぎないのである。批評の出発点で終点でもあるのは直感の第一撃なのであって、それからあとの言葉は御世辞か自己宣伝かである。

そして、しばしばその第一撃は語ることができないものであるか、または、語り誤ってしまうものでもある。だから真の名作は宣伝ぬきでひろがっていくものであり、いわばそれは沈黙の世界の雄弁なのであって、才人気どりの鈍感なおしゃべり屋が入りこむすきはないのである。初平氏の白桃がでたからそれにひっかけていえば、『桃ヤ李ハ何モ言ワナイケレド、ミンナガ食ベタイノデ、枝ノ下ニ自然ト道ガデキテシマウ』のである。

……藤瀬局長に鹿児島へいったあと岡山へいって初平の果物を食べてこいといわれたあと、いろいろと、調べてみると、おおむね、右のようなことになるのであった。食味評論家、果物屋、作家、社長、変人、奇人などのあいだでつたわっている初平氏の評価をそれとなくまさぐってみると、『あれを果物だといえるだろうか』とか、『果物があそこまでいっていいものだろうか』などというような、いわば〝批評〟のうちでも超越的段階に達した言葉がしばしば散見されるのである。初平氏の仕事のもう一つの特長は、通信販売ということなのであって、氏は生産した果物を問屋としても売らず、小売り屋としても売らず、ただ全国の、自分の技を知ってくれる人に、予約販売として売り、鉄道便で箱詰めで送るだけなのである。これはどこかフランスのシャンパンの『モエテ・シャンドン』の売りかたに似ている。この名品中の名品とされているシャンパンは絶対、宣伝ということをしない。ただ王室、貴族、ブルジョア、スター、作家、音楽家などといった欧米の〝ハイ・ソサイエティ〟の連中が口から口へとつたえる、ただそれだけのことで莫大に売れているシャンパンである。

シャンパンは泡まじりの酒で、ほんとうのブドウ酒飲みは軽く手をふって微笑を送る程度の酒にすぎないと見ているが、ただ礼式には欠かせないものとされている。初平氏が宣伝らしい宣伝を何もしないで、実力だけを見てくれといわんばかりに通信販売だけにたよる、というその意図の頑固さのなかには、どこか、この『モエテ・シャンドン』の商法に似たものが感じられる。その顧客名簿には浮沈ただならぬ欧米の豪家の名がずらりと並び、その表を見ていると、あるいはいまもあり、あるいはすでになく、まことに興亡おだやかでないが、茫然の思いで名簿を伏せてみると、革張りの深厚な表紙に、すでに三か国語で深く金文字を彫りこみ、『歴史ハ泡ノ中デ作ラレル』とあるのだ。

岡山の空港は小さくてひなびた、いかにも田舎空港らしい、つつましやかな空港であるが、そこからタクシーをやとって走っていくと、田ンぼのなかを走っていた道がやがてそのうちにモーター・ウェイとか、ハイ・ウェイとかいう舗道になり、その舗道の左右はゴミ捨て場、忘れられたような田ンぼ、削りのこされたような畑、団地、スーパー、などのごたごた群がりひしめくそれであって、岡山郊外というよりは、札幌郊外、福岡郊外、一全国の任意のどの地点をとってもさほど大差のない風景である。そこから岡山市内に入っていっても、これまたどうッてこともない。新幹線が導入されたので駅だけはやたらに新しくて大きくてざわめいているけれども、ただそれだけのことではないか、と思われる。ここは内海航路の発達した地帯の一つなのだが、新幹線のために巨大な人口の流入が見られるようになったといっても、そのにぎわいは舟着き場のそれの大がかりなもの、ということをでないのではないかと思われる。

どこの地方市とも大差のないゴチャゴチャした道を走っていくと、タクシーは、ある通りのある一角にストップし、

「ここですわ」

といった。

つつましやか。華やか。荘厳。どの評語にもあたらない、ただの農産物のタネ屋のようなその店へ入っていくと、薄暗いなかで二、三人の事務女がソロバンをはじいたり、伝票を繰ったりしている。店の土間には何か箱が並べてあって、夏ミカンやグレープ・フルーツなどがころがっている。埃っぽい棚にはいくつかの壺が並んでいて、ぞんざい

に、『アミ塩辛』とか、『アユ、うるか』などと書いた紙が壺に貼ってあり、壺がならんでいるいきおいよりはむしろ壺と壺のあいだによどむ陰翳のほうが気になってくる。そういうなかで、彼が入ってくるのを見て、一人の、背の高い、頑健そうな、坊主頭の、柔和だがどこかしぶとそうな眼つきをした初老の男がたちあがってきた。

「……さんですか？」

「そうです」

「私が松田です」

「いろいろ教えていただこうと思って」

「今年はどうですかなァ」

「わるいんですか？」

「わるいといえばわるいし、ええといえばええし。むつかしいところですなァ。こういうときには中国人は〝マーマーフーフー〟というらしいでっせ。〝マー〟というのは〝馬〟で、〝フー〟は〝虎〟で、〝マーマーフーフー〟といえば馬のようでもあるが虎のようでもある、というようなところをいうらしいですなァ。私なら馬なら馬、虎なら虎とハッキリいえそうですけどね。挨拶としてはそういうふうにいうもんらしいですワ。どっちつかずのことでっしゃろか」

「今年は豊年なんですか、凶年なんですか」

「それがいえないからマーマーフーフーですワ。何せ、風まかせ、雨まかせですよってにネ。ええようでもあり、わるいようでもあり。やっかいなこってすワ」

人物は寡黙で口ごもりがちであるが、おおむね慎重にそんなことをいって、マ、おかけとつぶやき、彼に椅子をすすめた。ガタピシのそれに腰をおろすと、しばらくして性別不詳の事務女がやってきて、粗茶を一つ、おいた。おくときは性別不詳であったが、ありがとうというと、ニッコリ笑い、それはちょっとひきつれたような微笑であったけれど、おかげで、ありありと女であるとわかった。やっぱり女は愛敬である。何であれ、笑ってくれなければいけない。

粗茶をすすりながら初平氏が初心者に説き慣れたらしい口調で解説してくれたところによると、岡山の果物がいいのは——とりわけ初平のが、といいたいところらしいが——土地が肥えているからではない。むしろ土地がやせているからである。このあたりのは花崗岩の崩壊土壌であって、ほんとうのねっとりした土ではないのである。しかし、地力が強すぎ、豊かすぎないので、その不足分だけ人間の入りこむすきがあるというものである。人間がいろいろな肥料をやると、木はそれを吸った分だけ反応してくれる。地力が豊かすぎるなら、木はそれを吸うだけで腹いっぱいだから、人間が手助けしてやる余地などないのである。しかしここでは自然力と人力がうまくバランスがとれるので、人間の加工したことはそのまま果実にあらわれる。植物はあらゆる意味でパイプみたいなもので、何をそこに通すかによってずいぶんと実の味が変わるものなのである。人間が完全にコントロールできるとはいわないが、かなり思うままにできるのである。

だからカラスミを肥料にまぜたり塩辛をまぜたりするのである。こういうことをはじめてもう二十年近くになろうか。カラスミをやるとてきめんに実の味や香りが変わる。これは毎年、証明ずみのことであって、全然、疑えない。

「しかし、カラスミはダイヤモンドみたいに高い。北海道じゃカズノコのことをニシンがとれなくなったもんだから黄いろいダイヤというらしいけれど、カラスミだっておなじでしょ」

「うちのは、だから、台湾からカラスミの屑を買うてきて、その、屑のカラスミを桃にやってるんです。屑いうても、やっぱりカラスミはカラスミです。ええもんができます。ブドウも白桃も、ええ実を作ってくれます。塩辛もきくんです。だいたい日本の果物はこういう辛物が好きなようですなァ。年に一度それをやるとやらんとでは、どえらい違いですワ。日光が南米、カリフォルニア、中近東みたいに豊富でしたら、何もいうことはないんやけど、それがないばかりにえらい苦労しますワイ」

「カラスミを食わすとどうなるんです?」

「そうですナァ。木がまんべんなく肥料を吸収してくれる。それができるようになる。人間が加工した分だけのことがハッキリ実にあらわれてくるちゅうことでっしゃろか。

パイプも煙管もよく手入れして掃除しとかんことには煙が涼しうない。それとおなじことでネ。マ、どんなタバコを吸うか、何をつめるかということが問題ですけれど、何を吸うたかということがハッキリわかってくれんことにはお話になりませんワ」

初平氏は粗茶のあとで彼を郊外につれていき、田ンぼのなか、丘のふもと、山の腹や頂上などにあるブドウの温室や桃園などを見せ、一本ずつ、あの木はどうだ、この木はこうだと、子供のことのように語りつつそういうことを説明してくれた。初平氏自身は自家農園を持っているわけではなく、二十人か三十人の農民に委託栽培をしてもらっているらしかった。ただし、カラスミ入りの肥料とか、塩辛入りの肥料などというダイヤモンド肥料は自分で調合して、季節になるとそれぞれの農家に配って歩き、それを施肥するようにたのんでまわるらしかった。

初平氏にはどの木がダイヤモンドで、どの木がそうでないか、何百本あっても、一本ずつけじめがつくらしい。

「これは特製ですわ」

「………」

「これは並製ですわ」

「………」

「食べてごらん」

「…………」

ふいともぎとって手渡される白桃の一コ一コには深重な量と質があって、ズッシリと掌にこたえてくる。これは中国の天津の桃と中近東の桃をかけあわせてできた交配種だといわれるが、ムッチリと張りきっているのによく成熟した気配があり、おそらく処女ではないが、いろいろなことをかなり味わい、わきまえた年頃の、しかし、あくまでもつつましやかさとしとやかさを忘れないでいる女の気配である。にがさも怨みも悦楽も知ったが何食わぬそぶりで、しかし、たわわの下腹と太腿の艶やかさはどうかくしようもなくているという気配である。その薄皮を爪で剝くか剝かぬかにいさぎよく、たくましく登場する、白い、しとどに濡れた臀にガップリと歯をたてると、おつゆがくちびるにあふれる。くちびるからこぼれる。顎からしたたる。

「……うまい！」

「…………」

「絶品だ！」

「…………」

「お菓子だ」

「…………」

たらたらの滴にこもる味と香りにたまりかねて声を出すと、ふと、松阪牛のときにもおなじ言葉であったと、思いがかすめる。これは人工の極だ。自然と人とのたわむれあいの妙だ。これは果物だろうか。人工物だろうか。稀れな援《たす》けがあってようやくかなえられた人工物であろうか。

初平氏はだまって微笑しつつなだらかな山腹を歩いていく。ときどきふりかえって、白い臀を夢中でむさぼっている彼の横顔を、熟練しきったまなざしで眺めやり、それからふいにうなだれる。

「……私のところも、岡山の果物全体も、いつまでつづくことか。疑問です。果物作りは雨や台風があるからバクチとおなじですが、若いもんはもう根気も勇気もありません。私のとこも息子は後継ぎをしようといいませんし、ここらの農家もみなおなじです。若い人はオンナも買わないし、ケンカもしないし、バクチもしません。マイ・ホームのマイ・カーです。誰がこんな面倒な八百屋仕事に、この時代、精をだしますか」

それだけに凝って送ってきた一生を総括するような口調で初平氏はつぶやき、自身の成就への賛歌と、亡びることへの挽歌のふたつをこめて、何かを吐くようであった。頬は微笑しているが、眼は暗くて鋭く、くちびるはにがかった。それがあまりであったので、彼は桃をむさぼりつづけることも、捨てることも、新しくもぎとることもできなかった。季節はさなかなのに終わりかかっている。

＊

桃の林やぶどうの温室のある小高い丘は、ねっとりとした土でもなければサラサラの砂でもなく、花崗岩がこまかく砕けた〝崩壊土壌〟というものである。この土が初平氏のいうところでは人間のほどこす肥料の味が地力そのものとちょうどいいバランスにあるのだということだが、そこにたっぷりと射す山陽地方独特のまったりとした日光は、素人の眼には豊満と見えても初平氏にはやせてとぼしいのである。そこで日光不足を補うために温室を作ったり、カラスミをやったり、塩辛をほどこしたりする。ああでもない。こうでもないと考えて、昔は馬の爪を削ったのや床屋の頭髪とか、三十種も四十種もブレンドしたのを木に食わせて競いあったのだそうである。

そういう話を聞きつつ、玉《ぎょく》の彫り物のようにズッシリと持ち重りのする、歯をあてるたびに爽やかな香りがしぶきをたてて顥や胸へほとばしる果汁を指さきから一滴、一滴舐めとっていると、いつか、どこかで聞いたコイの話が思いだされる。コイといってもニシキゴイである。新潟県の小千谷《おぢや》が名産地であるが、ここでも初平氏が交配や肥料に凝るように夢中で色の研究に凝っている。

「……ニシキゴイにもいろいろな色がありますが、とりわけしんどいのはいい赤をどうしてだすかということで、何でも、アミエビを餌にやるといいというのです。ふつうの配合飼料だけだと赤がどんどん褪せていくから、ときどき泥田ンぼに放してやってアミを食べさせるといい、という。そういう話を聞いたことがありますが、木はどうですか。桃にアミを食べさせたらお尻がいいピンク色になりませんかナ」

冗談口調で思いつきでいってみると、初平氏は敏感な反応を示した。得意でもあり、慣れきってものうげでもあるまなざしで巨匠は、

「おなじです。木でもおなじです。アミをやると赤くなりますナ。富有柿にアミをやったらみごとな色になります。そりゃァ、もう、みごとな色になります。すばらしい夕焼け色ですワ。そういうことはとっくにこちらじゃ実験済みですワ。木も魚もアミをやるといい色になるです。両方とも海からあがってきたもんでっさかい、辛いモンが好きなんでしょうな」

「人類よりはるかに古いしね」

「そうです。そういうこってす。人体でわからないところはだんだん少なくなってきたようですが、木はわからないことだらけですワ。木はどうして栄養分を吸収してそれぞれの実を作るのか。どだいその根本のところが、いまだに学者にわかっていない。全然何もかもわかってないんです。私もこうやって一生をかけてきましたけど、いいかげんなもんです」

自嘲でもなく悪謙遜でもなく巨匠は淡《あわ》あわとした口ぶりでそうつぶやいた。その淡さのなかにはよほどの秋霜や、烈日や、汗や、骨の痛苦がこめられているはずだが、嘆きの深さばかりがちらりと覗かれて、胸うたれる。ギリシャの美少年ヒヤキントスは二人の男神に追われて、そのあげく一人の男神が嫉妬で風を起こして円盤をそらしたために、それにうたれて死んだのだが、その場所に一輪の花が咲き、花びらには、ひとこと、

《ああ》

とあったそうである。

初平巨匠は見たところでは龍陽《ほも》の道を嗜むようには思えないが、しかし、何十年を賭け、一生をかけてきたあげく、そもそもの出発点が何ひとつわからないのだという嘆きに達したのであれば、掌のなかにいまあるこの息も言葉ものみこむしかないような白桃の臀にも、ただ一語、

『ああ！』

とありそうである。

夜になって巨匠と二人で寿司屋へいく。ママカリを食べるためである。字面だけ見ると何やら品のあまりよくない連想がわきそうだけれど、これは岡山を有名にしているイワシ科の小魚である。御飯のおかずにして食べるとあまりにおいしいので御飯が足りなくなってとなりへ借りに走ったというのでこの名がある。近頃では酢漬けにしたのを真

空包装にして売り出すようになったので東京駅のお土産名店街でちょいちょい見かけるようであるが、何といっても現場でやるのがいちばんであろう。昔はこのあたりでは誰もはずかしがって料亭やお座敷などにだせる魚ではないということだったのだが、いまでは貴重品扱いである。

姿焼きにしたのをショウガ醬油に熱いところをちょっとつけて食べる。頭とわたをとったのをショウガといっしょに酢につけたのを骨も尾もまるごともくもくとやる。これでとなりの家へ御飯を借りに走ったというのはいささかお国自慢だが、イワシ科の魚なのにアジのような淡白さで、感心させられる。軽いあぶらがあるようでもあり、ないようでもある。いくらでも食べられそうである。マグロのトロがどうだの、春の乗ッこみのサクラダイがどうのといくら議論したってイワシには勝てるもんじゃねえ、これぐらい食って食いあきない魚はあるもんじゃねえ。イワシは海の〝米〟だヨという漁師たちの誇らかな味観があるけれど、正確であり、含みが深い。サッパとも呼ばれるこの小魚はおそらくは淡白さのゆえにいくら食べても食べあきることはあるまいと思われるのである。

「うまい」

ともいい、

「なるほど」

ともいい、

「名物にうまいものありです」

ともいい、

「舌がくたびれないんだナ」

ともいう。

つぎつぎと持ってくるのを彼が一匹一匹、焼き物も酢の物もかまうことなく頭から頬ばっていると、初平氏はちびちびと酒をすすりつつ、眼を細くしてこちらを眺めている。巨匠はくりくり坊主の丸刈り頭で顔がすっかり日焼けしているうえ、肩も手も厚くてたくましいので、自分から二言めごとに〝八百屋のおっさん〟といいだす。まさにそういう風貌なのであるが、それにうっかり甘く気を許してならないことはよくよくのみこんでおかねばなるまい。

「……灘のうま口の酒に内海の小魚。これが昔の関西の誇りだった。うま口というのは甘口じゃありません。飲んで飲みあきない酒のことです。いまの灘は大半がうま口どころか、甘口をとおりこして、ベタ口です。二杯と飲めたもんじゃない。何しろあのあたりの酒屋のことを〝酒造家〟といわないで、〝大手メーカー〟などというんですからネ。メーカーだよ。工場ですよ。電気洗濯機とまちがってやがる。そこへ内海の小魚が絶滅に瀕してオコゼもだめだ、アコウもだめだ、ママカリもおぼつかないと、どうなるんでしょうね。うまいものを食べたらこころがゆたかになるということがあるけれど、うまいものが安く食べられた昔なら貧乏にも味があったかもしれない。しかし、どうだろう、いくら銭を出してもまずいものしか食えないとなったら、金のあるやつもないやつもいっせいにガサツになってキョトキョトしてくるんじゃないかナ。もうとっくにそうなってるんじゃないかナ。右見ても左見てもカサカサのホンコン・フラワーみたいなやつばかりだぜ。学者、小説家、経営者、役人、大臣、みなおなじさ。カサカサということではみなおなじさ」

ベタ口でもなく甘口でもないが、さりとて〝うま口〟とも申せない酒をすすっているうちに酔いがでてきてついおしゃべりをしてしまうが、深さもなければ剛直さもない酒にひきずられてのことだから、しゃべるしりから口をつぐみたくなるようである。

初平氏はおだやかに安手の清水の盃を口にはこびながらいんぎんにヘェ、ヘェとか、フ、フ、フとか、どうでもいい相槌をうっている。けれど、うわべだけがいんぎんなのであって、けっして彼の酔語に妥協、同調してるのでないらしいことは気配にありありとあらわれている。あれほど非凡な木とのたわむれあいの果実、その脆美、豊満な、うつろいやすい果汁の、季節、その日、その瞬間を追って、体にしみこませてしまった人物には、おそらく誰にもまさぐりようのないものが、おびただしくあるのだろう。

巨匠は微笑しながらしばらくだまって酒をすすりつづけ、その気配にひかれて彼が何となく力を失っておしゃべりをやめると、おもむろに、つぶやくようにいいだすのだった。

「……瀬戸内海も私らの子供の頃にくらべると眼もあてられないようなありさまになってきましたけどね。それでも、まだ、何かありますワ。たとえばベラタですな。これはうまいもんですよ。ごぞんじですか?」

「知りません」

「今度くるとき、よく連絡をとっておいて下さったら、やれるかもしれません。これはアナゴの仔ォです。かれこれ十センチか。透きとおっていて、ちょっと柳の葉に似てますワ。これがうまいんです。ウナギの仔ォのことをメソとかメソッコとかいいますけどね、あれ以前の状態のを学名でレプト・ケファルスといいまんねン。ベラタはアナゴのレプト・ケファルスですワ。これがうまい。何というてもうまいです。そらァ、うまいもんです。酢味噌、辛子酢味噌、何でやってもよろしいんですけどね、何というてもこれは絶品です。ウナギの仔ォもやってみたことはありますけど、もともとウナギよりアナゴのほうが気品があるんですよってに、仔ォもやっぱりちがうなというところがあります。うちの果物のファンに安井曾太郎先生や福島慶子先生や、いろいろいたはりますけど、ああいう食通の先生にベラタをぜひあがってほしいと思うてますねン」

盃をとめ、眼を細くし、記憶に全身がとっぷりと浸り、ひたひたとよせてくる小波《さざなみ》に顎までつかっているといった様子で初平氏はいうのであった。それまでじっとだまっていた様子から察すると、ベラタのことをいいたいばかりにそうしていたらしいと思われる。しかも、彼はそこで止メを刺されたのではなくて、まだ何かほかにも知っているらしい気配を漂わせ、いわば二分の余力をのこしておいて八分の全力をうちこんでいるらしいと見うけられる。果汁について一生をかけての巨匠であるなら、いきおい、海の果実についても精緻深遠であろうかと思われる。どうやら内海はまだ死にきっていないらしい気配である。その深ヽどにはまだまだ何かがひそんでいるらしい気配である。

「つぎにきたとき」

彼は盃をあげ、大きな声で、

「おねがいします！」

叫ぶようにいって、頭をさげる。

初平氏はおっとりとうなずき、

「連絡を上手にやってください」

という。

＊

これでこの旅は終わった。京都でスッポンのスープと雑炊を食べ、そのあと鹿児島へ飛んで酒ずしを仕込み、それに堪能したところで岡山へ飛んでデザートとして初平の白桃を食べ、おまけにママカリまで食べた。それぞれは妙味、珍味、美味をつくしていたが、コースとして一組にしてみると奇怪ともいえ、気まぐれすぎるともいえる過程であった。しかし、皿と皿とのあいだを京都から鹿児島、鹿児島から岡山と、思い切って距離もあけ、味もあけしておいたので、舌がくたびれたあまり苔を生じるということは発生しなかったようである。飛行機代、ハイヤー代、旅館代、たっぷりした心づけ、いろいろと入れてみると、ずいぶん金高になりそうである。それがかさめばかさむだけ職務に精励していることとなるのだが、どういうものか、精励すればするだけ、それにつれておなかがふくれて重くなっていけばいくだけ、皿ごとにはずむような歓びといっしょに、何かしら、とらえようのない胸苦しさもおぼえてくる。それが、飽満からくる虚無なのか、美味の極にある虚無なのか、何もしないでただ食べているだけのミミズの虚無なのか、それとも、国民の血税をむやみやたらに食いつぶして歩いているのだという従来おぼえているやましさをまだ振りすてきれないことからくる何かなのか、彼にはにわかに指摘ができそうにないのである。

帰京してから藤瀬局長に会って、それぞれの味や環境のことをつぶさに報告した。局長はフン、フンとうなずいて聞いていたが、聞き終わると、彼がさしだしたお勘定の伝票の束をちらと眺め、かすかに眉をしかめた。金の使いかたがまだ足りない。そういって叱られそうである。いったいどれだけ使えば叱られないですむのだろう。

「君が旅行しているあいだに私は調べておいた。ここにメモしてある。君がいつやってきてもいいように、ずっと手帖にはさんでおいたんだよ。いったい一人の人間が一食にどれだけ食べられるかということなんだがね。君は怠慢だよ。怠けてる。まじめじゃないといっていいくらいさ」

局長は手帖からメモ紙をとりだした。

「これは一例だ。バルザックがある宴会で一食に食べたのを出版社のおっさんがつぶさに眺めてメモをとったというのだ。重役か、編集長か、そこはわからないがね。ざっとこういう調子だ。

カキ　百コ
カツレツ　十二枚
カモ　一羽
シャコ　ひとつがい
ヒラメ　一匹
お菓子　五、六コ

ナシ　　　十二コ

オツマミとしてカキをほんの百コさ。それからコテコテと肉や鳥や魚を食べた、そのあとでだナ、デザートとしてナシをほんの十二コだ。そういうんだよ。君はなまけてる。バルザックはこのほかに日夜『人間喜劇』を書きまくり、ブラックコーヒーを三十杯飲み、ものすごい借金をし、あちらの女にもて、こちらの女にふられ、いろいろなことを同時にやったうえで、ささやかに食べただけなのさ。はずかしいことだぜ。ちょっと手助けしてあげたくなってきた。そこでだ。君にはわるいが、フランス料理を一軒、ピックアップして、予約を申しこんでおいたよ。ほかの局の局長連中もつれていく。明日の晩、六時からさ。どうだ。がんばってくれるかネ。ぶどう酒は白がシャッサーニュ・モンラシェ、六七年と六九年。赤がシャトォ・シュヴァル・ブラン、六四年。お口にあえばいいが……」

＊

空中に発射している映像の低能さかげんとくらべると、あらためてへェといいたくなるような、巨大で威圧的なテレビ局の建て物が赤坂の一角にあるが、その地下に『シド』というフランス料理店がある。お値段がバカ高くてびっくりさせられるが味のほうはまァまァこれならという評判の店である。その店には個室があって、壁がチェスナットかオークかと思われる深い褐色で底光りしている。部屋に一歩入ってのその静かな、どっしりとした輝きを眼にすると、こころゆたかな食事がだしてもらえそうな気分になる。

この店を選んだのは藤瀬局長であるが、当日は香座間、池田、背戸、三津木、いつか四谷の『丸梅』に集まったのとおなじ局長たちが集まった。〝会議〟ではないので、一人、二人とやってきて席につくと、みんながそろったところで挨拶も何もぬきでメニュー選びがはじまる。革表紙のずっしりと重いメニューである。蝶ネクタイをつけた、やせた給仕長が席から席へ歩いてひそひそ声で相談にのったり、意見をつぶやいたりする。

「カタツムリがあるんだね。なつかしいナ。いつか出張でパリへいったときに毎日食べた。レストランのウインドーにサラダ菜がいっぱい敷いてあってカタツムリがうようよ這いまわってる。たえまなく水が流れてよごれものを掃除するような仕掛けになってるからきれいなもんだ。通になるとギャルソンをそこへつれていって、一匹ずつアレにしてくれ、コレにしてくれと指さして選ぶんだ。いい店でしたよ。一ダースのことをユンヌ・ドゥゼェヌ、半ダースをドミ・ドゥゼェヌといいましたかね」

そういう声がすると、給仕長がニコニコ笑い、うちのカタツムリ料理はちょっとしたものですと匂わせたあとで、お客さんのなかには、〝エスカルゴ〟というとよろこんでとびつきますが、〝カタツムリ〟というと食慾を失う人がいらっしゃいますようで、なとどいう。日本のフランス料理店でだされるカタツムリはみんな罐詰めでフランスから輸入したものばかりで生のが食べられないのはざんねんだと香座間局長がブツブツいう。この局長は生のカタツムリがないと聞いて不満な顔になり、野生のウズラがないと聞いてざんねんがり、カモの蒸し煮にオレンジを添えたのが季節じゃないからできませんと聞いて軽く舌うちをし、牛の骨髄がないと聞いてムッとなり、羊の脳味噌もありませんと聞いてふくれた。

彼はメニューをこまかく読んでそこにあげられてないものを註文して給仕長をイジめる趣味があるらしかったが、知識は正確で博大であった。三津木局長は食後のデザートにオレンジの汁をしぼりこんだクレープ・シュゼットが食べられるのなら定食コースでもいいくらいだといった。背戸局長はニコニコ微笑しながらいつまでもメニューを繰ったり閉じたりし、そうしているのが愉しいらしい気配で、何もきめようとしなかった。池田局長は大きな声ではしゃぎ、イセエビの塩焼きができるのならあとは何でもええワイといった。彼は彼でバルザックの食事のことを考えてぼんやりしていた。

わいわいザワザワといつまでもみんながおしゃべりや沈思にふけっているので藤瀬局長が案をだした。この店では珍しいものがだしてもらえるようだから一人が何か一品をとり、ちょっと分量を多いめにしてもらい、それをみんなにまわすようにしたらどうかという。そうしたらめいめいの好きなものが食べられるし、珍しいものにもお目にかかれる。料理はフランス風だが食べ方は中華風。これもしゃれてますよ。みなさん一つずつ何か註文してください。

「前菜にカタツムリ。私はそうきめた。これは軽いからみなさんに六コずつ。まず異存ないところじゃございませんか」

「よろし、よろし、ビアン・ショワジ。それなら私はこのフォア・グラね。松露入りのやつ。これ、ストラスブールのしかないのかしら。ペリゴールのはないの？」

「申し訳ございません」

「しょうがないね。じゃあ、いいよ。それを持ってきて」

「スープはヴィシソワーズだナ」

「イセエビの塩焼きさ、何といっても」

「カエルももらおうじゃないの」

「仔牛の腎臓もいいナ」

「仔牛ののど肉も悪くないよ」

「デザートはクレープ・シュゼットさ。オレンジをしぼってね。コニャックやドラムビュイやをたっぷりかけてもらおうじゃないの。ポッと青い火がついて面白いぜ」

「スフレはどうなの？」

「チーズ・スフレかい？」

「卵をチーズと千回かきまぜるんだよ」

「オレンジ・スフレというのもあるよ」

「クレープ・シュゼットです」

「舌びらめのアルベール風はどうかナ」

「牛の肺をこまかくきざんでそれにヴァジリコの葉をこまかくきざんだのを入れてトロトロ煮込んだのができないかなあ。あれはいいもんだ。リヨンだか、ル・アーブルだかで食べた。ラング・ド・ブフといいますのさ。ちょうど正午をちょっとすぎた頃で、客が店のなかに二、三人残っていて、それももう食事を終わりかけていたナ。店のなかにこう日光が窓からレンブラント光線みたいに斜めに射していて、ニンニクやバターや香水や腋臭《わきが》の匂いがまざりあったのが漂っていた。あの匂いはよかったナ。白人の体は死体の匂いがするといってアジア人はイヤがるんだけど、白人にいわせれば黄色人種は塩漬けのイワシの匂いがするんで、おたがいさまさ。要は慣れの問題であって、慣れればそれでいいのさ。私は窓ぎわにすわったと思う。ミミズクみたいな顔をした妙な年増猫《としまねこ》が一匹、テーブルに寝そべっていたけれど、それがあつかましいやつで、いくらシッ、シッといっても逃げないんだ。そうだ。ここはフランスだと気がついたので、ヴァ、ヴァといったら、やっとノソノソたっていった。リヨンの猫はヴァ、ヴァといわなければどいてくれませんよ。それからやっとメニューをみたら、牛の肺があるという。それにヴァジリコの葉を入れて煮込んだというんだ。ちょっと幸福だったナ」

「デザートはクレープ・シュゼットだ」

「イセエビの塩焼きさえあれば私は幸福だ」

「腎臓だ」

「のど肉さ」

「カエルだよ」

「ヴィシソワーズだ」

「フォア・グラさ」

「カタツムリから出発だ」

「罐詰めのネ」

「カタツムリはカタツムリさ」

「パリの公衆便所もカタツムリというんだよ」

「ぶどう酒は白がシャッサーニュ・モンラシェの六七年物と六九年物。赤がシャトォ・シュヴァル・ブランか。それの六四年です。ロマネ・コンティがあるとグンと予算が食いつぶせるんだけど、マ、来年まわしだ。いいですな。みなさん」

「異議なし」

「右におなじ」

「ないですよ」

「あろうはずがないですナ」

「結構」

ほのかな塩味のきいた、パリパリと香ばしいフランス・パンさえあったらさかなはいらないようなものだという香座間局長の話などを聞きながら、パンを食べ、白ぶどう酒をすする。銀のバケツのなかからとりだした瓶はよく冷えていて、たちまち薄い霜粒に蔽われる。淡い金色の酒が灯に輝く。それはよくひきしまり、さらりと辛口だが、冷めたいのに豊満であり、深さと艶がある。はらわたのすみずみまでしみこんでいく。それからつぎにおっとりとした熱い靄が柔らかくしのびやかに腹、胸、肩へと、潮のようにひろがっていく。そこへカタツムリがはこばれてくる。丸い鉄皿に六コ並び、とけたバターが金色の泡をたててジュウジュウはじける。ニンニクの芳烈な香りがピリッと湯気をひきしめている。つぎにストラスブール産の松露入りフォア・グラだ。軽くあぶったパンの薄片にのせてあんぐりとやるのだ。香りと膩《あぶら》の精である。つぎにたっぷりと寝たけれどいいところで醱酵と分解をとめられたヴィシソワーズ・スープがあらわれる。豊満で精妙なのにキリキリと冷めたくひきしまっていて爽快な知性を生んでくれそうだ。

つぎにカエルの股《もも》を煮込んだのが登場する。これはしいてなぞらえるならトリと魚の中間にある肉で、上品で軽い。小骨があるけれど、丸くて柔らかいので気にならない。白ぶどう酒によくあうようである。このあたりでモンラシェ・六七年の瓶がめでたく成仏するので、つぎに六九年が供される。これまた豊沃、淡白、よくのび、よくひろがり、よく冷やされ、淡い太陽が北国の靄のなかでおぼろに輝く。イセエビの塩焼きを食べるための伴奏である。池田局長は正確であった。よく育ったイセエビを二つに割って塩だけで焼き、タルタル・ソースも何もつけないで、その白くて厚くてブリブリとした肉を口いっぱいに頰ばると《至福千年》がちらりと顔を見せて、暗いのどへおだやかに消えていく。そのまたつぎが濃厚と、熱と、栄養へもどって仔牛の腎臓の煮込みである。シャムピニオンや小粒のオニオンといっしょにトロトロ煮込んだのだが、腎臓だからどれだけ煮込んでもムッチリと固いところがあり、ごくかすかに御叱呼の匂いをのこしてあるところ、コック長は心憎い細部をおさえている。この濃味と均衡をとるにはやっぱり酒は赤でなければいけないだろう。

「赤にしようや」

「ヴァン・ルージュだ」

「シュヴァル・ブランだよ」

「それ、何のこと?」

「白い馬。白馬ってこと」

「赤ぶどう酒なのに白馬というの？」

「酒はすべてを可能にするですよ」

「なるほど」

「知識の水を理解の酒にしなけりゃ」

「むつかしいことをいうですナ」

「飲めばわかるです」

「そうだ」

　切子の水晶みたいなグラスにまろやかに成熟した血紅色がそそがれる。その一滴を口にふくむと、滴の円周部分はほのかな枯れ味のきざしかかったまろやかさがあるのに、円内いちめんにはおだやかな豊満がみたされ、たっぷりと腰が張り、乳房は初秋の果実、下腹は朝の沃野といいたくなる気配である。それが舌にこだまと足跡をのこしているうちにほかほか湯気をたてて仔牛ののど肉があらわれた。これは珍味である。柔らかくて、しんねりとし、歯にもたれかかってくるような媚びがある。たぷたぷのソースのなかでむっちりと熟しきっている。女体でいえばどこだろう。数知れぬ愛撫をうけながら柔らぎと重量を増しこそすれ果実であることを失っていないおとなの乳房だろうか。それともしたたかな熱い果汁で沼のようになった、熟練の指に呼応してむっちりと脂ののった秘めどころであろうか。酒、肉、イセエビ、カエル、香り、熱、醱酵、豊熟、栄養、血のなかで彼がおぼろになり、とろとろに分解しているところへ給仕長がワゴンをおして入ってくる。ぴかぴか輝く赤銅のフライ・パンのなかでバターをとかし、砂糖を入れ、オレンジをしぼりこみ、粉を練ってのばして焼いた薄皮を浸し、つぎからつぎへとコニャックやリキュールをそそぐ。まぶす。しみこませる。ゆする。たたむ。香る。揮発する。青い焰《ほのお》がめらめらとたちあがる。

香座間局長も、池田局長も、藤瀬局長も、背戸局長も、三津木局長も、全員、細胞のすみずみまで栄養と熱と酔いにみたされ、真夏の街道をいく子供のような眼をして、ひっそりとだまりこんだまま給仕長の機敏な手の閃きと焰のたわむれに見とれている。みんな頰に血が射し、眼がうるんだり、透明な煙がたちこめたりし、船のように重くなり、灯のように輝いている。こういうワゴン・サーヴィスは客の眼のためのものだが、半ば料理、半ばショウである。六本木にあるチェコ料理店にいるチェコ人の老給仕は大小さまざまなボヘミアンのワイン・グラスを何個となくテーブルに並べ、一個ずつひねって回転させる。グラスはクルクルと回転しつつたがいにふれあって、まるで鈴か鐘のように澄んだ音をたててこだましあうのである。それを眺め、聴いているうちに、料理で過熱して解体した客たちはおもむろに形をとりもどすのである。アジア人は緑茶をすすってそのほろにがさをピリオッドにして舌をひきしめる習慣だが、こういうのも華やかでいい。

とつぜん彼は魔が通過するのをおぼえた。魔は栄養と豪奢と香りと輝きのなかに予告も予感もあたえずにあらわれ、あらわれたかと思うと音もなく消えたが、ほんの軽く彼にふれていった。その指さきの一触れだけで十分だった。接触だけなのにすでに序論から結論までのいっさいが含まれていて、一瞬、すべてが打倒された。崩れ、砕け、ぺしゃんこになり、粉ごなになった。歓びも昂揚も、陶酔も消えた。

《……終わった》

彼は感じた。

体が粘土のように重かった。

《やめだ》

《もう、やめだ》

そうしよう。断固として。そうしよう。一切合財、くそくらえ。茶番は終わった。もうはたらかない。もうかけまわらない。局長が何といおうと、おことわりだ。断固としておことわりだ。ミミズのように呑みこんで吐きだすのはもうやめた。誰が何といおうともうやめた。

舌に苔が生えた。胃に泥がつまった。無。無の無。なべての王なる無。王の王なる無また無。無にして無なる無また無。酒も、肉も、焰も、香りも、くそくらえ。呑みこんで吐きだし、食べて流し、無に仕え、無に捧げ、飽満の瞬後に荒寥があった。
《……どこかへ》
ふいに彼は決心した。
《山の水を飲みにいこう》

*

日本語で〝酒〟といえば、昔は日本酒のことをさしていたが、いまではアルコール飲料一般をさし、ウィスキーも、ぶどう酒も、そのなかに入る。そういう用法では中国語の〝チュウ〟もおなじである。けれど西洋語には〝リカー〟とか、〝スピリッツ〟とか、蒸溜酒、あるいは酒精をさす言葉はあるけれど、まず〝酒〟といえばぶどう酒であろう。ワインであり、ヴァンであり、ヴァインであり、ヴィーノであろう。『酒には真実がある』と訳されている諺の〝酒〟の原語はラテン語の〝ヴィノ〟であるし、『酒、女、そして歌』の〝酒〟の原語はドイツ語の〝ヴァイン〟である。

ウィスキーや、ジンや、ブランデーや、テキラ、ラム、シュナップス、ビール、無数のリキュールがあって、分類すればそれぞれ〝リカー〟に入ったり、〝リキュール〟に入ったりするが、〝酒〟という用法で代表されるのはたいていぶどう酒である。キリストが〝わが血〟と呼んで、一切合財の始源にこの酒があったという事情も手伝ってそうなったのであろう。ありとあらゆる酒のなかで、もっとも歴史が古く、もっともよく飲まれ、もっとも地球上に広くひろがり、それでいてどれだけ人知と工夫をかさねても仕上げはその年その年のお天気にまかせるしかないという最深の玄妙、どうにも人間が超克のしようもない独立ぶり、しかも安物から極上物までのあいだにある香りと、味と、色彩の段階の無数さ、さらにまた寝かせておくうちに生ずる成熟の様相のとめどなさ……あらゆる点から見てやっぱりぶどう酒は王中の王であろう。人為というよりはやはり自然とのたわむれのうちにしか創りだせない芸術であろう。

だからフランス人はぶどう酒をめぐって無数の格言を創って敬愛し、たとえば〝ぶどう酒のない食卓は片目の美女である〟とか、〝水を飲んで食事をするのはカエルである〟とかいったぐあいである。だからぶどう酒の鑑定《めきき》ができるとか、通であるとか呼ばれるようになるには一生かかっても足りないのではあるまいかと思われるのである。その達人になると、目かくしで飲んでその瓶の年号はもちろん、何県、何郡、何村、何城の、丘の南面でできたものか、それとも北面でできたものか、そこまでピタリと、たった一口か二口を舌にのせただけでいいあてる。そういう酒のシャーロック・ホームズがいる。あるときパリのキャフェでそういう達人が一人、仲間にかこまれて妙技を発揮していた。達人がハンカチで目かくしをしてすわっているところへ酒を一杯ずつグラスについでさしだすと、達人は一口すすっては〝シャトウ・ラ・トゥシュ。一九六三年!〟、つぎにまたべつのを一口すすって、〝ジロンド県。ボン・ビァン村。シャトウ・コンタンコンスタン。一九五八年。ただし城の東、丘の南斜面。例年よりちょっと陽がきついのに水が不足ではなかった!〟など、まるで小学校の教科書でも読むようにらくらくといいあててみせる。仲間一同は息を呑み、おそろしくなり、だまりこんでしまう。すると一人が、これがさいごだよといって新しくついだグラスをさしだす。達人は一口すすって首をかしげ、二口すすってうなり、三口すすって怒りはじめる。絶望と憤怒にかられ、達人はいらいらと、

「わからない、わからない」

と叫ぶ。

「不思議な酒だ、はじめてだ!」

と叫ぶ。

「これは何だろう《ケ・ス・ク・セ》⁉」

仲間はいっせいに声をたててわらい、

「水だよ、水だよ、ただの水さ!」

といって拍手した。

右側にかなり広い谷があり、広い河原にブナの原生林があるが、左側は山で、やはり

ブナの深い森である。ところどころ切断面の鋭い岩肌がさらけだされ、高い頂上から水がなだれ落ちている。あちらにもこちらにも水が走り、山道をよこぎって谷へさらに音たててなだれ落ちていく。どれにしようかと選びつつ歩いていくうちに、ちょうど水盤のような形をした岩から激しすぎず弱すぎない水がほとばしっているのが見つかったので、彼はそれを口にうけた。大きくあけた口にその液化水晶がなだれこんだ瞬間、すべてが感じられた。水は鋭い岩に切られ、すべて生まれたてのものが持つ輝きにみたされ、いきいきとはしゃぐのに澄みきっていて、かすかな苔のひめやかな香りが漂うようであり、ごくごくといくらでも飲めた。

コンクリートのダムに溜められたうえに消毒薬を添加され、それから大小さまざまな長い鉛の管のなかをつたって都市の壁のなかへ導かれ、石鹸や指紋でベトベトしたステンレスの栓からガラスのコップへ息もたえだえになってとびこむ水ではなかった。

「水だよ、水だよ、ただの水だよ！」

そう叫んで拍手したくなるような無名の名品であった。水には木の影が射し、岩肌がどこかにのこっているようであった。暗くて濡れた岩かげには小さいながらもすみずみまで強健な羊歯がふるえ、かすかな虹が滴の霧のなかに浮かんでいる。そのふるえ、その虹、その霧、すべてがいま生まれたばかりである。くちびるから舌へ、舌からのどへ、のどから胃へ、もしいまカワセミがかすめ飛んだならその一瞬の影もすかさず映して水は口へはこびこんでくれる。その水の通過したあとには影もないのに清浄な深さだけがひろがり、体は手や、足や、胴などの形をことごとく失い、山道には誰もいないが、あたりいったいに幼女たちの荘厳合唱の歓声が噴水のようにはしゃぐようである。

東京の地下の豪奢な小部屋のなかで無におそわれて窒息しそうになり、ひたすら山の水を飲みたいと願ったことは正確であった。こればかりは誤っていなかった。毎日毎日。東西南北。和・漢・洋。値の高いもの。安いもの。有名な店。無名の店。濃いもの。淡いもの。知床半島。鹿児島。肉。魚。野菜。手のこんだもの。生のもの。すっぱいもの。にがいもの。あまいもの。からいもの。しおからいもの。それらを素朴に組みあわせたもの。絶妙に組みあわせたもの。あらわな味。かくした味。前兆のある味。こだまをのこす味。夜の湖を感じながら食べたもの。朝陽を浴びながら食べたもの。ありとあらゆるものに磨かれたり、削られたりして鍛えられたあげく、ついに至純至高の御馳走があった。それが新しい天体の発見よりも人類の幸福にとって重要であり、不可欠であると全身の細胞がどよめいて叫ぶ御馳走があった。

「水だよ、水だよ、ただの水だよ！」

そうなのだ。

それすらがないのだ。

水がもうわからないのだ。

全身が澄みきって顎まで水浸しになるくらい飲んでから彼はあてどなく、けれどトットッと小石を蹴ちらすほどの充実で山道を歩いていった。左の山には深い森の涼しい影があり、右の谷では渓流が鳴っている。ウグイスがあちらこちらでしきりに恋人をもとめて鳴いている。岩肌を走る水があるときっとたちどまって飲み、飲んだあと羊歯のふるえるありさまや、その葉さきで虹がふるえるありさまにじっと見とれた。そうしてしばらく歩いてまた岩走る水を見つけると、たちどまって飲み、さきのとくらべてみた。《無味の味》と呼ばれるものにもしんしんと舌を澄ませてみればじつにさまざまな明暗、濃淡があり、その舌のうえでの光と影のたわむれあいはまなざしのようにすばやくて、しかもあきらかであり、待テ、ソレダと名ざし、指させそうなのにどうとらえようもないのでもあった。

一日かかって山道を歩き、谷をわたり、林をくぐり、水を飲み、石を投げ、空を眺め、雲がある木の梢からつぎの木の梢へたどりつくまで河原にすわっていてからまた歩きだし、というようなことを繰りかえした。へとへとに疲れはしたけれど腐ったり、澱んだりするものは何もなかった。水はいくら飲んでも飽きをおぼえるということがなかった。夕方になって山道を一歩一歩ゆっくりもどっていくと、朝飲んだ水がおなじたたずまいではしゃぎつづけているのにつぎつぎと出会い、まるで十年も二十年もかよった店の灯を見るようななつかしさをおぼえさせられた。〝宿〟とか、〝旅館〟というよりはゼンマイとりの小屋がちょっと発育しただけといいたいような家にもどってみると、もう峰にも、道にも、森にも黄昏が泌みだしていて、土間には夜といいたいものがうずくまっていた。一日かかって蒸された畳の匂いがむッと青くこもっている部屋の窓をあけると爽やかな夕風が流れこみ、ランプに灯をつけようとすると、ふとあげた眼に湖とトビが見えた。

暗い魔がうずくまりかけている湖をめがけて一羽のトビが急降下していく。夕方になって湖面へ落ちる羽虫を食べようとでてくる小魚を狙っているのである。トビは急降下していくが魚をとらえそこなってまた空へのぼっていき、しばらく旋回してから、ふたたび落ちていく。何度も、何度も、たった一匹か二匹の小魚のために鳥は落下し、上昇し、舞い、落下する。彼がそれに見とれていると、いつのまに入ってきたのか、山のかあちゃんが浴衣をそっと部屋のすみにおく。

「トビが魚をとってる」

彼は何となく声をかけた。

「いや。とろうとしてる」

山のかあちゃんはちらと眼をあげ、

「あれは下手でねえ」

舌うちするような声で、

「トビも食べるのは楽じゃないネ」

といった。

イワナの干したのにゼンマイの煮たの、ただそれだけの夕食をすませたあと、暗い廊下を部屋へもどろうと歩いているときに、それがきた。ふいに、何の前兆もなく、それがきた。水浸しになった腸のくぐまったどこかで第五が鳴った。大きな拳がふいに力強い、決定的な連打をはじめたのである。それははじまった場所からたちまち腸管全体にひびきわたり、あちらがしぼられ、こちらがほどけ、たちまち全軍団が足音たてて敗走し、出口へ、出口へと殺到した。いぶかしんでいるすきもなく、こらえるひまもなかった。彼は小走りに廊下を走り、ガタピシの戸をこじあけ、暗がりで手さぐりするゆとりもなく、たちのぼる親密な匂いの発生点へひきちぎるようにしてパンツをおろしてかがみこんだ。瞬間的、しかも全容において完璧な雪崩れが音たててほとばしりはじめた。炸裂の第一撃はしたたかなものであったが、瞬間のなかに啓示があった。質と量が、周辺と核心が、属性と本質が、一挙に理解された。この、それは、たったいま注入したばかりのイワナの干物とゼンマイの煮びたしだけを排除するためのものではなかった。

鹿児島から知床半島までが流出しはじめた。モロモロや、粒つぶ、完全な液体、半液・半固体、朦朧とした粘塊、未成熟の粘液、完全な固体、だらしないの、ずっしりしたの、すべての状態を含んだ流出がはじまった。局長に報告したのも報告しなかったのも、有名店のも無名店のも、一切合財が喊声をあげて流出しはじめた。ブウ助にプウ太郎、びちゃ右衛門にビチ左衛門、ババ吉にピー之介、みんながみんないっせいに声をあげ足踏み鳴らし、手に手をとって闇のなかで顔も見えない混沌めがけてかけだしていき、始源へ還元されたらしき気配であった。有楽町のたこ焼き。神戸のたこ焼き。道頓堀のドテ焼き。たこ梅のサエズリ。ゴボウ巻き。ひろうす。トリガイ。カマボコ。コンニャク。たこ。松江のスズキの奉書焼き。シラウオの踊り。アカガイ。イカ。津田カブ。出雲そば。カモの貝焼。コイの糸づくり。出雲ウナギ。めのはめし。アマエビ。四ツ谷の丸梅のウズラめし。シラカワ。マロン・シャンティ。北海道のホッケ。チュ。キンキン。メンメン。カジカ鍋。メフン。ジャガイモ。トウモロコシ。オヒョウ。サケ。毛ガニ。ホッキガイ。ホタテガイ。シシャモ。タラ。秋田のキリタンポ。十和田のヒメマス。とんぶり。八戸のキク。盛岡のドッコイジャンジャンのわんこそば。仙台の笹カマボコ。米沢の牛肉。金沢のハタハタ。富山のマスずし。ブリコ。ゴリ汁。じぶ煮。松阪は和田金本店の牛肉の刺し身。オイル焼。網焼。ビフテキ。すきやき。タン。京都のハモ。大市のスッポン。スッポン雑炊。岡山の初平の白桃。メロン。マスカット。ママカリ。鹿児島の酒ずし。アユ。さつま汁。豚骨。キビナゴ。城下のカレイ。安心院《あじむ》のスッポン。長崎のしっぽく料理。有明海のムツゴロウ。唐津のクジラの尾の身。博多のフグ。高知のカツオのたたき。鳴門のわかめ。松山の五色ソウメン。あちらこちらで食べたキツネウドン。天プラそば。お好み焼。ラーメン。タンメン。ジャージャーメン。五目焼きソバ。シュウマイ。ギョウザ。おでん。カレーライス。ライスカレー。ウナギ。どじょう。シャブシャブ。スパゲティ。ピッツァ。ラザーニャ。オッソ・ブッコ。マカロニ。メロンにハム。ヴィーナー・シュニッツェル。アイスバイン。フランクフルター。ハンバーガー。かやくめし。焼飯。フナずし。茶巾ずし。ちまき。アナゴずし。カツ丼。牛丼。お新香。ひねタクアン。タルタル・ステーキ。ワンタン。烤鴨子。通天魚翅、糟溜魚片。童鶏子。什錦涼盆。カタツムリ。ヴィシソワーズ。カエルの足。イセエビの塩焼。仔牛ののど肉。仔牛の腎臓。ムール。クレープ・シュゼット。ヨークシャー・プディングつきのロースト・ビーフ。ミート・フォンデュ。チューリッヒ風仔牛肉クリーム煮ロスティつき。赤ぶどう酒。白ぶどう酒。ウィスキー。コニャック。ジン。ヴェルモット。カンパリ。ビール。日本酒特級。焼酎。紹興酒。茅台酒。五加皮酒。虎骨酒。竹葉青酒。水道の水、瓶詰の水。井戸の水。山の水。水。水。水……

無明の始源をめざして一切合財が走っていった。ほとんど爪の垢ほども腸壁にこびりついているものがなくなった。恍惚となるほどの爽快が全身を占めた。全予算がかくて消えた。

彼は、うっとりとなってつぶやいた。

「水だよ、水だよ」

浄白そのものであった。

「ただの水だよ！」

……というお話でした。

あとがき（単行本版『新しい天体』より）

小説ともルポともエッセイともつかない。こういう形式を何と呼ぶのだろうか。官僚主義をののしるというストーリーを全篇ことごとく食談で書いてみた。女と食べものが書けたら一人前だというのが文学修業の第一の戒律だが、そのむつかしさ、重要さは、古今変わることがない。やってみてあらためて身にしみて思い知らされることがあった。小説家もボクサーとおなじように日頃からたえずシャドー・ボクシングをやっておかねばならない。私としてはいろいろなことのデッサンとしてこれを書いてみた。

池田克哉、藤瀬弘文、三津木君子の諸氏に連載中ずいぶん広くて深い好意の配慮をいただいたことを記しておきます。

解説

福澤　徹三

開高健は昭和を駆け抜けた文豪である。小説がもっとも輝いていた昭和という時代は、のちに文豪と呼ばれる作家を輩出しているが、そのなかでも開高健はひときわ「豪」と呼ぶにふさわしい。

大阪で生まれ育った開高健は、サントリーの前身である壽屋宣伝部でPR誌「洋酒天国」の編集を手がけ、コピーライターとしてトリスウイスキーのキャッチコピー「『人間』らしくやりたいナ　トリスを飲んで『人間』らしくやりたいナ　人間なんだからナ」を書いた。トリスの名物キャラクター「アンクルトリス」のイラストとともに、いまも語り継がれるこのキャッチコピーを書いたのが弱冠三十一歳だから恐れ入る。一九五八年に「裸の王様」で第三十八回芥川賞を受賞後は、行動する作家として名を馳せた。一九六四年、戦時下のベトナム最前線を取材して九死に一生を得て生還、ルポルタージュ文学の傑作「ベトナム戦記」を発表、当時の体験をもとに書いた「輝ける闇」で第二十二回毎日出版文化賞を受賞した。釣り師としての顔を持つ開高健は世界を股にかけて釣行、「フィッシュ・オン」や「オーパ！」のルポルタージュは大自然の鮮烈な写真とあいまって、開高文学の新たな魅力を世間に知らしめた。

そして開高健のもうひとつの顔が、なみはずれた「美食家」である。

本書「新しい天体」は大蔵省の相対的景気調査官なる役職の主人公が、あまった予算を使い切るために金に糸目をつけず日本全国の美味珍味を味わいつくし、景気についてのレポートを提出するというストーリーである。官僚主義への風刺がきいた設定は荒唐無稽だが、食に関する描写は開高自身の体験にもとづくルポルタージュに近い。なぜならば本書の主眼は、食べることの快楽で全篇を埋めつくすという斬新な試みにある。開高健は本書のあとがきでこう書いている。

官僚主義をののしるというストーリーを全篇ことごとく食談で書いてみた。女と食べものが書けたら一人前だというのが文学修業の第一の戒律だが、そのむつかしさ、重要さは、古今変わることがない。

唐突に私事で恐縮ながら、わたしも料理がらみの小説をいくつか書いているだけに、食を書くのがいかにむずかしいかは骨身にしみている。知識や語彙だけでなく、独自の視点や感性がなければ凡庸な表現にとどまってしまう。ましてや長篇で食を書き続けるのは至難だが、開高健はいっさい倦《う》むことなくそれを成し遂げている。たとえば本書の主人公は漁師と宍道湖へ舟をだし、とれたてのシラウオを肴《さかな》に船上で酒を呑む。その情景の一部を以下に引用する。

とれたてのシラウオは魚の生臭さなど一刷きもなく、プリプリとしていて、歯ごたえも、舌ざわりも、精妙である。いきいきとした、あざやかなほろにがさが舌にひろがり、舌をひきしめてくれる。その味がのこっているところを熱い酒でじわじわと洗うのである。酒を歯で漉し、舌にのせ、ころころころがし、歯ぐきにしみこませ、香りを鼻へぬきしてから、ゆっくりとのどへ送る。舟がゆれる。水が鳴る。風が頬を切る。熱い靄がほのぼのとのぼってくる。頬へ、眼へ、胸へひろがっていく。

テレビの食レポが裸足《はだし》で逃げ出すようなみずみずしさ。表現の細やかさと奥行きの深さ。わたしを含め凡百の作家ではとうてい書きえない描写だが、これが延々と続くのである。昔の大阪にあったというタコ焼きの小型版チョボ焼きの思い出にはじまり、明石焼き、ドテ焼き、大阪「たこ梅」のサエズリ、松江でシラウオとスズキの奉書焼き、知床でサケの大動脈の塩辛であるメフン、四谷「丸梅」のウズラめし、松坂「和田金」の牛網焼き、高知「得月楼」のカツオの刺身、十和田湖「和井内ホテル」の山菜とヒメマス、盛岡「直利庵」のわんこソバ、京都「大市」のスッポン、鹿児島「おりはし旅館」の酒ずし、岡山「初平」の白桃などなど、主人公は予算を遣いはたすために、これでもかと食いまくる。作中には一日ひと組しか客をとらず、「丸梅を知らずして料理を語るなかれ」とまでいわしめた四谷「丸梅」のように、すでに暖簾をおろした店や、いまも営業を続ける老舗が登場する。

といって食の描写ばかりではなく、随所に名言がちりばめられている。わたしがはたと膝を打ったのは「たこ梅」当主のことばである。主人公が当主の父親である先代の顔がりっぱであったことを口にすると、当主は「そらそのはずですわ」と答え、次のような会話になる。

「えらい極道してますもン」

「極道するといい顔になりますか？」

「なりますね。みんながみんなそうなるというもンでもないでしょうが、ええ顔になる男がいます。おやじはそちらの部でしたナ。どえらい極道してああいう顔になったんですわ。つまり、金のかかった顔ちゅうことになりますやろ。マ、極道にもいろいろありますけど、女なり何なり、金かけて極道した顔はちがいます」

ここでいう極道はむろんヤがつくほうではなく、ひとつの道に蕩尽した者をさす。あらゆる職業において清廉潔白な聖人君子を求める現代、「金かけて極道した顔」はめったに見られない。金かけて極道しようにも、それなりの顔になるまえにネットで袋叩きに遭って社会から抹殺される。正義を振りかざす匿名のひとびとにおびえ、腹に一物あっても、あたりさわりのないことしかいわない者しか生き残れない。そんな萎縮しきった世の中ゆえに美男美女は増えても、りっぱな顔はすくなくなった。

本書のもうひとつの魅力は、行間から立ちのぼる昭和の香りである。

いまや昭和の常識は令和の非常識と呼ばれ、不適切かつ不謹慎が蔓延した時代のようにいわれているが、幼少期から青春期までを昭和にすごしたわたしとしては異論がある。たしかに令和の常識に照らせば、ハラスメントの横行など不適切なところもある。けれどもパソコンはおろかネットもスマホもない昭和は、ひととひととの距離がいまよりもはるかに近かった。ファストフードやファミレスにはない、その地域で育まれた食文化があった。そしてなによりも昭和という激動の時代が、開高健という豪気で豪快な作家を生んだ。

本書では主人公と店主、あるいは従業員との触れあいが活写されている。ことに松江の古い旅館や鹿児島「おりはし旅館」の老婦人との会話は、思いやりと情緒にあふれ、古きよき昭和が眼前に浮かぶようである。本書の初版は一九七四年——昭和四十九年だから、ちょうど半世紀まえの日本を知るうえでも貴重な資料といえる。開高健には食の極限を描いたエッセイ集、「最後の晩餐」という名著もあるが、「新しい天体」はそれより五年まえに書かれている。時に開高四十四歳。若き文豪がいかに老成していたか、還暦をふたつもすぎたわたしは、みずからの浅学非才を恥じ入るばかりである。

本書の題名は、冒頭に引用されたフランスの美食家ブリア＝サヴァランの「美味礼讃」の一説に由来するが、新しいご馳走の発見は主人公になにをもたらしたのか。物語の終盤、主人公は職場の上司たちと豪奢なフランス料理のテーブルを囲み、とつぜん魔が通過するのをおぼえ、あることを決意する。その果てには驚愕の結末が待っている。未読の読者におかれては、金かけて極道した美食を開高の筆で堪能しつつ、主人公がたどり着いた境地に瞠目《どうもく》していただきたい。

（ふくざわ・てつぞう　小説家）

井上ひさしベスト・エッセイ　井上ひさし　井上ユリ編
むずかしいことをやさしく……幅広い著作活動を続け、多岐にわたるエッセイを残した「言葉の魔術師」井上ひさしの作品を精選して贈る。（佐藤優）

ひと・ヒト・人　井上ひさし　井上ユリ編
道元・漱石・賢治・菊池寛・司馬遼太郎・松本清張・渥美清・母……敬し、愛した人々とその作品を描きつくしたベスト・エッセイ集。（野田秀樹）

開高健ベスト・エッセイ　開高健　小玉武編
文学から食、ヴェトナム戦争まで――おそるべき博覧強記と行動力。「生きて、書いて、ぶつかった」開高健の広大な世界を凝縮したエッセイを精選。

吉行淳之介ベスト・エッセイ　吉行淳之介　荻原魚雷編
創作の秘密から、ダンディズムの条件まで。「文学」「男と女」「紳士」「人物」のテーマごとに厳選した、吉行淳之介の入門書にして決定版。（大竹聡）

色川武大・阿佐田哲也ベスト・エッセイ　色川武大／阿佐田哲也　大庭萱朗編
二つの名前を持つ作家のベスト。文学論、落語からタモリまでの芸能論、ジャズ、作家たちとの交流も。阿佐田哲也名の博打論も収録。（木村紅美）

殿山泰司ベスト・エッセイ　殿山泰司　大庭萱朗編
独自の文体と反骨精神で読者を魅了する性格俳優、故・殿山泰司の自伝エッセイ、撮影日記、ジャズ、政治評。未収録エッセイも多数！（戌井昭人）

田中小実昌ベスト・エッセイ　田中小実昌　大庭萱朗編
東大哲学科を中退し、バーテン、香具師などを転々とし、飄々とした作風とミステリー翻訳で知られるコミさんの厳選されたエッセイ集。（片岡義男）

森毅ベスト・エッセイ　森毅　池内紀編
まちがったって、完璧じゃなくたって、人生は楽しい。稀代の数学者が放った教育・社会・歴史他様々なジャンルに亘るエッセイを厳選収録！

山口瞳ベスト・エッセイ　山口瞳　小玉武編
サラリーマン処世術から飲食、幸福と死まで。――幅広い話題の中に普遍的な人間観察眼が光る山口瞳の豊饒なエッセイ世界を一冊に凝縮した決定版。

同日同刻　山田風太郎
太平洋戦争中、人々は何を考えどう行動していたのか。敵味方の指導者、軍人、兵士、民衆の姿を膨大な資料を基に再現。（高井有一）

兄のトランク　宮沢清六
兄・宮沢賢治の生と死をそのかたわらでみつめ、兄の死後も烈しい空襲や散佚から遺稿類を守りぬいてきた実弟が綴る、初のエッセイ集。

春夏秋冬　料理王国　北大路魯山人
一流の書家、画家、陶芸家にして、希代の美食家でもあった魯山人が、生涯にわたり追い求めて会得した料理と食の奥義を語り尽す。（山田和）

日本ぶらりぶらり　山下清
坊主頭に半ズボン、リュックを背負い日本各地の旅に出た〝裸の大将〟が見聞きするものは不思議なことばかり。スケッチ多数。（壽岳章子）

のんのんばあとオレ　水木しげる
「のんのんばあ」といっしょにお化けや妖怪の住む世界をさまよっていたあの頃――漫画家・水木しげるの、とてもおかしな少年記。（井村君江）

ねぼけ人生〈新装版〉　水木しげる
戦争で片腕を喪失、紙芝居・貸本漫画の時代と、波瀾万丈の人生を、楽天的に生きぬいてきた水木しげるの、面白くも哀しい半生記。（呉智英）

老いの生きかた　鶴見俊輔編
限られた時間の中で、いかに充実した人生を過ごすかを探る十八篇の名文。来るべき日にむけて考えるヒントになるエッセイ集。

老人力　赤瀬川原平
20世紀末、日本中を脱力させた名著『老人力』と『老人力②』が、あわせて文庫に！　ぼけ、ヨイヨイ、もうろくに潜むパワーがここに結集する。

東京骨灰紀行　小沢信男
両国、谷中、千住……アスファルトの下、累々と埋もれる無数の骨灰をめぐり、忘れられた江戸・東京の記憶を掘り起こす鎮魂行。（黒川創）

向田邦子との二十年　久世光彦
あの人は、あり過ぎるくらいあった始末におえない胸の中のものを誰にだって、一言も口にしない人だった。時を共有した二人の世界。（新井信）

東海林さだおアンソロジー
人間は哀れである　東海林さだお　平松洋子編
世の中にはびこるズルの壁、はっきりしない往生際……抱腹絶倒のあとに東海林流のペーソスが心に沁みてくる。平松洋子が選ぶ23の傑作エッセイ。

品切れの際はご容赦ください

ちくま文庫

新《あたら》しい天体《てんたい》

二〇二四年五月十日　第一刷発行

著　者　開高健（かいこう・たけし）
発行者　喜入冬子
発行所　株式会社　筑摩書房
東京都台東区蔵前二―五―三　〒一一一―八七五五
電話番号　〇三―五六八七―二六〇一（代表）
装幀者　安野光雅
印刷所　明和印刷株式会社
製本所　株式会社積信堂

ISBN978-4-480-43959-8　C0195